국어 명사의 다의 현상 연구

차 준 경

제이앤씨
Publishing Company

머리말

이 책은 국어의 다의 현상 중 이른바 체계적 다의성(regular polysemy)에 대해 국어의 명사를 대상으로 하여 의미 확장의 체계적인 관계를 고찰한 것이다. 다의어의 의미는 하나의 의미 유형으로 고정된 것이 아니라 여러 의미 유형이 복합되어 있으므로 그 양상을 파악하는 것이 매우 중요하다. 이러한 다의(多義) 연구는 전통적인 어휘 의미론뿐만 아니라 인지 언어학, 사전 편찬학, 전산 언어학 등에서 많은 관심을 보이고 있다. 다의 현상은 언어 현상에만 국한된 것이 아니라 인간의 인지 능력을 설명해 줄 수 있는 중요한 기제이기 때문이다. 전산 언어학에서도 단어 의미의 중의성을 해소하는 방안으로 규칙적인 다의 현상을 연구한다. 이와 같이 다의 현상은 여러 관점에서 다양하게 연구되고 있으며 그 중요성이 날로 증대하고 있다.

이 책은 필자의 박사 학위 논문인 <국어 명사 다의 현상의 체계성 연구>를 수정, 보완한 것이다. 학위 논문을 제출하면서 미진했던 부분을 보완하고 일부 내용을 추가했다. 7장의 추상 명사의 다의성은 학위 논문에서는 미처 다루지 못했으나 이 책에서는 새롭게 추가하였다.

이 연구에서는 먼저, 국어의 명사 범주를 <실체>, <사건>, <상태>, <추상>으로 분류하고 체계적 다의성을 기술하였다. 실체 명사는 기원적 관점에서 <사람>, <동물>, <식물>, <사물>의 영역으로 분류하여 고찰하였다. 사건 명사에서는 실체 명사로의 의미 유형의 전이가 일어나는 부류를 살펴보았다. 사건 구조의 참여자인 행위자, 행위의 결과, 대상, 도구, 장소, 시간 등의 의미가 문맥에서 실현되는 것을 고찰하였다.

상태 명사에서도 문맥에서 실체 명사로의 의미 유형 전이가 일어난다. 그 결과, 사람이나 사물, 사건이나 장소의 속성 표현이 그러한 속성을 갖는 실체를 지시하는 것을 고찰하였다. 이것은 어떤 속성과 수식 대상과의 관계가 고정적이거나 밀접하기 때문에 속성 표현으로 실체를 지시하는 것이다. 추상 명사는 실체 명사와 달리 구체적인 외연을 지시하지 않으므로 통사적인 특성에 의해 분류해야 한다. 명제를 지시하는 보문을 논항으로 취하는 보문명사들을 추상 명사로 간주하고 이들의 의미 특성을 다루었다.

이러한 체계적 다의성은 문맥에서 실현 가능한 의미가 어휘 의미로 내재되어 있다가 문맥의 영향을 받아 구체 의미가 실현되는 것으로 본다. 의미 전이가 일어난 이후에는 단어의 어휘 의미 구조에 문맥에서 실현 가능한 여러 의미가 잠재되어 있으며 수식언 및 용언과의 결합에 의해 그 의미가 구체적으로 실현된다. 이러한 현상을 Pustejovsky(1995)의 생성 어휘부 이론에 따라 표상하였으며 특질 구조의 구성 성분이 문맥에서 강조 부각되면서 체계적인 다의가 실현되는 것으로 보았다.

국어 명사의 체계적 다의성은 실체 명사에서만 실현되는 것이 아니라 사건, 상태, 추상 명사에서도 실현될 수 있으며, 이와 같이 어휘 의미의 부류적 특성이 될 수 있는 체계적 다의성을 고찰하는 것은 문맥에서 실현 가능한 의미를 예측하는데 유용할 것이다. 이러한 논의는 어휘 의미의 본질적인 특성인 문맥 의미의 유동성 속에서 나름의 규칙성을 발견하고 기술한 것으로, 국어학뿐만 아니라 여러 응용 분야에 적용될 수 있을 것이다.

　이와 같이 국어의 의미 연구에 있어서 코퍼스(Corpus; 말뭉치)의 이용은 필수적이다. 언어학의 연구 대상인 '언어'는 자연 과학의 연구 대상과 달리 인간과 분리된 것이 아니다. 인간이 언어의 생산자이며 동시에 해석자이기 때문이다. 인간은 언어에 대한 직관을 갖고 있어서 자신이 생산한 언어 현상에 대해 나름대로의 해석을 할 수 있다. 코퍼스는 인간의 언어에 대한 직관을 보완할 수 있으며 나아가 언어 공동체 내의 언어 사용에 대한 해석을 제공한다. 코퍼스 구축 과정은 힘들고 어려운 작업이지만 이를 통해서 많은 언어 현상을 설명할 수 있을 것이다.

　이 책을 집필하면서 여러 선생님들의 가르침을 받았다. 먼저, 학부부터 대학원에 이르기까지 몸소 학문하는 자세를 보여주시고 여러 가르침을 주신 강범모 선생님의 고마움은 이루 말할 수 없다. 항상 기대에 미치지 못하는 것 같아 죄송스러울 따름이다. 또한 국어학 연구자로서의 자세를 일깨워 주시고 가르침을 주신 홍종선 선생님의 은혜는 잊지 못한다. 또, 의미론 연구 방법과 태도에 대해서 아낌없는 조언을 해주신 최호철 선생님께 감사드린다. 논문 심사 과정에서 여러 조언을 해주신 최경봉 선생님, 전영철 선생님께도 감사드린다.

　대학에 들어와서 언어학을 공부하고 특히 컴퓨터를 이용한 언어 연구에 관심을 갖게 된 것은 언어학과의 여러 선생님들 덕분이다. 고려대학교에 언어학과를 창설하시고 실용적인 언어 연구의 학풍을 세우신 이기용 선생님과 언어학 이론 및 전산 언어학에 가르침을 베풀어 주신 최재웅 선생님, 강명윤 선생님께 감사드린다.

　대학원 박사 과정 중에는 김민수 선생님, 정광 선생님, 홍종선 선생님, 최호철 선생님, 성광수 선생님, 박영순 선생님의 은혜를 입었

6

다. 국어학 연구 방법 및 태도를 배우며 국어 연구에 깊이를 더하게
되어 그 고마움은 이루 말할 수 없다. 박사 과정 중에 세종 계획의
전자사전 구축 작업에 참여하게 되어, 이 책의 주제가 된 규칙적 다
의성에 대해 관심을 갖게 되었다. 회의와 세미나를 통해 가르침을
주신 홍재성 교수님 이하 여러 선생님들께 감사를 드린다. 필자가
대학원 석사 박사 과정 동안 여러 프로젝트에 참여하여 연구할 수
있도록 지원해 주신 고려대 민족문화연구원의 김흥규 교수님께도
감사를 드린다. 훌륭한 연구 환경을 제공해 주시고 연구 활동에 전
념할 수 있도록 지원을 아끼지 않으셨다.

  또한 민족문화연구원에서 같이 일했던 선배, 후배, 동료들을 잊을
수 없다. 코퍼스를 구축하면서 함께 고생했던 전자 텍스트 연구소의
동료들, 중점 과제 연구실에서 필자에게 조언을 아끼지 않으셨던 이
유선 선생님, 차재은 선배님, 항상 즐거운 분위기에서 서로 도와가
며 열심히 연구하는 국어사전편찬실의 서태길 선생님, 김양진 선배
님, 도원영 선배님 이하 여러 선배, 후배들 덕분에 이러한 책을 낼
수 있게 되었다. 또 대학원의 의미론 연구회에서 같이 공부했던 선
배, 후배, 동기들에게도 감사의 말을 전한다. 필자의 든든한 버팀목
이 되어 주신 부모님께 감사의 마음을 전하며 앞으로 열심히 정진
할 것을 다짐해 본다.

  끝으로 이 책의 출판을 맡아 주신 제이앤씨의 윤석원 대표님과
편집부 여러분께도 감사드린다.

2009년 8월
차 준 경

목 차

제1장

서론

국어 명사의 다의 현상 연구

제 1 장
서론

1.1. 연구 목적과 범위

한 단어의 의미는 문맥에 따라 여러 의미로 실현될 수 있으며 그 중 하나의 의미만이 문맥에서 구체적으로 실현된다. 단어 의미는 사용 맥락에서 구체적으로 파악될 수 있으며, 문맥에서 실현되는 다의(多義)는 자의적인 것이 아니라 논리적인 관계를 맺고 있다. 이 연구에서는 국어의 명사를 대상으로 다의(多義)의 일정한 논리적 관계인 체계적 다의성을 밝히고자 한다.

모든 단어는 다의적으로 쓰일 수 있으며 문맥에 따라 여러 의미로 해석될 수 있다. 이러한 다의적인 용법이 가능한 것은 단어 의미의 규칙성이 있어서 문맥에서 그 의미를 예측할 수 있기 때문이다. 단어 의미는 사용 맥락에서 구체 의미가 정해지지만 문맥에서 실현되는 의미는 무한히 변하는 것이 아니다. 문맥에서 실현되는 의미에

는 일정한 논리적 관계가 있으며 이러한 특성에 의해 문맥에서 실현
되는 의미를 예측할 수 있다.

'토끼'는 동물의 일종으로 국어사전에 풀이되지만 '토끼로 요리를
했다'라는 문장에서는 토끼 고기로 해석되고, '토끼 코트를 입었다'
에서는 토끼의 털가죽으로 해석된다. '토끼'가 문맥에서 토끼 고기
또는 토끼 가죽 등으로 해석되는 것은 다른 동물명인 '소', '돼지',
'말'에도 적용될 수 있다. 이것은 '토끼'에서만 나타나는 의미 관계가
아니라 다른 동물명에서도 나타날 수 있으므로 체계적이라 할 것이
다. 동물명으로 동물과 동물의 고기 및 가죽 등을 지시하는 것은 동
물 부류의 체계적 다의성이라 할 수 있다.

문맥에서 실현되는 다양한 의미에서 일정한 관련성을 포착한다
면, 새롭게 출현하는 단어에 대해서도 그 의미를 예측할 수 있다.
'아르마딜로를 잡아먹었다', '아르마딜로는 맛있다'라는 문장에서 '아
르마딜로'가 무엇을 지시하는지 명확히 알지 못하나 동사 '잡아먹다'
와 결합하므로 동물의 일종이라는 것을 예측할 수 있으며, 형용사
'맛있다'와 결합하는 '아르마딜로'는 음식물의 일종으로 해석할 수
있다. 즉, 동물과 그 고기의 해석은 동물 부류에 적용되는 체계적 다
의성이므로 새로운 단어의 의미도 부류 정보를 통해 문맥에서 그 의
미를 예측할 수 있다.

의미론에서는 과거의 의미, 현재의 의미를 기술하는 것에 그치는
것이 아니라 제3의 의미, 즉, 가능 의미, 잠재 의미를 예측할 수 있는
원리를 고안해야 한다.[1] 체계적 다의성을 기술하고 문맥 의미의 전

---

1) 김봉주(1988), 김광해(1991)는 의미론의 역할이 과거의 의미, 현재의 의미
   를 기술하는 것에 그치는 것이 아니라 제3의 의미, 가능 의미, 잠재 의미

이 양상을 파악하는 것은 가능 의미, 잠재 의미를 예측할 수 있는 기제가 된다. 이 연구에서는 체계적인 다의성에 의해 문맥에서 실현되는 단어의 의미 전이 양상을 밝히고자 한다. 이러한 의미는 어휘 의미 구조에 잠재되어 있다가 문맥적 요구에 의해서 실현된다. 같은 부류에 속하는 새로운 단어가 출현하면, 부류에 적용되는 의미 전이 양상에 따라 그 의미를 예측할 수 있을 것이다.

문맥에서 실현되는 다의에는 체계적이고 규칙적인 실현 양상이 있으며 이를 통해서 화자들이 의미를 이해하고 생성한다. 어휘부 (Lexicon)는 단순히 자의적이고 불규칙한 대상의 저장소가 아니라 생산적이고 창조적인 것으로 인식될 수 있다. 이러한 논의는 기존의 여러 연구[2])에서 밝혀졌으며 본고에서는 생성 어휘부 이론(Generative Lexicon Theory)을 원용하여 어휘부를 기술한다.

이 연구에서는 하나의 단어가 문맥에 따라 둘 이상의 의미로 해석되는 경우 그 의미 관계에 주목한다. 문맥에서 실현되는 한 단어의 여러 의미 사이에 일정한 논리적 관계를 포착하고, 이들이 규칙적이며 반복적으로 실현된다면 이를 체계적 다의성으로 간주한다. 기존의 다의 연구에서는 개별 단어 의미에만 주로 관심을 두었으며 공통의 다의 관계를 이루는 단어들에는 별다른 관심을 보이지 않았다. 이 연구에서는 대상의 범위를 넓혀 국어 명사 전반에 나타나는 체계적 다의성을 포착하고자 한다. 연구 대상을 구체 명사만으로 한정하지 않고 사건, 상태, 추상 명사도 포함한다.

를 예측할 수 있는 원리를 고안하는 것으로 보았다.
2) Jackendoff(1997, 2001), Lakoff(1987), Langacker(1987, 1991), Levin(1993), Pustejovsky(1995) 등.

기존의 연구에서는 국어의 의미 현상을 논의하면서 실용적인 응용 연구에는 별다른 관심을 두지 않았다. 다의어의 본질 및 특성에 대한 논의와 더불어 그 실용적인 연구를 염두에 두어야 한다. 체계적 다의성은 단어 의미의 일정한 전이 양상을 밝히기 때문에 문맥에서의 실현 의미를 예측하는 기제가 될 수 있다. 자연언어처리 연구에 있어서 단어 의미가 전이되는 규칙을 찾는 것이 바로 단어 의미의 중의성을 해소하는 방법이다. 즉, 새로이 출현하는 단어의 의미도 규칙에 의해서 예측할 수 있기 때문이다. 이 연구는 국어 명사의 체계적 다의 현상을 밝혀서 여러 분야에 이용되는 기반 연구가 되기를 기대한다. 다의어 연구는 직접적으로는 단어 의미의 중의성 해소와 관련되며, 기계번역, 문서 정보 추출 등 정교한 의미 해석을 필요로 하는 분야에 널리 이용될 수 있을 것이다.

1.2. 선행 연구

국어의 다의어 연구는 1960~70년대의 구조주의의 영향을 받은 전통적인 어휘 의미론 분야와 1970~80년대부터 연구가 시작된 형식 의미론 분야, 1980년대 후반에서 1990년대 이후의 인지 의미론 분야에서 살펴볼 수 있다.

⟨1⟩ 어휘 의미론

전통적인 어휘 의미론에서는 통시적인 관점에서 다의어의 의미 변화 및 확장, 축소에 관심을 가졌다. 현대국어뿐만 아니라 중세국어, 근대국어의 어휘를 대상으로 의미 변화의 과정을 연구하였다. 체계적 다의성은 환유와 관련된다. 의미 변화 및 확장의 기제인 은유와 환유는 스턴(Stern 1931), 울만(Ullmann 1957, 1961) 등에서 연구되었다.

구조주의 언어학자인 울만의 의미 연구에 영향을 받아 이숭녕(1962), 이을환·이용주(1964), 남성우(1969), 천시권·김종택(1971) 등이 의미 변화의 양상으로 은유 및 환유를 다루어 국어 어휘에 적용하였다. 남성우(1969)는 환유를 '시간상의 관계에 근거한 환유', '전체를 대신하는 부분', '원인이 결과를 나타내는 것', '용기가 내용을 나타내는 것', '생산지나 생산자가 생산물을 나타내는 것', '고유명사의 보통명사화'로 구분하였다.

천시권·김종택(1971: 272)에서 환유는 두 개의 관념을 하나의 항상적 관계에 의해서 비교할 때 나타난다고 보았다. 즉, 어떤 개념이나 사물을 표시할 때 인접한 관계에 있는 다른 사물로 바꾸어 부르는 것을 말한다. '원인과 결과', '용기와 내용', '고장과 특산물', '표식과 사물', '추상과 구상' 등이 이에 해당한다. 이것을 단축(短縮) 현상으로 간주하여 한정소와 피한정소 간의 결합이 긴밀할 때, 둘 중 하나가 생략되어 그 의미가 다른 부분에 전이되는 것으로 다루었다. 즉, 단축 현상은 단어가 인접해 있어서 관습적으로 결합할 때, 한 부분을 생략하여 나머지로 전체의 의미를 나타내도록 하는 의미 변화

의 일종이다. 단축은 한정소와 피정소간의 결합 밀도가 긴밀해야 하
며, 전통적인 의미 변화의 한 유형인 환유도 단축에 근거한다고 보
았다. 공간적 혹은 인과적인 인접에 의하여 어느 한 쪽만으로도 생
략된 다른 쪽의 의미가 환기될 때에 일어난다.

　한편 김봉주(1988)에서는 천시권 김종택(1971)이 단축 현상으로
설명한 현상을 개념의 합성법, 내적 결합으로 설명하였다. 새로운
개념은 개념의 합성법에 의해서 창조되며 이것을 내적 결합으로 다
루었다. 예를 들어, '소'라는 개념에 다른 개념들 '집', '들', '젖', '물',
'한국' 등을 더하여 각각 '집소', '들소', '젖소', '물소', '한우(韓牛)' 등
의 이름을 생성한다. 또, '소'라는 개념을 가지고 상황 맥락에 따라
'집소', '들소', '젖소' 등을 적용할 수 있다. 특히, 표층구조에서는 '소'
이지만 심층구조에서는 '젖소', '집소'를 뜻하며 이것을 '내적 결합'이
라고 불렀다. 내적 결합을 한정소 내적인 것과 피정소 내적인 것으
로 구분하였다3). 이것은 생략 및 단축과 유사하지만 생략이 아닌 개
념이 합성된 것으로 보았다. 모든 단어가 맥락에 따라서 근사(近似)
적으로 쓰이기 때문에 이러한 내적 결합이 일어난 것으로 설명한다.
화자는 생성의 입장에서 모든 단어를 내적 결합(생략)으로 쓸 수 있
으며, 청자는 해석의 입장에서 내적 결합으로 쓰인 문장을 상황 맥락
에 의하여 해석할 수 있는 것이다. 기존의 생략이나 의미 파생으로
설명했던 현상에 대해 개념의 합성 및 의미의 사용으로 설명한 김봉

---

　3) 한정소(限定素) 내적 결합 – 장: 간장, 고추장, 가루: (밀)가루, 차: (자동)
　　　　　　　　　　　　　　 차, (기)차, 컵: (우승)컵, 사변: (6.25) 사변,
　　　　　　　　　　　　　　 마마: (상감)마마, 대:(받침)대
　　　피정소(被定素) 내적 결합 – 가마: 가마(솥), 솔: 솔(나무), 장미: 장미(꽃),
　　　　　　　　　　　　　　 아침: 아침(밥), 머리: 머리(털), 크라운: 크라
　　　　　　　　　　　　　　 운(맥주) 등 (김봉주 1988: 214)

주(1988)의 논의는 문맥에서의 다의 추출 방법에 적용될 수 있다.

〈2〉 형식 의미론

한편, 형식 의미론에서 다의어 연구는 그리 활발히 이루어지지 않았다. 일형태 일의미에 대한 형식화, 모형화에 주로 관심을 가졌기 때문에 일형태 다의미에는 그리 많은 관심을 보이지 않았다. 또, 어휘 의미보다는 문장 의미를 주로 연구하였기 때문에 다의 연구는 별다른 주목을 받지 못하였다. 전산 언어학에서 어휘 연구의 필요성이 점차 증대됨에 따라 형식 의미론에서도 다의어에 관심을 기울이게 되었다. 특히 푸스테욥스키(Pustejovsky 1995)의 생성 어휘부 이론의 영향을 받아 다의어 연구가 점차 활성화되고 있다(이정민 외 1997, 2000).

〈3〉 인지 의미론

1980년대 들어서 국어의 다의 연구는 인지 언어학의 전통에서 활발히 이루어졌다. 주로 레이코프와 존슨(Lakoff and Johnson 1980)의 영향을 받은 개념 은유 및 환유 연구가 중심을 이룬다(이기동 1986, 임지룡 1995, 정희자 1999, 이종열 2002 등). 의미 변화 및 확장의 기제로 은유에 대한 관심이 증폭되고 많은 연구 논문이 간행되었으나 상대적으로 환유에 대한 관심은 적었다. 환유는 새로운 관계를 보여주는 것이 아니라 상호 관련된 단어간의 관계이기 때문에 은유만큼 주목을 받지 못한 것으로 보인다. 최근의 임지룡(1995, 2006), 정희자(1998), 이종열(2002) 등이 인지 언어학적 관점에서 환유를 다루고 있다.

인지 언어학에서는 인간 본성에 대한 이해의 한 방법으로 어휘 의미를 연구한다. 다의어는 은유와 환유와 같이 인간의 사고방식에 근거한다는 점에 초점을 맞추고 있다. 전통적으로 어휘 의미론에서는 단어 의미가 기본 의미, 중심 의미에서 파생 의미, 주변 의미로 확장된 것으로 간주한다. 인지 언어학에서는 단어 의미에 대한 원형적인 접근을 하여, 추상적인 원형 의미를 설정하고 단어의 의미는 가족 유사성과 원형 의미와의 상호 작용으로 기술한다. 한 단어의 여러 의미들을 관련된 의미의 집합으로 다루어 다의어를 문법 범주로까지 확장시켰다(Cuyckens and Zawada 2001). 인지 언어학에서는 다의어가 여러 의미 중에서 현저한 의미에서 파생되거나 또는 생성적인 방법에 의해 다른 의미에서 파생되는 것이 아니라 인지적 원리에 의해서 확장되는 것으로 간주하였다.

인지 언어학에서는 다의어를 관련된 의미들의 집합으로 간주하여 다의어의 범위를 확대시켰으나 단어 의미의 모호성 및 중의적인 특성을 그대로 반영하기 때문에 실용적인 목적으로 이용되기는 어려울 것으로 보인다. 즉, 다의어 연구가 단어 의미의 중의성 해소 등에 적용되려면, 단어 의미의 일정한 전이 양상을 파악하는 것이 필수적이다. 인지 언어학에서는 다의어에 대한 본질적인 설명을 제공하려고 하나 다의어의 의미 전이 관계는 다소 모호하고 불투명하게 처리하고 있다. 다의 현상은 언어의 불확정성 및 모호성에서 비롯된 것이지만 실용적인 목적을 위해서는 제한된 영역에서라도 체계적인 의미 전이 관계를 파악해야 할 것이다.

〈4〉 자료 중심의 연구

1990년대 이후 의미론 연구자들은 국어사전을 집필하면서 국어의 어휘 의미 문제에 많은 관심을 갖게 되었다. 말뭉치(corpus) 등의 국어 자료가 구축되고, 실제 자료에 근거하여 국어사전을 집필하면서 국어 어휘의 현실적인 문제에 당면하여 여러 현상을 연구하게 되었다. 기존 문법서에서 해결하지 못한 문제를 자료에 근거하여 설명할 수 있게 되었으며 특정한 언어 이론에 의존하지 않고도 자료에 근거하여 국어의 어휘 의미 현상을 밝힐 수 있게 되었다(김진해 2001, 도원영 2002 등).

특히, 1990년대 후반 이후 국어학 연구자들은 이론 연구 뿐 아니라 국어의 전산처리 및 여러 실용 연구에 관심을 두기 시작하였다. 말뭉치를 구축하고 이를 운용하면서 국어학 연구자 및 전산학 연구자들 간의 학제적 연구가 본격화되었다[4]. 전산 언어학에서 자연 언어를 인공 언어와 같이 문법 및 규칙 등의 모델로 형상화하려고 노력하지만 자연 언어는 그 현상이 매우 방대하며 몇몇의 규칙으로 표상하기에는 예외 현상이 너무 많다. 언어 현상을 모델화하여 설명하려는 노력과 더불어 언어의 특성에 대한 이해가 선행되어야 할 것이다.

최근의 다의 연구 경향은 인지 언어학적 연구와 생성 어휘부 이론적 연구로 나눌 수 있다. 인지 언어학에서는 다의어의 의미 확장

---

[4] 대표적인 연구과제로는 21세기 세종계획(1998-2007)이 있다. (http://www.sejong.or.kr)

기제인 은유와 환유에 대한 설명 및 해석 모형 제시 등에 관심을 기울이고 있다(배도용 2001, 이건환 2002, 이정식 2002, 권도경 2005 등). 또, 푸스테욥스키(Pustejovsky)의 생성 어휘부 이론은 전산 언어학뿐만 아니라 어휘 의미론 연구에도 그 영향력을 점차 확대해 가고 있다(최경봉 1997, 강범모 1999, 이정민 외 2000, 배도용 2001, 이운영 2004, 차준경 2004 등).

학위 논문을 중심으로 살펴본 다의 연구 경향은 다음과 같다.

배도용(2001)은 국어의 신체어를 대상으로 어휘 의미의 확장 원리를 제시하였다. 어휘 의미의 확장 원리는 구체 의미에서 추상 의미로의 확장, 실체에서 표상 의미로의 확장으로 설명하였다. 실체와 표상의 관계에서 의미 확장은 한 단어가 가리키는 지시 대상이 실체나 그 실체의 표상일 가능성에서 일어난다고 보았다. 이 논의에서는 지시 대상의 존재 여부를 언어 의미의 확장에 결부시켰다. 즉, '배추'가 식물과 음식의 의미로 사용되는 것은, 식물 배추가 실체, 음식 배추는 표상에 해당하고 배추김치가 별개의 실체(실재물)로 존재하기 때문이라고 보았다. 그러나 '배추'의 의미가 확대된 것은 음식으로 배추를 먹는다는 실세계 지식이 포함된 것이지만 지시 대상에 의한 실체와 표상의 개념 구분은 그리 명확하지 않다.

이정식(2002)은 다의의 발생 양상과 그 원인을 연구한 논의이다. 한 어휘소의 다의에서 최초 의미와 하위 의미를 구분하고 이들이 의미적 유연성을 갖고 확장하는 양상을 고찰하였다. 또한 최초 의미를 가진 어휘소와 사전적 풀이에서 사용된 정의항의 술어를 유의어적 관계로 비교함으로써 의미 발생의 원인을 포착하였다.

이건환(2002)은 어휘가 원형 의미에서 확장 의미로 전이되는 것은 보편적인 언어 현상이며 합성어, 다의어, 문법화의 범주에서 이러한 의미 확장의 원리가 적용된다는 점을 강조했다. 사고 과정에서 은유적 원리에 의해 의미를 창출하고 사용하고 있기 때문에 의미 확장이 일어난다는 것이다. 합성어의 의미 확장은 사물의 명명 단계의 개념화 과정에서 출현하고 외부의 사물과 더불어 인간의 지각적 운동 수행 능력이 부각된다고 보았다. 추상적 인지 단계도 인간의 신체적 물리적 활동에 근거해서 확장된다. 의미 확장의 기제로 은유와 환유가 중요한 작용을 하며, 다의어 범주는 중심적 의미와 비중심적 의미 사이에 비대칭적인 관계가 있고 그 사이에 원형 효과가 드러난다. 중심의미와 비중심 의미 사이는 독자적으로 존재하는 의미들이 아니라 서로 의미망을 형성하고 있다는 관점을 취하였다.

권도경(2005)은 다의어는 중심의미가 지닌 주요 의미 자질들이 변동함에 따라 의미가 확장되는 것으로 설명한다. 주요 의미 자질을 「유정성」, 「구체성」, 「행동성」, 「공간성」, 「시간성」으로 두고 의미 자질이 첨가(+) 되거나 삭제(-) 됨으로써 새로운 의미로의 확장이 일어난다. 즉, 한 단어의 의미 자질에 새로운 의미 자질이 첨가됨으로써 유사성이나 인접성의 원리에 의해서 새로운 의미로 의미 확장이 발생한다고 보았다. 국어의 명사, 동사, 형용사, 부사에서 의미 확장이 생산적인 단어를 선택하고 위의 자질에 대입하여 의미 확장을 설명하였다.

이와 같이 인지 언어학의 다의어 연구는 의미 확장 현상에 대해 최초의미에서 하위의미로의 확장(이정식 2002), 중심의미에서 비중심의미, 주변의미로의 확장(배도용 2001, 이건환 2002, 권도경 2005) 등을 은유와 환유의 기제로 설명하는 데에 중점을 두었다.

한편 생성 어휘부 이론을 적용한 이운영(2004), 차준경(2004)에서는 의미 확장에서 은유 및 환유의 기제가 적용된다는 점에는 동의하지만 실제로 개별 단어에서 또는 부류에서 어떠한 의미가 실현되는가의 문제에 대해, 이들의 실현 양상을 생성 어휘부 이론으로 기술하거나 의미 전이의 양상으로 포착하고 기술하는 것에 중점을 두었다.

이운영(2004)에서는 국어의 다의성 명사를 대상으로 문장에서 실현되는 의미에 따라 유형을 분류하고, 각 부류에 대해 Pustejovsky(1995)의 생성 어휘부 이론을 바탕으로 어휘 의미 구조를 제시함으로써 국어의 다의성 명사의 의미구조 및 의미 실현을 고찰하였다.

차준경(2004)에서는 Apresjan(1974)의 규칙적 다의성(Regular polysemy) 논의를 국어에 적용하여 실체, 사건, 상태 명사의 의미 전이 양상을 파악하였다. 이를 생성 어휘부 이론에 따라 기술하였으며, 부류에 따라 가능한 의미가 어휘 의미 구조에 잠재되어 있다가 문맥적 요구에 따라 구체 의미로 실현된다고 보았다.

기존의 다의어 연구는 연구 대상이 한정되어서 제한된 부류의 의미 확장 양상을 설명하는데 그치고 있다. 본고에서는 연구 대상을 구체 명사만으로 한정하지 않고 사건명사, 상태명사, 추상명사로 범위를 넓혔다. 이것은 명사의 의미가 고정된 것이 아니라 여러 유형으로 넘나들 수 있다는 의미 특성을 밝히기 위한 것이다.

모든 단어는 다의적으로 쓰일 수 있으며 문맥에 따라 여러 의미로 해석될 수 있기 때문에 의미 생성의 원리를 밝혀야 한다. 다의적인 사용이 가능한 것은 단어 의미의 규칙성이 있어서 문맥에서 그 의미를 어느 정도 예측할 수 있기 때문이다.

특히 김봉주(1988: 249)에서는 과거의 언어학이 주로 단어가 어떤 상황에서 사용되어 왔는가를 검토해왔다면, 앞으로는 하나의 개념이 어떠한 상황에까지 사용될 수 있을 것이냐 하는 문제를 고려해야 한다고 주장한다. 의미론에서 단어의 의미를 주로 과거에 사용되었던 의미(obsolete meaning, dead meaning)나 현재 사용되고 있는 의미(current meaning)만을 고려하였으나 실제 언어 사용을 보면 이제까지 사용된 적이 없는 제3의 의미를 상정할 수 있어야 한다. 의미론에서는 앞으로의 가능 의미, 잠재적 의미까지 예측할 수 있는 원리를 고안해야 할 것이다.

김광해(1989: 140)에서도 단어의 다의성은 단어가 본질적으로 지니고 있는 잠재적 의미의 발현에 불과한 것으로 본다. 즉, 하나의 단어가 사용될 때마다 하나의 의미가 생겨나는 것 같으나 모든 사용 의미는 이미 잠재해 있어서 화자가 그때그때 꺼내어 쓰는 것이라고 파악한다.

문맥에서 사용되는 한 단어의 여러 의미를 체계적인 다의성으로 파악하고 이를 통해 같은 부류에 속하는 다른 단어의 의미도 문맥에서 예측할 수 있을 것이라는 본고의 주장은 김봉주(1988)의 제3의 의미, 가능 의미를 예측할 수 있는 원리에 해당한다. 이러한 문맥 의미의 체계성을 파악한다면 과거의 의미나 기존의 의미 사용을 바탕으로 하여 미래의 의미, 가능 의미를 예측하는 기제로 사용될 수 있을 것이다. 모든 단어가 다의적으로 사용될 수 있다는 것은 아직 실현되지 않은 의미라도 어휘 의미 구조에 잠재되어 있다가 문맥에서 실현되는 것으로 보아야 한다.

1.3. 연구 방법 및 구성

이 연구에서는 국어 명사를 대상으로 체계적 다의성을 보이는 어휘를 조사하고 이를 기술한다. 먼저 연구 자료는 어휘 빈도 조사[5] 결과 상위에 해당하는 단어를 대상으로 하여 국어사전(「연세 한국어 사전」과 「표준 국어 대사전」)의 뜻풀이 항목을 참조하고 여기서 선정된 대상 단어들을 코퍼스의 분포를 통해서 일정한 양상에 따라 분류하였다.

> 1단계: 어휘 빈도 조사에서 상위 단어를 선정
> 2단계: 사전의 뜻풀이 조사
> 3단계: 코퍼스의 어휘 분포 조사
> 4단계: 유사한 의미 전이 양상에 따라 분류

먼저, 어휘 빈도 조사 결과에 따라 상위 단어를 선정하고 국어사전에서 각 단어들의 의미 내항의 관계를 조사하였다. 사전의 의미 내항이 둘 이상인 단어들을 뽑아서 이들의 의미 관계를 살펴보았다. 이것은 사전의 뜻풀이에 의존하여 단어들의 의미 관계를 찾는 방법으로 사전에 따라 그 편차가 크다. 이 연구에서 참조한 「표준 국어

---

5) 김흥규・강범모(2000)와 국립국어연구원(2003)을 참조하였다. 김흥규・강범모(2000)는 1999년도에 구축된 150만 어절의 형태소 분석 말뭉치에서 어휘 사용 빈도를 조사한 것이다. 또, 국립국어연구원(2003)은 1999년, 2001년의 형태소 분석 말뭉치 일부, 2001년의 구어 형태소 분석 말뭉치와 한국어 교재를 포함한 약 150만 어절 규모에서 어휘 사용 빈도를 조사한 것이다.

대사전」은 비교적 뜻풀이가 자세하게 되어 있으나 뜻풀이 유형이
다양하기 때문에 자동적인 추출에는 다소 어려움이 있다[6].

먼저 사전 뜻풀이의 유형을 살펴서 체계적 다의성을 갖는 후보
유형을 선정한다. 사전의 뜻풀이에서 의미 내항이 하나인 경우, 또
는 의미 내항이 둘 이상인 경우로 분류할 수 있다. 사전에서는 의미
내항이 하나인 경우 '또는'이라는 상위 술어를 사용하여 두 의미를
나타내며, 아직 확립된 다의로 분화되지 않은 것을 나타낸다.

(1) 부장3(副長)[부 : -] 몡 ①장(長)을 돕는 지위. 또는 그 지위에
    있는 사람.
  경비4(警備)[경 : -] 몡 ①도난, 재난, 침략 따위를 염려하여 사
    고가 나지 않도록 미리 살피고 지키는 일. ¶경비
    초소/야간 경비/경비를 강화하다/경비를 서다/경
    비가 허술하다/삼엄한 경비를 펴다
    ②=경비원. ¶그는 경비 특유의 간가으로 침입자가
    숨어 있는 곳을 알아냈다.
  음치(音癡) 몡 소리에 대한 음악적 감각이나 지각이 매우 무디
    어 음을 바르게 인식하거나 발성하지 못하는 사람.

사전에서 '부장'은 하나의 의미 내항 안에 '또는'이라는 술어를 사

---

6) 영어권의 규칙적 다의성(regular polysemy) 연구는 주로 워드넷(WordNet)
  을 대상으로 한다(Buitelaar 1998, Peters 2004 등). 아직 우리나라에서는 공
  개된 언어 자원으로의 워드넷은 없지만 21세기 세종 계획의 전자 사전의
  어휘 항목에서 규칙적 다의(regular polysemy)를 추출할 수 있을 것이다.
  이 연구가 진행될 때에는 세종 전자 사전이 완성되기 이전이었기 때문에,
  세종 전자 사전의 어휘 항목을 적극적으로 이용하지는 못했으며 국어사전
  을 참조하여 해당 단어를 추출하였다.

용하여 두 의미를 제시하였으며, '경비'는 별도의 의미 내항으로 구
분하여 제시하였다. 한편, '음치'는 하나의 뜻풀이를 제시하였다. 이
것은 다의로 확립된 것과 아직 다의로 확립되지 않고 다의적 용법으
로 쓰인 것을 보여준다. 이 연구에서는 '또는'이라는 술어를 검색하
여 다의성의 유형을 찾을 수 있었으며, 다양한 뜻풀이 유형이 있기
때문에 자동적인 처리에는 다소 어려움이 있다.

　다음, 사전의 뜻풀이를 조사하여 해당하는 단어를 선정한 뒤 코퍼
스의 어휘 분포를 살펴보았다. 명사의 의미는 결합하는 관형어나 서
술어에 의해서 명시적으로 드러나므로 특정 동사나 형용사와 주로
결합하는 명사를 찾고, 명사의 통사적 위치를 파악하여 그 의미 관
계를 찾는다. 이와 같이 코퍼스를 이용하여 같은 의미 영역에 속하
는 단어들의 용례를 보고 그 규칙성을 찾아보았다.

　체계적 다의성을 구분하고 설정하는 문제는 다분히 직관적이며
이것을 객관적인 방법으로 처리하기 위해서 코퍼스를 이용하였다.
그러나 단어 의미를 분석하고 구분하기 위해서는 많은 부분 직관에
기대게 된다. 크루스(1986)의 서문에서와 같이, "일관된 접근 방법을
통해서 특정성과 특이성보다는 체계적이고 동시에 반복되며 일반화
될 수 있는 것"에 치중하기로 한다.

　지금까지 이 책의 연구 목적과 선행 연구 및 연구 대상에 대해 살
펴보았다. 이 책의 구성은 먼저 2장 1절에서는 여러 다의 개념을 통
해서 본고에서 다루는 체계적 다의성의 범위를 정한다. 체계적 다의
성의 범위는 넓은 의미에서는 관습적인 은유도 포함될 수 있으며,
좁은 의미에서는 단어의 어휘 의미 구조에서 한 부분이 문맥에서 강
조되는 것을 포함한다.

2장 2절에서는 체계적 다의성의 특성을 고찰하며, 의미론, 화용론, 인지 언어학, 전산 언어학의 입장에서 다룬 연구를 살펴본다. 이 연구에서는 국어 명사의 체계적 다의성을 표상하기 위해서 생성 어휘부 이론(Pustejovsky 1995)을 일부 원용한다.

3장에서는 체계적 다의성에 근거한 의미 부류를 설정하고 이를 기술한다. 먼저 기존의 여러 의미 부류 연구를 살펴보고 체계적 다의성을 반영하는 의미 부류의 특성을 살펴본다. 또, 본고의 의미 기술에 사용되는 의미 부류에 대해서도 언급한다.

4장에서는 구체적인 국어 자료를 바탕으로 하여 체계적 다의성의 유형을 기술한다. 먼저, 실체 명사를 의미 영역 별로 나눈 뒤, 해당 의미 영역에 속하는 단어들의 코퍼스 분포를 살펴서 그 특성을 기술한다.

5장과 6장에서는 사건, 상태 명사를 대상으로 하여 체계적 다의성을 살펴본다. 특히 사건, 상태 명사에서는 그 의미가 사건성, 상태성이 아닌 실체성으로 의미 전이가 일어나는 유형을 주로 고찰한다. 의미 전이와 더불어 통사적인 변화를 일으키는 유형을 우선적으로 살펴본다.

7장에서는 보문 구조에서 명제성을 지시하는 명사를 추상 명사로 정의하고 이러한 추상 개념을 나타내는 명사가 다른 통사구조에서는 사건성이나 상태성을 띠는 경우를 살펴본다. 끝으로 8장에서는 지금까지의 논의를 정리하고 앞으로의 과제 및 전망을 기술한다.

제2장

이론적 접근

국어 명사의 다의 현상 연구

제 2 장
이론적 접근

이 장에서는 다의성의 여러 문제들과 더불어 체계적 다의성의 특성들을 살펴보고 논의 전개에 필요한 여러 개념들을 제시한다.

2.1. 다의 현상

2.1.1. 단의어와 다의어

다의어는 하나의 단어에 둘 이상의 의미가 포함된 것을 말한다. 즉, 하나의 언어 형식에 둘 이상의 관련된 의미가 연합한 것이다[1]. 다의어는 인간 언어 표현의 경제성 및 인간의 심리적인 특성에 따라 생성된다. 언어가 개념 및 대상을 지칭할 때 뚜렷한 경계를 가지고 있지 않으며 유사한 것, 연관된 개념을 표현한다. 이러한 언어와 개

---

1) Polysemy "the association of two or more related senses with a single linguistic form" (Taylor 1995: 99)

념 및 대상과의 관계에서 의미가 확장된다.

　다의어는 문맥과 상호 작용하여 여러 의미로 확장되기 때문에 그 의미를 명확히 규정하기 어렵다. 어휘 의미는 고정된 것이 아니라 문맥에 따라 유동적으로 변하기 때문이다. 최경봉(1999)에서도 '다의성은 단어 의미의 문맥 조정 과정에서 발생하는 현상'으로 간주하였다. 단어의 문맥 의미는 임시적, 일시적인 의미에서 독립된 의의(sense)를 갖는 단위까지, 문맥 내에서 의미의 특정 국면이 활성화되는 의미에서부터 비유를 통해 영역이 확장된 의미까지 의미 변이의 정도와 양상이 무척 다양하다.

　동일한 어휘 항목이라도 사전마다 다르게 풀이될 수 있다. 어휘 의미가 유동적이고 문맥에 따라 변하기 때문에 사전 편찬자마다 그 의미를 다르게 정의할 수밖에 없다. 예를 들어, 명사 '돌'은 <연세>사전에는 단의어로 풀이되어 있지만 <표준>사전에는 다의어로 풀이되어 있다[2].

　(1) 돌2 <연세 한국어 사전>
　　　땅에 저절로 있는 단단한 물질.
　　　¶ 내가 발을 헛딛는 순간 돌 하나가 굴러 내리기 시작했다. /
　　　주먹만하고 납작한 돌은 담장을 쌓거나 하는 데 유용하게 쓰인다.

---

2) 「연세 한국어 사전」은 5만여 표제어를 수록하였고, 「표준 국어 대사전」은 30만여 개의 표제어를 수록하고 있다. 표제어수에 있어서 현격한 차이를 보이는 두 사전을 비교한 이유는, 두 사전 모두 비교적 최근에 간행되었으며, 연세 한국어 사전은 빈도수 14이상의 단어를 표제어로 선정하였으나 일단 선정된 단어들에 대해서는 자세한 뜻풀이를 했기 때문이다.

돌2[돌 :] <표준국어대사전>

① 흙 따위가 굳어서 된 광물질의 단단한 덩어리. 바위보다는
작고 모래보다는 큰 것을 이른다. ¶돌을 던지다/돌을 쌓아
올리다/밭에서 돌을 골라내라. /발길에 차일 정도로 잔 돌
이 많았다.

② =석재01(石材). ¶돌로 만든 집/돌을 가공하다/돌을 깎아 조
각품을 만든다.

③ =바둑돌①. ¶돌을 나누다/돌을 잡다.

④ =라이터돌. ¶라이터의 돌을 갈다.

⑤ 머리가 나쁜 사람을 낮잡아 이르는 말. ¶이렇게 쉬운 것도
못 풀다니 그는 정말 돌인가 봐.

흔히 단의어라고 생각되는 '돌'도 문맥에 따라 지시 대상의 차이
나 비유적 표현 등에 의해서 다의어로 사용될 수 있다. 단의어와 다
의어의 구별이 명확하지 않으며, 다의어라도 그 변이 의미는 사전마
다 각각 다르게 풀이되어 있다. 다의어의 뜻풀이를 통일하고자 다의
어 판별 기준[3]을 세우기도 하지만 객관적인 기준을 세우더라도 모
든 어휘 항목에 일률적으로 적용되기 어렵다. 어휘 의미는 고정된
것이 아니라는 문맥에 따라 변하며 모든 단어는 다의적으로 쓰일 수
있기 때문이다.

결국, 다의어의 변이 의미는 사전 편찬자마다 다르게 기술할 수밖
에 없다. 어휘 의미는 연속선상에 위치해 있어서 그 경계를 명확히
내리기 어렵다. 어떤 단어가 갖는 여러 의미들을 분리하는 것은 이

---

3) 차재은·강범모(2000)에서는 사전마다 달리 풀이되는 다의어를 결합관계
와 계열관계, 의미적 기준에 근거하여 의미를 기술할 것을 제안하였다.

분법적인 문제라기보다는 연속변차선상의 문제이기 때문이다.

우리가 흔히 단의어로 여기는 표현도 사전에 따라 단의어 또는 다의어로 기술된다. 의미가 문맥에 따라 유동적이라는 어휘 의미의 본질적인 특성에 기인한 것이며 단의어도 문맥에 따라 다의어로 쓰일 수 있기 때문이다.

하나의 단어가 문맥에 따라 둘 이상의 의미로 해석될 때 이들의 관계는, 둘 이상의 의미가 서로 관련이 없다면 동음이의어로 간주되고, 의미적인 관련이 있으나 다의들이 서로 구별되면 다의어로 간주된다. 단어 의미에 있어서 동음이의어와 다의어는 직선상의 양 끝점에 위치하여 그 사이에 단의어, 다면어 등이 위치한다.

2.1.2. 다면어와 다의어

단어의 문맥 내의 변이 의미에 대해 Cruse(2000)는 국면(facet)이라는 개념을 제시하였다. '책'은 문맥에서 물리적 대상과 추상적 내용으로 해석될 수 있다. 이것은 '책'의 [TEXT(내용)]국면과 [TOME(형태)]국면이라고 하며 문맥에서 구별되는 특정 국면이 강조되면 국면화(facetization)가 이루어진다.

국면은 구별되어 해석되지만 배타적이지 않다. 동시에 해석될 수 있으며, 서로 구별되는 존재론적 유형을 가진다. '책'은 2개의 국면을 가지고 있으며 이를 '다면어(多面語; multi facet word)'라고 한다(임지룡 1998: 225). 그러나 언중들은 '책'의 국면으로 구별되는 의미를 미처 인식하지 못하며 이러한 국면을 다의로 분할하여 사전에 기술하지도 않는다. 이러한 현상은 다의어와 구별되는 다면어를 설정해야 하는 이유가 된다.

　다면어는 단의어와는 다르다. 다면어는 한 단어의 의미를 이루는 여러 국면 중 한 국면이 문맥에서 강조된 것이다. '책, 돈, 그림' 등 구체물의 형식으로 그 내용을 표상하는 부류가 해당한다. 국면은 상호 의존하고 있으며 문맥에서 한 국면이 분리되어 강조되기도 하고 동시에 해석되기도 한다. 문맥에서 의미가 분리되는 특성은 다의어와 동일하나 분리된 의미가 문맥에서 동시에 실현될 수 있으므로 다의어의 확립된 의미로 인식되지 않는다. 국면은 전체 개념을 이루는 일부분으로 보아야 한다.

　따라서 다면어는 확립되고 구별된 의의를 갖는 다의어보다는 단의어에 가까울 것이다[4]. 그러나 단의어도 문맥에 따라 다양한 의미로 쓰일 수 있으며 다면어도 문맥에서 의미가 확장될 수 있으므로 넓은 의미의 다의어에 포함될 수 있다.

　또 다른 의미 해석 방법인 원근화법(perspective)은 사물을 여러 면에서 보는 방법에서 유추하여 어휘 의미에 적용한 것이다(Cruse 2000). 여러 관점에서 지각적으로 구별되지만 그것을 하나의 개념적 통일체로 통합한다. '책을 시작하다'라는 문장에서는 '책'의 내용적인 국면이 부각되어 '책을 읽기 시작하다, 책을 쓰기 시작하다'로 해석될 수 있다. 그러나 내용의 국면만으로는 문맥에서의 사용 의미를 구별하는데 충분하지 않다. 즉, 책이 어떠한 기능을 가졌는가? 책은 어떻게 만들어졌는가의 관점에서 그 의미가 부각될 수 있다. '책'은

---

4) 배도용(2002)에서는 이러한 유형을 다의성 단의어으로 간주한다. 의미가 덜굳은의미에서 굳은의미로 진행하면서 다의성 단의어나 다의로 확장된다고 보았다.

구체물의 형태와 의미적인 내용을 국면으로 갖고 있으며, '책'의 의미를 원근화법으로 살펴보았을 때 각각 기원, 구성, 형태, 기능의 관점에서 그 의미를 구별할 수 있다.

크루스의 원근화법은 대상을 보는 관점에 따라서 달라지는 것으로, 푸스테욥스키(1995)에서 제시한 특질 구조(Qualia structure)의 4특질을 반영한 것이다.

(2)

Cruse(2000)의 원근화법	Pustejovsky(1995)의 특질 구조
부분으로 구성된 전체로 보는 것	구성역 (constitutive role)
다른 종과 대조하여 특정한 종으로 보는 것	형상역 (formal role)
어떤 기능을 가지고 있는 것으로 보는 것	기능역 (telic role)
기원의 관점으로 보는 것	작인역 (agentive role)

크루스의 원근화법이나 푸스테욥스키의 특질구조와 같이 단어의 의미를 4특질로 다루는 것은 완전히 구별되는 의미를 가진 다의어의 해석뿐만 아니라 다면어의 해석에도 적용된다. 이러한 의미 해석 방식은 단어의 의미가 다의로 완전히 굳어진 것뿐만 아니라 다의로 의미가 확장될 수 있는 단어에도 유용하다.

일반적으로 국어사전에서 '은행(銀行)'의 의미는 [금융기관]으로만 기술되어 있으나, 문맥에 따라 [금융기관]뿐만 아니라 [조직]의 의미로도 해석될 수 있다.

(3) 은행1(銀行) <연세 한국어 사전>

예금을 받고 다른 곳에 대부하며 유가 증권을 발행 관리하
는 일을 하는 금융 기관.

¶ 은행이나 우체국에 돈을 저금하면, 저금한 돈과 기간에
따라 이자가 붙는다.

은행2(銀行) <표준국어대사전>

① 예금을 받아 그 돈을 자금으로 하여 대출, 어음 거래,
증권의 인수 따위를 업무로 하는 금융 기관. 크게 중앙
은행, 일반 은행, 특수 은행으로 구분한다.

¶은행 창구/은행 통장/은행에 저축하다/은행에 예금을 하
다/은행에서 대출을 받다/그동안 알뜰히 모아 은행에 맡
긴 돈을 한순간에 날려 버렸다.

② 어떤 때에 갑자기 필요하여지는 것이나 대체로 부족한
것 따위를 모아서 보관 등록하여 두었다가 필요한 사람
의 이용 편의를 도모하는 조직. ¶ 골수 은행/문제 은행.

'은행'이 문맥에서 기관, 조직, 건물 및 장소로 해석되는 것은 '은
행'에서 나타나는 다면적 특성이다. '은행'의 여러 의미 중 하나인
[금융 기관] 의미만을 고려하고 다른 의미들을 간과한다면 '골수 은
행, 문제 은행' 등에서와 같이 '은행'이 [조직]의 의미로 확장되는 것
을 포착하지 못할 수도 있다[5].

---

5) 국어사전에서 이러한 다의의 규칙성을 뜻풀이 항목에 모두 기재하느냐의
문제가 대두된다. 규칙적으로 실현되는 다의에 대해서 해당 부류에 속하
는 모든 어휘 항목에 일일이 풀이할 필요는 없을 것이다. 물론 사전의 크
기와 사용자에 따라서 뜻풀이의 내용이 달라진다. 그러나 뜻풀이의 적용
여부는 빈도가 높고 예측이 불가능한 경우에 해당될 것이다.

이와 같이 사전마다 뜻풀이 기술에서 차이가 나고 단의어 및 다의어의 구별이 불명확하므로 단의어 및 다의어를 명시적으로 구별하기보다는 전체 단어를 다의성을 가진 단어로 다루어야 한다.

또한 다면어와 다의어와의 구분은 그리 명확하지 않으며 비록 사전에 다의어로 풀이되지 않았지만 다의적으로 사용되는 단어의 의미를 포착하기 위해서는 다면어도 다의어의 일종으로 간주해야 한다. 이것은 의미의 다의성 및 불확정성(indeterminacy)[6], 모호성(vagueness)에 기인한 것이며 단어의 의미가 연속변차선의 구조를 따르고 있다는 것을 반영한다.

지금까지 문맥에서 하나의 단어가 둘 이상의 의미로 실현될 때의 의미 관계에 대해서 살펴보았다. 본고에서는 체계적 다의성이라는 개념을 통해서 단의어, 다면어, 다의어를 통합적으로 다룰 것이다.

2.1.3. 의미 조정과 의미 확장

문맥과의 상호작용에 의해서 한 단어의 의미는 여러 의미로 해석될 수 있다. 어휘 형태는 어휘부에 직접적으로 표상되기보다는 잠재적으로 있다가 문맥에서 적절한 의미를 생성, 자극하는 규칙에 의해 그 의미가 실현된다.

단어의 의미가 문맥에서 실현될 때, 의미는 조정(modulation), 선택(selection)의 과정을 거친다. '선택'은 문맥에서 중의적인 의미 중 특정 의미가 활성화되는 것을 말하며, '조정'은 문맥에서 의미의 다

---

6) 언어 표현의 의미와 그 표현이 지시하는 언어 외적인 대상간의 관계를 정의하는 것에는 많은 불확정적인 요소들이 있다.

양한 양상이 강조되거나 강조되지 않는 것을 말한다.

(4) ㄱ. 나는 아내와 인사를 나누고 <u>현관</u>을 나섰다
ㄴ. <u>현관</u>이 열리며 종소리가 울렸다.

(4ㄱ)의 '현관'은 '나서다'라는 동사와 결합하여 장소의 개념으로 해석된다. (4ㄴ)의 '현관'에서는 '열리다'와 결합하여 현관문으로 해석된다. 이때 현관의 부분인 문의 개념이 활성화되어 현관문의 의미로 문맥 조정이 일어났다. 이와 같이 한 단어의 의미가 문맥 안에서 서로 다른 의미로 해석될 때에는 문맥적으로 조정된 의미도 포함된다.

한편, 문맥적 선택은 한 문장에서 해석될 수 있는 여러 의미 중에서 문맥과 의미적으로 충돌을 일으키는 해석은 배제하고 하나의 의미만이 선택되는 과정이다.

(5) ㄱ. 그는 <u>돼지</u> 두 마리가 싸우고 있는 것을 보고만 있었다.
ㄴ. 어떤 뚱뚱한 <u>돼지</u> 아저씨가 꽥 소리를 질렀습니다.

'돼지'는 동물로 해석되는 것이 일차적으로 선호되나 사람으로도 해석될 수 있으므로 중의적이다. 그러나 (5ㄴ)에서 '돼지'는 동물이 아니라 뚱뚱한 사람을 비유적으로 지시하고 있다. '아저씨'와 결합하여 명사구를 이루었기 때문에 동물의 의미는 배제되고 사람으로 해석된다. 중의적인 해석이 가능한 경우 그 중 하나의 의미만이 문맥에서 선택되는 과정을 거친다.

여기서 하나의 의미를 가진 단어(단의어)가 문맥에서 조정되어

여러 의미로 해석되는 것인가? 또는 여러 의미를 가진 단어(다의어)에서 문맥 의미가 선택, 확장되는 것인가의 문제가 제기된다. 문맥에서 조정된 의미는 연속적인데 반해 문맥에서 선택, 확장된 의미는 불연속적이다. 의미 선택은 의미 조정과는 달리 어휘 의미로 확립된 것으로 보아야 할 것이다.

코페스테이크와 브리스코(1996)는 체계적 다의성을 구성적 다의(construction polysemy)와 의미 확장(sense extension)으로 구분하였다. 맥락에서 그 의미가 조정되는 것을 구성적 다의, 환유나 은유의 적용으로 그 의미 부류가 전환되는 것을 의미 확장으로 보았다.

구성적 다의는 그 의미의 분화 정도를 사람들이 문맥에서 미처 인지하지 못하고 사전에도 그 의미를 뜻풀이에 반영하지 못한 것이다. 의미 확장은 의미 부류의 전환이 명시적인 것으로 기존에 은유나 환유에 의한 확장으로 설명해왔다. 사물로 인간을 지칭하는 은유는 지시 대상의 전환을 문맥에서 파악할 수 있다. 사용 빈도가 높고 의미의 확장이 뚜렷한 경우 사전의 어휘 항목으로 기술된다.

　(6) ㄱ. 충청도는 인심이 좋다.
　　　ㄴ. 강 너머 두 마을은 여당을 지지하지만 이 마을은 야당을
　　　　　지지한다.7)

'충청도, 마을'은 각각 장소 표현임에도 불구하고 각각 '충청도 사람, 마을 사람'을 뜻한다. 장소 부류에서 사람 부류로 의미가 전이되

---

7) 최경봉(1999: 323)에서는 '충청도'와 '마을'에서 장소 부류에서 사람부류로의 부류 정보가 전환되어 의미 확장이 일어난 것으로 설명한다.

어 의미 확장이 일어난 것으로 보기도 한다. 그러나 장소 부류에 속하는 명사는 행위자 위치에 출현하여 사람으로 해석되는 경우가 많다. 장소, 기관, 건물 부류에 속하는 명사들은 대부분 행위자의 위치에 출현하여 의지를 갖고 일정한 행위를 수행하는 것으로 해석된다. 장소 표현이 문맥에서 여러 의미로 해석되는 것은 과연 문맥에서 조정된 것인가 또는 부류적 전환으로 의미 확장된 것인가?

먼저, 장소 표현이 문맥에서 해석되는 여러 의미들은 일종의 국면 (facet)으로 볼 수 있다. 이들은 문맥에서 인간, 조직, 건물 등으로 해석될 수 있으나 언중들은 전체를 통합적으로 인식하고 있다. 이러한 해석은 모든 장소 표현에서 예외 없이 실현된다. 그러므로 장소 표현들은 하나의 의미에서 구별되는 여러 국면을 가지고 있는 개념으로 보아야 한다.

장소 표현이 문맥에서 실현될 때 사람, 장소, 기관 등 서로 다른 존재론적 유형을 지시한다. 서로 다른 부류를 지시하기 때문에 부류적 전이, 의미 확장으로 보기도 한다. 그러나 동물로 사람을 지칭하는 은유와는 달리 장소 표현에는 기관, 건물, 사람의 의미가 환유적으로 해석된다. 또 문맥에서 분리된 개념으로 인식하기보다는 통합적으로 인식하므로 다면어의 일종으로 보아야 할 것이다. 본고에서는 문맥 의미 조정과 의미 확장의 관계를 명확히 구별하기보다는 모두 체계적 다의성의 일종으로 다룬다. 명사의 체계적 다의성은 특질 구조 내의 한 부분의 부각으로 간주한다.

(7) ㄱ. 우리 집에는 '돼지'를 두 마리 키운다.

　　ㄴ. 우리 조직 내에 박쥐새끼가 한 마리 있는 것 같다.

(7)의 '돼지'와 '박쥐'는 각각 사람을 지시한다. 그러나 '돼지'나 '박쥐'로 사람을 지시하는 것은, 동물인 돼지나 박쥐의 속성과는 직접적인 관련이 없으며 사람들이 부여한 의미 속성으로 해석된다. 은유적 의미 확장은 특질 구조와는 직접적인 관련은 없으나 동물로 사람을 지시하는 용법 및 사물로 사람을 지시하는 용법은 매우 생산적이다. 이것은 화용적, 일시적인 해석을 요구하는 것이 아니라 어휘 의미로 굳어진 것으로 보아야 한다. 이와 같이 사용 빈도가 높은 용법은 어휘 지식으로 간주될 수도 있으며, 이러한 측면에서 은유도 일종의 어휘 지식, 어휘 규칙으로 처리하는 것이 가능하다.8)

의미 확장 과정에서 방향성은 그리 명확하지 않으나 관습화된 의미에서 덜 관습화된 의미로의 방향성을 설정할 수 있다. 직관적으로 '닭'은 동물의 의미가 주의미(primary meaning)이고 고기는 부의미(secondary meaning)로 볼 수 있다. '사과'는 과일의 의미가 주의미이고 나무의 의미는 부의미로 볼 수 있다. 이 연구에서는 기본 의미를 가정하고 확대된 의미는 맥락에서 조정되거나 확장된 것으로 본다.9)

---

8) 코페스테이크와 브리스코(1996)는 특히 명사 은유를 화용론적 설명이 아닌 '규칙'으로 즉, 언어 지식(knowledge of language)으로 설명한다. 이것은 새로운 환유적 의미 확장은 기본 패턴에서 유추가 가능하고 빈번히 발견되기 때문이다. 특히 체계적 다의어 중 의미 확장의 경우는 어휘 규칙으로 표상되어야 한다고 주장한다. 의미 확장으로 관련된 의미들이 예측 가능하며, 규칙은 파생 과정으로 적용된다고 보았다. 예를 들어, 동물명으로 사람을 비유하는 것은 실제 동물의 의미에서 확장된 그 의미를 예측할 수는 없지만, 동물이 은유적으로 인간을 지시하는 것은 매우 생산적이고 규칙적이기 때문이다.

9) 문맥 의미 조정은 문맥에서 구별되는 의미가 다의로 확립되지 못한 것이며, 문맥 의미 확장은 확립된 의미로의 확장을 말한다. 특질 구조의 한 부분이 강조되어서 그 의미가 문맥에서 실현되는 것은 구성적 다의어이며,

기본 의미[10]란 기준치(default)의 개념을 사용한 것이다. 다른 문맥적 요소의 영향을 받지 않고도 심리적으로 현저하게 떠오르는 의미이며 의미 파생 이전의 의미로 간주된다. 이것은 인지 언어학에서 다루는 원형 의미의 개념은 아니다. 의미 확장의 원형이 되는 추상적인 의미가 아니라 반복적인 사용 및 심리적 현저성을 획득한 의미가 된다.

체계적 다의성을 띠는 명사들은 일정한 의미 양상이 이미 어휘 의미 구조에 잠재되어 있다가 문맥의 영향을 받아서 실현된다고 본다. 단어의 구체 의미들은 어휘 내부에 잠재되어 있다가 구체화의 필요성에 의해서 맥락에서 실현되는 것으로 볼 수 있다. 체계적 다의성의 범위를 제시하면 다음과 같다.

(8) 다의 현상

```
┌─ 비체계적 다의 ─ 은유
│
└─ 체계적 다의 ┌─ 의미 확장 ─ 관습적 은유
               │
               └─ 구성적 다의 → 좁은 의미의 체계적 다의성
```

동물로 사람을 지칭하는 비유는 동물의 특질 구조와는 관련이 없지만, 그 의미가 사전에 등재될 정도로 관습화되었다면 의미 확장으로 본다.

10) 언어의 의미인 발화 의미는 문장 의미와 화행 의미로, 문장 의미는 어휘 의미와 통사 의미로 어휘 의미는 기본 의미와 연상의미로 구분된다(최호철 1993: 24)

· 어휘 의미 ┌─ 기본 의미 : 일상적, 일반적, 일차적, 어휘적, 중심적, 지시적, 인지적, 개념적 의미
          └─ 연상 의미 : 임시적, 우발적, 이차적, 실제적, 주변적, 비유적, 정의적, 연상적 의미

'책, 기관, 장소' 등에서 나타나는 다의성은 전체 개념을 이루는 국면(facet)이므로 다면어에 속하나 체계적 다의성에 포함된다. 비유적 표현(동물 → 사람)이나 임시적 화용적인 의미 전이(사물 → 사람)도 넓은 의미의 체계적 다의성에 포함될 수 있다. 동의어가 아닌 두 다의어의 의미 관계가 일정한 유사성을 띤다는 측면에서는 관습적 은유도 체계적 다의성에 포함될 수 있으며 이것은 넓은 의미의 체계적 다의성에 해당된다. 이와 같이 체계적 다의성을 넓은 의미와 좁은 의미로 구분하면, 좁은 의미의 체계적 다의성은 단어 의미의 구성 요소(특질구조) 중 한 부분이 부각되어 의미가 실현되는 것이며, 넓은 의미의 체계적 다의성에는 관습적 은유가 포함된다.

2.2. 체계적 다의성

2.2.1. 체계적 다의성의 특성

체계적 다의성은 러시아의 Apresjan(1974)에 의해 연구되었다. 어떤 단어들이 둘 이상의 의미를 가지고 이러한 둘 이상의 의미에서 일정한 관련성을 유지할 때 이것을 규칙적 다의성(regular polysemy)[11]이라 한다. 즉, 어떤 단어가 a유형의 의미를 갖고 또, b유형의 의미로도 사용될 수 있을 때, 다른 단어도 a유형의 의미와 b유형의 의미를 가지고 있는 경우이다. 이것은 의미 유형 사이의 관련성을 표현한 것으로, 규칙적 다의성은 생산적이고 예측 가능하여 일종의 단어 형성 규칙으로 간주된다.

다의어의 의미가 논리적으로 연관되려면 의미들 간의 관계가 일정해야 한다. 이러한 다의미의 관계는 대부분 환유에 의한 것이다. 은유는 서로 다른 개념 간의 유사성을 다루기 때문에 불규칙하고 예측이 다소 어렵다. 그러나 환유는 서로 인접한 개념들 간의 관계를 다루므로 규칙적이고 어느 정도 예측이 가능하다. '규칙적 다의어(regular polysemy)'나 '논리적 다의어(logical polysemy)'라는 이름으로 다루는 다의는 환유에 의해서 의미 확장된 것으로 볼 수 있다.

---

11) Polysemy of a word A with the meaning a_i and a_j is called regular if, in the given language, there exists at least one other word B with the meanings b_i and b_j, which are semantically distinguished from each other in exactly the same way as a_i and b_i and if a_i and b_i, a_j and b_j are non synonymous. (Apresjan 1974: 16)

즉, '한 단어의 다의들은 자의적인 것이 아니며 이들은 서로 밀접히 관련을 맺고 있다'라는 개념은 기존의 어휘 의미론에서 은유나 환유 등의 기제로 설명해 왔던 것이다. 그러나 다의어의 의미 간의 관련성은 개개의 단어에만 한정된 것이 아니라 다의어가 속한 부류의 단어들로 확대 적용해야 한다. 해당 단어가 속한 의미 부류를 파악한다면 문맥에서의 다의 양상을 예측할 수 있을 것이다.

이것은 기존의 의미 확장에서 개개의 단어를 중심으로 적용되었던 환유법을 적용 범위를 확대하여 일정한 의미 부류에 속하는 단어들에 적용하는 '체계적 다의성'으로 간주한 것이다. 또, 단어가 문맥에서 새로운 의미로 사용될 수 있다는 단어 의미의 창조성을 반영한 것이다12). 기존 단어들의 의미 확장 원리에 기초하여, 같은 부류에 속하는 새로운 단어가 문맥에 출현하더라도 유사한 의미 확장 양상을 따를 것으로 예측할 수 있다.

체계적 다의성은 규칙성, 예측가능성이라는 특성에 힘입어 일종의 단어 형성 규칙으로 간주되었다. Apresjan(1974)에서는 규칙적 다의어를 형태론의 단어 형성 규칙과 유사하게 파악하였다. 특히 Leech(1981)는 단어 형성 규칙(word formation rule)과 의미 전이 규칙(meaning transfer)을 통합하여 어휘 규칙(Lexical rule)으로 다루었다13).

---

12) 비록 사전에 단의로 뜻풀이되어 있어도 같은 부류의 의미 전이 양상에 따라 다의로 해석될 수 있다.
13) 단어 형성 규칙은 기저 단어나 어근에 접사가 결합하여 새로운 의미를 가진 단어를 형성한다. 의미의 전이는 형태, 통사적인 변화 없이 특정 맥락에서 의미가 전환되는 것을 말한다. 파생 의미는 특정 맥락에서 결합하는 단어들에 의해 그 의미가 판별된다.

특히 Leech(1981)는 의미 전이도 단어 형성 규칙과 유사하다고
간주하고, 단어 형성 규칙에서 기저형을 설정하여 여기에 접사가 결
합하는 것과 동일하게 의미 전이에도 기본의미를 설정하여 이 기본
의미가 맥락에 따라서 전이된 것으로 간주한다.

단어 형성 규칙은 문법 규칙과 달리 완전한 생산성을 갖는 것이
아니라 부분적인 생산성이 적용된다. 이미 같은 의미의 단어가 존재
한다면 단어 형성이 저지(blocking)되거나 의미 확장이 저지된다.
이와 같은 특성 때문에 의미가 확장된 단어들은 파생어 또는 합성어
와 유의어 관계가 될 수 있으므로 의미가 확장된 단어들은 파생어나
합성어로 그 의미를 나타낼 수 있다.

예를 들어 '아침, 점심, 저녁'은 시간과 그 시간에 먹는 음식을 나
타낸다. 여기서 두 번째 의미로 쓰인 '아침, 점심, 저녁'은 '아침밥,
점심밥, 저녁밥'과 동의어이다. 이것은 합성 규칙에 의해서 그 의미
를 명시적으로 표현한 것으로 볼 수 있다. 기존의 연구에서는 '아침
밥, 점심밥, 저녁밥'에서 '밥'이 생략되어서 '아침, 점심, 저녁'만으로
음식을 지시하는 것으로 간주하였다. 이것은 통시적인 관점에서의
설명이며, 공시적인 관점에서는 '아침, 점심, 저녁'은 다의어로 보아
야 한다. 특정한 문맥에서 '아침'과 '아침밥'이 서로 동의어이듯이 기
저어와 합성어가 서로 동일한 의미를 띠고 있는 것이다. 체계적 다
의성의 특성은 다음과 같이 정리할 수 있다.

(9) 체계적 다의성의 특성
   ㄱ. 한 다의어의 여러 의미들은 자의적이지 않으며 논리적인
      관계를 맺고 있다.

　　ㄴ. 유사한 의미관계를 보이는 어휘는 의미 부류를 형성한다.
　　ㄷ. 의미 확장된 다의어는 파생어나 합성어로 나타낼 수 있다.

　체계적 다의성은 단어가 문맥에서 새로운 의미로 사용될 수 있다
는 의미의 창조성을 반영한 것이며, 기존 단어들의 의미 확장 원리
에 기초하여 같은 부류에 속하는 새로운 단어의 의미도 문맥에서 예
측하는 원리가 된다.

　이러한 논의는 인지 언어학에서도 찾아볼 수 있다. Taylor(1995)
는 의미 확장에는 빈번하고 전형적이며 자연적인 것이 존재하므로
의미 확장의 반복적인 과정을 찾아야 하며 의미 확장에서는 제약을
찾기 보다는 경향성이나 규칙을 찾아야 한다고 주장한다.[14] 의미 확
장에 있어서 선호하고 반복되는 유형들이 있으며 이것은 문맥에서
의 의미 파악에 중요한 단서가 될 것이다. 다의에 일정한 규칙성이
존재하고 이를 의미 부류로 확장시켜 부류에 적용될 수 있는 다의성
으로 논의하고자 한다.

---

14) "어떤 특정한 경우에 어떤 의미들이 가능할 것인가 또는 불가능할 것인가
　　를 완전히 확실하게 예측할 수 있도록 의미 확장에 대한 범주적 규칙들을
　　형식화하려고 시도한다면 그것은 인지 언어학의 정신에 정면 위배된다.
　　그러나 우리는 의미 확장이 선호하는 패턴들―즉 어떤 특정 언어의 어휘
　　부 전반에 걸쳐서 계속 출현하고 또한 여러 언어들에서 많은 경우 반복적
　　으로 나타나는 패턴들을 찾을 수 있다." (Taylor 1995; 조명원/나익주 역
　　1997: 153)

2.2.2. 화용론적 접근

화용론 및 인지 언어학적인 측면에서 체계적 다의어의 규칙성 및 예측 가능성에 대해 의문을 제기한 학자들이 있다. 과연, 규칙에 의해서 다의를 예측할 수 있는가? 인지 언어학자들은 한 단어의 다의들이 서로 체계적인 은유와 환유에 의해 관련을 맺고 있지만 이들이 규칙으로 생성될 수 있는가에 대해서 의문을 제기하였다.

화용적인 입장에서 넌버그(Nunberg 1978)는 체계적 다의어(systematic polysemy)는 단어의 사용 측면에서 생산적인 생성을 할 수 있다고 주장한다. 예를 들어, 어떤 단어가 장소를 지시하면 장소에 사는 사람도 지시하고, 어떤 단어가 정기 간행물(신문)의 일종이라면 그 발행자(신문사)도 지시한다. 이러한 현상을 화용적인 관점에서 의미 전이(transfer of meaning)로 다루었다. 의미 전이는 한 사물의 속성으로 다른 사물의 속성을 지시하는 것을 말한다. 이것은 속성들 간의 현저한 직접적 대응이 있을 때 가능하며, 어떤 부류의 단어에서 다른 부류의 단어로 사상(mapping)하는 것으로 기술하였다.

그는 체계적 다의어를 어휘 규칙으로 처리하기보다는 어휘적 허가(license)로 처리하였다. 명사 '토끼'로 문맥에서 고기, 가죽, 털 등의 지시가 가능하지만 명사 '닭'으로는 동물이나 고기 이외에 사람들이 입는 옷의 털이나 가죽을 지시할 수 없다. 즉, '토끼를 입었다'라는 문장은 성립하나 '닭을 입었다'라는 문장은 어색하다. 이것은 실제로 토끼털로 만든 옷을 '토끼'로 지시할 수 있으나 닭털로 옷을 만들어 입지 않기 때문에 '닭'으로 닭털옷을 지시하는 것은 어색하다. 이것은 규칙의 적용 범위와 사용 영역이 제한되어 있음을 보여준다. 이런 현상은 사용의 측면에서 사회적 관습적인 해석에 기인한 것이며 어휘부에 사용의 관습적인 정보도 포함해야 할 것이다.

레러(Lehrer, 1990)는 다의어의 체계성 및 예측 가능성에 대하여 의미 영역에 따라 어휘를 선정하고 검증하였다. 명사는 동물 및 식물 어휘, 형용사는 감정 어휘, 동사는 이동 동사 등을 선정하여 다의성을 분석하였다. 그 결과 몇몇 일반화나 원리를 발견하였으나 예외적인 요소가 많다는 점에 주목하였다. 그러나 다의어의 의미들은 자의적인 것이 아니며 관습성, 중의성의 회피, 문화적인 필요와 인지적 원리 등으로 설명할 수 있음을 강조하였다.

체계적 다의성에 대해 의미론적인 분석과 화용론적인 분석이 가능하다. 의미적인 분석에서는 언어 내적인 관계로 다루며 화용적인 분석에서는 세계 내 대상사이의 관계로 다룬다.

의미적으로는 한 어휘 항목이 동시에 하나 이상의 지시물을 가리키며 화용적으로는 한 어휘항목이 지시하는 대상에 의해서 간접적으로 다른 대상을 지시한다.

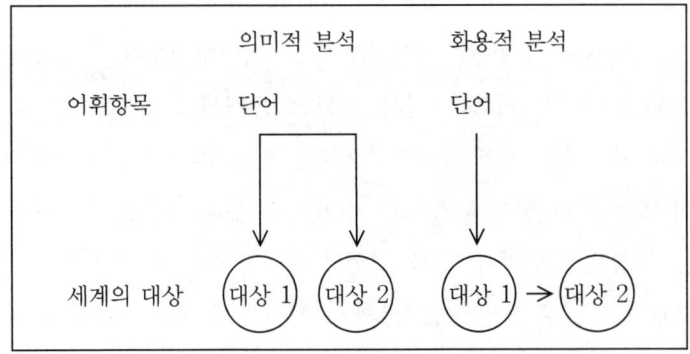

<그림 1> 체계적 다의성의 분석(Buitelaar 1998: 17)

명사 '학교'는 문맥에서 조직, 건물, 사람 등을 지시할 수 있다. 의미적으로 '학교'가 문맥에 따라 조직, 건물, 사람 등의 의미로 해석되는 것인가? 또는 화용적으로 '학교'라는 단어가 세계의 대상인 학교를 지시하고, 지시 대상인 학교와 인접된 대상인 조직, 건물, 사람의 관계를 지시하는가의 문제가 제기된다. 즉, 의미론적으로는 하나의 단어가 둘 이상의 의미로 해석될 때 각각의 대상을 지시하는데 반해 화용론적으로는 대상간의 지시의 전이가 일어나는 것이다.

의미론과 화용론의 구별에서 얼마나 많은 지식이 어휘 항목에 표상되어야 하는가의 문제가 대두된다. 의미적인 분석에서는 모든 추론은 어휘적 표상 안에서 만들어지기 때문에 가능한 한 어휘부에 많이 저장하려고 한다. 화용적인 분석에서는 어휘 항목에는 기본적인 의미만 저장하고 전체 원리나 관습에 의하여 문맥에서 추론하려고 한다. 의미적인 분석에서는 모든 다의를 어휘부에 표상해야 하기 때문에 다의를 생성하는 기제를 만들려고 한다. 그러나 모든 다의를 어휘부에 표상할 수는 없다. 여기에는 일정한 제약이 동반하기 때문이다. 화용론적으로 다의를 지시의 전이로 처리한다면 각각의 다의는 개별적인 것으로 처리되어 규칙적인 예들을 설명할 수 없을 것이다.

일련의 현상을 규칙적 부류적인 특성으로 파악하기 위해서는 의미론적인 기반에서 연구해야 한다. 비록 화용적인 제약으로 개별적인 단어마다 실제 문맥에서의 실현 양상에서 관습적인 차이가 있지만 범주나 부류 전반에 통용되는 규칙 또는 경향성이 있을 것이라는 가정 하에 논의를 전개한다.

2.2.3. 인지 언어학적 접근

인지 언어학에서는 체계적 다의성을 개념 환유의 일종으로 다룬다. 은유는 유사성에 의하여 서로 다른 개념 영역으로의 사상(mapping)이 일어나며 일부 관습적 은유를 제외하고는 그리 체계적이지 못하다. 환유는 인접성에 의하여 하나의 개념 영역에 속하는 일부분이 심리적 현저성을 획득하여 문맥에서 부각되기 때문에 체계적으로 나타난다.

수사학적 전통에서 환유는 한 실재물 e_1의 이름으로 인접한 다른 실재물 e_2를 지칭하는 것으로 정의되었다(Taylor 1995: 122). 전통적인 견해에서는 환유를 언어의 문제로 다루어 단어의 의미들이 인접되어 의미의 전이가 일어난 것으로 보지만, 인지 언어학에서는 환유를 개념의 체계로 다루어 개념 사이의 인접성에 의하여 다른 개념적 개체로의 심리적인 접근으로 간주한다(Kovecses & Radden 1998: 39).

인지 언어학에서는 환유가 단순히 어휘 의미의 관계가 아니라 개념의 원리로서 하나의 개념 공간에서 일어나는 현상으로 보고 있다. 환유가 어휘 의미의 차원뿐만 아니라 개념의 차원으로 확장된 것이다. 환유는 인지적 기제이므로 개념 세계에서 작용하며 이 작용에 의해 언어로 표현되고, 또한 이 표현은 화용적인 측면에서도 이루어지므로 환유는 개념적, 언어적, 화용적 현상이라고 본다. 즉, 환유에 의한 개념의 인접성은 실제 세계에서 개체들의 인접성을 반영한 것이고 이것이 언어로 표상되는 것이다.

환유 원리에 의해 형성된 다의는 문맥에서 일어나는 의미 변화가 어휘화를 통해서 발전한 것이다. 어휘 의미에서 잠재적으로 환유적 변화를 야기하고 그 결과 다의어로 의미가 확장된 것이다. 즉, 개념의 인접성에 의해서 환유가 일어나고, 의미 변화의 결과 어휘화되어 다의가 형성된 것으로 볼 수 있다. 다의어의 두 의미간의 관계가 환유적이라면 우리는 이것을 환유적 다의(metonymic polysemy)라 할 수 있다. 이러한 환유적 다의는 다의의 규칙성을 이루는 원리가 된다.

한편, 환유에는 일정한 방향성이 존재하는 것으로 보인다. 개념의 인접성에 의하면 부분에서 부분으로의 지칭이 가능해야 하나 이러한 환유는 좀처럼 일어나지 않는다. 예를 들어 <사물>, <동물> 부류에서는 전체로 부분을 지시하는 전이가 일어나는 반면, <인간>, <식물> 부류에서는 부분으로 전체를 지시하는 전이가 일어난다.

(10) ㄱ. {라디오, 라디오 소리}를 듣는다.

ㄴ. {피아노, 피아노 소리}를 듣는다.

ㄷ. {*새, 새소리}를 듣는다.

(11) ㄱ. 울음소리, 웃음소리, 비명소리, 노랫소리

ㄴ. 피아노 소리, 라디오 소리

ㄷ. 새소리, 개구리 소리

(10)의 새와 새소리는 인접한 개념이므로 환유가 일어날 수 있는 환경이지만 환유는 일어나지 않는다. (11ㄱ, ㄴ)의 '소리'는 생략될 수 있으나 (11ㄷ)에서 '소리'가 생략되면 (10ㄷ)과 같이 비문이 된다. 여기서 울음과 소리, 피아노와 소리, 새와 소리의 관계를 살펴보자.

(11ㄱ)의 '울음'과 '소리'는 개념의 포함관계이다. 상위어 '소리'에 '울음'이 포함되어 '소리'를 생략해도 아무런 의미의 변화가 일어나지 않는다. (11ㄴ)의 '피아노'와 '소리'는 인접한 개념으로 지시의 전이가 일어난 뒤, 결합하는 동사인 '듣다'로 하여금 '피아노'에서 소리의 해석이 나왔다.

한편, 새와 개구리는 소리를 내는 대상으로 피아노 및 라디오와 동일하지만 '새'와 '개구리'에서는 소리를 지시하는 전이는 일어나지 않았다. 부류적 차이에 의해 의미 전이가 다르게 나타난 것이다. 이미 동물 부류에는 동물명으로 동물의 고기나 가죽을 지시하는 전이가 존재하므로 동물명으로 소리를 지시하는 것을 허용하지 않았다.15) 동물 부류인 '새'와 '개구리'는 사물 부류인 '피아노'나 '라디오'와는 다른 부류에 속하기 때문에 서로 다른 전이 유형을 따른다. 그러므로 '새'나 '개구리'에서 소리의 해석이 나오지 않는 것이다.

이러한 현상은 환유에는 일정한 방향성이 있으며 부류마다 고유한 의미 전이가 있다는 것을 보여준다. 이 연구에서는 기존의 환유 논의를 부류에 적용될 수 있는 의미 전이 및 규칙성으로 논의를 확장시킬 것이며 환유의 방향성을 설명할 수 있는 기제가 될 것이다.

이 연구에서 다루는 체계적 다의성은 한 단어 형태가 문맥에서 둘 이상의 의미로 실현되는 것을 대상으로 한다. 한 단어의 두 의미 사이의 관계가 다른 단어에서 나타난다면 이들은 체계적 다의성을 띤다. 두 의미 사이의 관계가 의미적 근거에서 예측가능하고 다른 단어에도 광범위하게 반복되어 나타난다면 체계적이라 할 것이다. 이것은 엄격한 규칙이기보다는 일정한 경향성을 띠는 것이다.

---

15) 이것은 일종의 저지(blocking)현상으로 볼 수 있다.

2.2.4. 전산 언어학적 접근

푸스테욥스키(Pustejovsky 1995)는 기존 사전의 의미 나열식 어휘 기술을 비판하고 단어 의미 기술의 새로운 방법론을 제시하였다. 그의 생성 어휘부 이론(Generative Lexicon Theory)에서는 단어들이 문맥에서 의미가 생성되며 창조적으로 사용된다는 점을 강조한다. 특히 한 단어의 의미는 문맥에서 다양한 방법으로 실현된다는 점을 강조하였다.

단어들이 새로운 문맥에서 무한한 의미로 사용되는 것이 아니라 체계성을 가진 규칙적인 의미 변환으로 의미를 형성한다고 보았다. 사전의 어휘 항목 풀이에서 제공되는 다의미의 수는 제한되어 있지만 문맥에서 실현될 때에는 잠재적으로 다양한 의미로 실현될 수 있기 때문이다.

생성 어휘부 이론에 따르면 단어 의미의 체계성은 어휘 의미 구조에서 예측 가능하며 특질 구조를 부여하고 특질 구조의 한 부분이 강조되는 것으로 설명할 수 있다. 특질 구조에 부여된 여러 의미들은 구체화되지 않았지만 잠재되어 있다가 문맥의 영향을 받아서 구체화된다. 특히 명사 의미 연구에 있어서 특질 구조의 도입은 명사에도 동사와 같은 어휘 의미 구조를 상정할 수 있으며, 다의어의 의미가 자의적이지 않으며 논리적 체계적으로 생성될 수 있는 원리를 제시하였다.

이 연구에서는 명사의 체계적 다의성을 명사의 특질 구조의 한 면이 부각되어 실현된다는 생성 어휘부 이론에 기대어 설명한다. 실체 명사에서 '단발머리'는 사람의 머리 모양을 나타낼 뿐만 아니라

그러한 머리 모양을 가진 사람도 뜻한다. 문맥에서 실현되는 '단발
머리'의 두 의미를 다음과 같은 특질 구조로 표상할 수 있다.

(12)

$$
\begin{bmatrix}
\text{단발머리(머리)} \\
\quad \text{논항 구조 \quad 논항1= x: 사람} \\
\quad \text{특질 구조 \quad 기원역 = 자연물} \\
\qquad\qquad\qquad \text{형상역 = 단발머리\_상태(x)} \\
\qquad\qquad\qquad \text{구성역 = 부분(y, x) \quad y: 신체기관}
\end{bmatrix}
$$

(13)

$$
\begin{bmatrix}
\text{단발머리(사람)} \\
\quad \text{논항 구조 \quad 논항1= x: 사람} \\
\quad \text{특질 구조 \quad 기원역 = 자연물} \\
\qquad\qquad\qquad \text{형상역 = 단발머리\_상태(x)} \\
\qquad\qquad\qquad \text{구성역 = 전체(x, y)}
\end{bmatrix}
$$

특질 구조에서 구성역인 부분 즉 신체 기관의 의미가 강조되면
단발머리 모양으로 해석되며, 구성역에서 전체의 의미가 강조되면
그러한 머리 모양을 한 사람의 의미가 실현된다. 이와 같은 특질 구
조로 문맥 의미의 생성 과정을 명시적으로 나타낼 수 있다.
특질 구조는 구체 명사뿐만 아니라 사건, 상태, 추상 명사의 다의
성을 표상하는데 매우 유용하다. 사건, 상태 명사는 문맥에서 실체
성과 사건성 및 상태성이 교체되어 사용될 수 있다. 하나의 단어 형

태에서 실현되는 두 의미는 의미 유형(semantic type)에서 차이를
보인다. 의미 유형의 차이 때문에 의미 분류 체계에서는 각각을 분
리해서 분류해야 하며 의미적인 관련성을 나타내기 위해서는 생성
어휘부 이론의 표상 방법을 사용해야 한다.

　한편, '요리', '건축' 등은 과정 사건과 그 결과를 나타낸다. Pustejov
sky(1995)에서는 완성 동사는 행위 과정과 결과 상태로 이루어지며
완성 동사의 논리적 의미로 간주하였다. 즉, 사건 명사를 과정(process)
과 결과(result)로 구분하여 일종의 복합 사건으로 간주하였다. 복합
사건 명사 구문은 사건 구조를 가진 명사와 그렇지 못한 명사로 구
분되며, 사건 구조 분석이 되므로 논항구조를 가진다. 이와 같이 복
합사건 명사 구문과 단순 사건/결과 명사 구문은 어휘 개념 구조와
관련 있다.16)

　완성 동사의 명사 구문은 과정과 결과 상태의 중의적인 해석이 가
능하며 결과 상태에서는 특히 결과물을 지시한다. '건축(建築)'은 건
축하다, 건축물, 건축의 의미로 문맥에서 해석될 수 있다. 생성 어휘
부 이론에서는 'constructing'의 의미 구조를 다음과 같이 표상하였다.

---

16) Grimshow(1990)는 명사도 필수논항을 취할 수 있으며 복합 사건을 나타
　　내는 명사는 사건 구조와 논항 구조를 가지고 있다고 보았다. 명사는 하
　　나의 해석 기능만 하는 것이 아니라 동사처럼 논항을 취하는 것과 논항을
　　취하지 않는 것이 있으며 이것이 명사의 중의성을 유발하는 동기가 된다.

(14)

```
건축(constructing)
                   ┌ E1 = e1: 과정
                   │ D-E1 = e2: 상태
   사건구조 =       │ Restr = <∝
                   └ 중점 = e1

                   ┌ ARG1= ②        ┌ 인공물
                   │                │ 구성역 = ③
   논항구조 =       │                │ D-ARG1= ① 유정물_개체
                   │                │              형상역=물리적 대상
                   │                └ 형상역 = 물리적 대상
                   │
                   │ D-ARG2= ③      ┌ 물질
                   └                └ 형상역 = 물질

                   ┌ 형상역 = 존재하다(e2, ②)
   특질구조 =       └ 작인역 = 건축_행위(e1, ①, ③)
```

Pustejovsky(1995: 245)

사건 명사 중 과정 사건과 결과 상태의 의미 유형에 해당하는 명사들은 위의 구조로 표상될 수 있다. 본고에서는 하나의 어형에서 실현되는 여러 의미의 관련성을 생성 어휘부 이론으로 표상한다. 사건 구조로 사건 명사의 의미를 표상하는 것은 사건 명사의 의미 구조 내에 앞으로 실현될 의미들이 잠재되어 있기 때문이다.

전산 언어학에서는 다의어에 관심을 두고 Apresjan(1974)에서 제시한 규칙적 다의성(regular polysemy)이나 Leech(1981)의 어휘 규칙(Lexical rule)으로 다의를 처리하는 방안을 연구하였다. 단어의

의미를 문맥에서 자동적으로 해석하고 생성하기 위한 것이다. 문맥
에서 실현되는 다의에서 의미의 중의성을 해소하는 것은 자연언어
처리에서 매우 중요하다. 이와 같은 맥락에서 Pustejovsky는 생성
어휘부 이론을 고안하기에 이르렀고 그의 이론은 전산 언어학의 여
러 방면에 적용되고 있다. 그의 이론은 비단 전산 언어학[17]뿐만 아
니라 어휘 의미론, 인지 언어학(Cruse 2000, Jackendoff 2002 등)에
도 많은 영향을 주고 있다.

2.3. 문맥 의미 추출

 체계적 다의성은 한 단어의 의미로 확립되어 있는 다의뿐만 아니
라 문맥에서 의미가 구별되어 실현되나 다의로 확립되지 않은 의미
까지 포함한다. 이 절에서는 하나의 단어 형태에서 문맥에서 실현되
는 의미를 파악하는 방법을 고찰해보기로 한다.

 (15) ㄱ. 매일 <u>아침</u>, 먹고 남은 물을 베란다나 정원의 나무에 부어
        준다.
     ㄴ. 매일, <u>아침</u> 먹고 남은 물을 베란다나 정원의 나무에 부어
        준다.
     ㄷ. 박물관 수위가 이 일대를 적어도 <u>아침</u>과 저녁 한 차례씩
        은 순찰하고 있었다.

---

17) 전산학 분야에서 체계적 다의성(Regular polysemy)를 이용한 연구는 Wilensky
   (1991), Ostler and Atkins(1991), Kilgariff(1992), Copestake and Brisco(1
   995), Buitelaar(1998), Lapata(2000), Peters(2004) 등이있다.

ㄹ. <u>아침</u>, 점심, 저녁을 매일 이 스파게티만 먹으니 물릴 때도
   되었죠.

ㅁ. 비가 올 것같이 흐린 토요일 <u>아침</u> 시간입니다.

ㅂ. 사람들이 대부분 늦잠을 자느라고 <u>아침</u> 식사들을 못하고
   나왔다.

(15ㄱ)의 '아침'은 오전 시간으로 해석되며 (15ㄴ)의 '아침'은 오전
에 먹는 밥으로 해석된다. 그러나 (15 ㄱ, ㄴ)에서 쉼표가 없다면 중
의적으로 해석될 수 있다. 한편, (15ㄷ, ㄹ)의 '아침'은 각각 시간과
밥으로만 해석된다. 이것은 문맥에서 실현 가능한 의미 중 결합하는
술어('순찰하다', '먹다')에 의해서 하나의 의미만 선택되어 실현된
것이다. 말뭉치에서 '아침'의 사용례를 보면, (15ㅁ, ㅂ)의 '아침 시
간', '아침 식사' 등 명사구의 형태로 많이 쓰인다.

단일어인 '아침'의 형태로 아침 식사나, 아침 시간을 나타낼 수 있
음에도 불구하고 '아침 식사, 아침 시간' 등 명사구의 형태로 문맥에
출현하는 이유는 무엇일까? 단일어 '아침'은 (15ㄱ)과 같이 중의적인
해석이 가능하다. 합성어나 명사구를 형성하면 다의미 중 하나를 명
시적으로 표현할 수 있으므로 중의성이 해소된다. (15ㄱ)의 명사 '아
침'이 단독으로 쓰였을 때는 시간과 밥의 의미적 중의성을 띠고 있
으나 (15ㅁ, ㅂ)와 같이 명사구를 형성하면 의미적 중의성이 해소된
다. 이와 같이 국어에서는 합성어 및 파생어를 형성하여 문맥 의미
를 명시적으로 나타낼 수 있다.

(16) 아침 ⎡ 아침   현관 ⎡ 현관   장미 ⎡ 장미나무
        ⎣ 아침밥   ⎣ 현관문   ⎣ 장미꽃

      경찰 ⎡ 경찰관   조각 ⎡ 조각품   담임 ⎡ 담임선생님
        ⎣ 경찰서   ⎣ 조각하다   ⎣ 담임하다

    (16)의 '아침, 현관, 장미, 경찰, 조각, 담임' 등은 문맥에 따라 다의적으로 해석될 수 있다. '장미'는 문맥에서 장미나무 또는 장미꽃으로 해석될 수 있다. 즉, '장미'라는 표현에는 개념적으로 합성된 의미가 어휘 의미 구조에 잠재하고 있으며 문맥의 영향을 받아서 그중 하나의 의미가 문맥에서 실현된 것이다.[18] 문맥에서 '장미'의 구체 의미를 명시적으로 나타내기 위하여 '장미나무', '장미꽃'과 같이 합성어를 형성하고, 이 합성어들은 '장미'와 동의 관계에 있다. 이를 이용하여 합성어나 파생어의 의미를 통해서 기저어가 문맥에서 어떤 의미로 사용되는가를 파악할 수 있다.

    체계적 다의성과 관련하여 '아침', '장미' 등의 다의성을 같은 의미 부류에 속하는 단어들과 비교하여 결정할 수 있다. 명사 '아침'이 '아침시간'과 '아침밥'과 맺는 관계는 같은 의미부류에 속하는 '점심'과 '저녁'이 각각 '점심밥, 점심시간, 저녁밥, 저녁시간'의 의미 관계에 유추하여, 시간명사가 식사명과 밀접한 연관을 맺고 있으며 의미 전이가 일어나는 것으로 파악할 수 있다. 즉, 어떤 명사의 의미 전이 유형이 같은 부류에 속하는 다른 명사와도 유사하다면 이것을 체계적 다의성으로 간주할 수 있을 것이다.

---

18) 이것은 이미 획득된 의미들이 한 단어 형태의 기저에 잠재되어 있다가 문맥의 영향으로 실현되는 것을 말한다.

이러한 현상은 국어의 어휘 특성에서 찾아 볼 수 있다. 국어의 어
휘는 배의성(配意性)이 있어서 어휘 구조를 통해 그 의미를 예측할
수 있다. 단어의 구조에 있어서 기본적인 단어나 형태소가 본래의
의미를 가진 채 다른 요소와 결합하여 새로운 복합어나 파생어를 만
들어 가는 성질을 배의성(配意性), 유연 관계(motivation)라고 한다.
국어의 '눈물'을 영어의 'tear'와 비교하면, '눈'과 '물'이 결합하여 '눈
물'의 어형을 이루고 있어서 의미상 형태상으로 그 구성요소와 유연
한 구조를 이루고 있다(천시권·김종택 1971: 106).

국어의 복합어 구조는 비교적 투명하여 기저어의 의미로부터 합
성어나 파생어의 의미를 유추할 수 있다. 이런 특성에 기대어, 합성
어 및 파생어로부터 기저어의 의미를 유추하는 방법을 생각해보자.
특히, 주로 명사 결합 구성에서 선행 명사가 후행 명사의 의미를 포
함하고 있는 경우, 명사들 간의 의미 관계가 전체와 부분의 관계인
경우에 해당된다. 즉, 전체어로 부분의 의미를 나타낼 수 있다. 이러
한 방식으로 개별 단어의 의미를 추출하면 이를 체계적 다의성을 포
착할 수 있을 것이다.

(17) ㄱ. 계곡이 범람했다.
ㄱ'. 계곡물이 범람했다.
ㄴ. 계곡이 맑아 주민들이 많이 놀러온다.
ㄴ'. 계곡의 물이 맑아 주민들이 많이 놀러온다.
ㄷ. 계곡물이 맑아 주민들이 놀러온다.

(17ㄱ)에서는 '계곡'은 '계곡의 물'을 뜻한다. 결합하는 동사 '범람

하다'는 국어사전에 '강이나 시내의 물이 넘쳐흐르다'로 풀이되어 있다. 격틀 구조에서 N_1에는 '물이나 강' 등으로 표시되며 이때 '범람하다'가 선택하는 N_1은 '강이나 시내의 물'의 의미가 포함되어 있으나 위의 예문에서는 '계곡물'과 같이 '물'이라는 단어가 잉여적으로 사용되었다.

'계곡'과 '물'과의 관계는 계곡에 물이 포함되어 있으며 물이 계곡의 일부분이 되는 전체 부분의 관계이다. 엄밀히 말해서 계곡이 범람하는 것이 아니라 계곡의 물이 범람하는 것이나 동사 '범람하다'에 의해서 강이나 물, 계곡이 선택된다. 여기서 '강물, 계곡물'에서 '물'은 잉여적이나 그 뜻을 명시적으로 밝히기 위해서 사용된 것이다.

국어의 경우 '명사+명사' 구성에서 후행 명사가 생략되고 그 의미가 선행 명사에 포함되는 경우는 주로 전체와 부분의 관계이다. (17ㄹ)의 '계곡의 물'과 같이 '명사+(의)+명사' 구성에서 조사 '의'가 생략된 것으로도 볼 수 있다[19]. 문맥에 출현하는 것은 N_1이지만 구체적으로 문맥에서 실현되는 의미는 N_1+N_2의 의미이다.

이 절에서는 국어에서 명사의 다의를 명시적으로 보여주는 문맥적인 실마리를 찾고자 한다. 문맥에서의 대상 명사의 의미는 명사와 결합하는 수식어, 체언 및 용언을 통해서 파악된다. 특히 국어는 '명사+명사' 구성을 통해서 명사의 다의미를 명시적으로 보여줄 것이다. 특히 N_1+N_2의 구조에서 N_1과 N_2는 전체와 부분의 관계를 취하며 부분어가 생략되어 전체어만으로도 맥락에서 부분어의 의미로 해석된다. 이것은 결합하는 용언에 의해 선택되는 것이다. 특히 N_1

---

19) 김광해(1981)에서 조사 '의'가 생략되는 경우, N1과 N2는 전체와 부분의 관계이며 이들은 실생활을 반영한 것이라고 보았다.

과 N_2 구조에서 N_2의 의미가 N_1에 포함되어 있을 때 N_2의 의미를 반복 강조하기 위한 것으로도 볼 수 있다[20]. 구체적으로 N_1이 문맥에서 어떤 의미로 사용되는지는 'N_1+N_2'의 의미로 파악할 수 있을 것이다.

합성은 형태 구조상의 특성에 주로 관심을 두며 의미 구조상 합성에 사용된 구성 성분 사이의 의미 관계를 논한다. 기존의 합성어 논의에서는 '명사+명사' 결합에서 제3의 의미가 획득되는 것에 대해서 주로 관심을 가졌으나 '명사+명사' 구성에서 선행 명사의 의미에 후행 명사의 의미가 포함되고 후행 명사가 생략되는 것은 별로 연구되지 않았다[21].

이러한 합성어들의 의미 관계는 환유의 대상들이 갖는 개념 영역의 관계로 볼 수 있다. 합성어 즉 N_1, N_2가 갖는 의미 관계인 전체와 부분, 포함, 소유 관계는 환유의 대상이 되는 대상 영역과 목표 영역의 관계로 볼 수 있다. 그러므로 다의어의 의미들은 범주를 형성하고 각각의 다의미는 합성어 및 파생어와 동의 관계로 볼 수 있다. 다의어는 관련된 의미를 가진 단어들과 연관되기 때문에 한 단어 형태가 문맥에서 해석되는 여러 의미들 사이에는 체계적인 환유 관계가 존재한다.

모든 합성어의 의미가 선행 명사 N_1의 의미와 유사한 것은 아니며, 일부 N_1과 N_2의 관계가 전체와 부분의 관계인 경우, 시간 공간적으로 인접된 경우 등으로 제한된다. 이와 같이 일반화를 하기 위해서

---

20) N_1과 N_2가 각각 구체물일 때, 전체와 부분의 관계가 성립한다. 부분 전체의 관계에 의한 다의성은 동물, 식물, 사물 부류에서 찾아볼 수 있다. 특히 사물들은 부분을 가진 전체로 간주된다.
21) 일반적으로 N_1 + N_2 구조에서 중요한 의미요소는 핵(head)인 N_2이다.

는 여러 제약 상황을 살펴보아야 한다. 국어에는 기저어(N_1)의 의미를 문맥에서 중의성을 피하고 명시적으로 나타내기 위해서 합성어 및 파생어로 표현하는 경향이 있으며, 이러한 현상을 이용하여 문맥에서 기저어의 의미를 파악할 수 있을 것이다.

이것은 한 단어형태의 구체 의미들이 어휘 의미 구조에 잠재되어 있다가 구체화의 필요성에 의해서 맥락에서 실현되는 것으로 보고자 한다. 이때, 맥락에서 실현되는 의미는 기본 개념으로도 나타낼 수도 있고 개념의 합성에 의해서 나타낼 수도 있다. 합성에 의해 나타난 의미를 통해서 기본 의미를 예측할 수 있을 것이다. 이런 현상에서 맥락에서의 의미를 추출하고 그 추출된 사용 의미를 통해서 기본 의미를 예측할 수 있을 것이다.

잠재 의미가 구체적으로 실현되었을 때에는 국어에서는 맥락에서 의미의 구성요소를 분명히 알 수 있도록 합성어나 명사구의 형태로 명시하게 된다. 우리는 어떤 한 단어만이 가진 개별적인 잠재 의미가 아니라 그 단어가 속한 의미 부류에 적용될 수 있는 의미로 확대시킬 것이다. 이와 같이 한 단어에만 적용되는 것이 아니라 같은 부류에 속하는 여러 단어에 적용된다면 이러한 양상은 체계성을 띨 것이며 체계적으로 의미를 확장시킬 수 있는 기제가 될 것이다.

본고에서 제시한 문맥 의미 추출 방법은 실체 명사의 체계적 다의성을 파악하는 과정에서 제시한 것이다. 앞으로 많은 자료를 통해서 구체적으로 실현 가능한 문맥 의미 추출 방식이 논의되어야 할 것이다.

제3장

명사 의미 분류

국어 명사의 다의 현상 연구

제 3 장
명사 의미 분류

　명사의 체계적 다의성을 기술하기 위해 의미 분류 체계에 대한 논의가 필요하다. 체계적 다의성은 공통의 의미성분에 근거하여 단어를 범주화한다. 의미 영역에 속한 단어들은 일정한 다의성을 띠기 때문에 부류를 형성할 수 있다 국어의 의미 부류 체계 구축은 어휘 의미론의 연구 성과를 충분히 반영하고, 의미 영역에 따라 개별 단어의 의미 특성을 밝혀 그 체계성을 포착한 뒤 의미 부류 체계를 구축해야 할 것이다. 이 장에서는 먼저 체계적 다의성 기술의 전제가 되는 의미 부류(semantic class)에 대한 논의하고자 한다[1].

---

1) 여러 학문 분야에서 다양한 목적으로 온톨로지(ontology)를 다루고 있다 (Vossen 2003).
　① 철학적 전통: 논리적인 종(kind)과 유형(type)으로 실체(entity)를 범주화하고 그 결과, 형식 온톨로지(formal ontology)를 구축한다.
　② 인지적 전통: 인간의 정보 처리와 추론의 기능으로 실체를 범주화하며 그 결과 개념망(concept network)과 틀(frame)이 구축된다.
　③ 인공지능: 기계의 관점에서 정보 처리와 추론의 기능으로 실체를 범주화한다.
　④ 어휘 의미론: 언어학 이론의 한 부분으로서, 단어를 범주화하여 어휘부

3.1. 의미 분류 연구 경향

〈1〉 주제별 항목 분류

단어를 의미에 따라 분류하는 일은 사전 편찬이나 기타 어휘를
다루는 작업에 있어서 매우 필수적이다. 전통적으로 개념 분류, 어
휘 분류라는 이름으로 행해져 왔으며, 로제(Roget 1852)의 시소러스
(thesaurus), 일본어의 분류 어휘표(1995)[2], 국어의 분류 사전류[3]
등이 대표적이다. 대부분 특정한 주제 및 개념에 해당하는 모든 어
휘 항목을 망라하여 제시하는 주제별 항목 분류라는 특성을 갖고 있
다. 동의어 및 유사한 개념의 어휘 목록을 제시하여 사전 편찬에 이
용되거나 일반 사용자들의 작문 등에 이용된다. 항목별 주제별 분류
는 특정 목적을 가지고 단어 차원에서 분류한다. 사전의 어휘를 분
류하려는 목적으로 분류 체계를 세운 임홍빈·한재영(1993)에서는
단어 단위로 의미 범주에 따른 주제별 분류를 시도하였다. 동일 주
제와 관련된 주체와 환경 및 대상, 도구, 방식, 활동 등을 나타내는
단어를 같은 표제항에 포함시켰다.

(lexicon)를 형성한다.
⑤ 사전편찬학: 사전 편찬을 위해서 분류체계를 구축, 이용한다.
⑥ 정보과학: 정보 검색을 위해 주제별로 정보를 분류한다. 시소러스, 분류
　　어휘집이 해당된다.
2) 日本國立國語硏究所(1995)「國語語彙表」
3) 국어에서 어휘 분류 연구는 그 연원이 조선시대로 거슬러 올라간다. '조선
관역어'에서부터 '우리말 갈래 사전' 등 23종이 있다. 임지룡(1989)에서 자
세히 제시하고 있다. 사전 편찬을 위한 국어 어휘 분류 목록으로는 임홍
빈·한재영(1993)이 있다.

〈2〉 의미 영역 및 속성에 따른 의미 분류

어휘 의미론에서는 단어들이 공통의 의미 특성에 따라 의미 영역 또는 어휘장을 구성하며 각각의 의미들이 의미망으로 연결될 수 있다는 가정에서 의미 분류를 한다. 동일한 의미 영역내의 단어들은 일정한 어휘 관계(상하위어 관계)를 이루고 서로 의미망을 구성한다는 관점에서 의미 영역 및 의미 속성에 따른 분류를 시도하였다. 영어권의 나이다(Nida 1973), 라이온스(Lyons 1977) 등이 대표적이다. 국어 연구에서 행해지는 의미 분류들은 대부분 이러한 관점을 따르고 있으며 최근의 전산 언어학의 개념 분류(ontology)에도 영향을 주고 있다.

먼저, 나이다(1973)는 단어를 성분 분석에 근거하여 공통의 의미 속성을 가지고 있는 어휘를 중심으로 의미 영역을 구분하였다. <실체>, <사건>, <추상 개념>, <관계>로 의미 영역을 나누었으며 각각 영어의 명사, 동사, 형용사, 전치사 등의 어휘 범주가 해당한다. 의미 영역에 따른 구분은 분류 방식에 있어서 일차적으로 모국어 화자의 언어 직관이 사용되며, 이차적으로는 결합 관계 및 통합 관계에 있는 어휘들을 통해 분류가 이루어진다.

한편, 라이온스(1977)는 기존의 문법적 특성에 의한 단어 분류와는 달리 의미적 특성에 따른 분류를 시도하였다. 그의 기본적인 가정은 외부 세계는 사람, 동물 등 서로 구별할 수 있는 대상으로 구성되며, 언어로 그 대상을 지시한다는 소박실재론(naive realism)이다. 이와 같은 기본적인 존재론적 가정에 의해 대상을 상위영역인 일차 실체(first-order entities), 이차 실체(second-order entities),

삼차 실체(third-order entities)로 구별하였으며 이들을 지시하는 명사류를 일차 명사, 이차 명사, 삼차 명사로 구분하였다. 또, 범주를 운용하기 위한 최소한의 존재론적 범주로서 사람, 사물, 행위(사건과 과정), 질(quality)을 제시하였다.

라이온스(1977:442-445)에서 제시한 실체(entity)의 구분은 다음과 같다. 일차 실체는 시공간에 위치해 있고 지각으로 인지될 수 있는 구체물로 '사람, 동물, 식물, 사물' 등을 말한다. 이차 실체는 정적이거나 동적인 상황으로 '사건, 과정, 사태' 등 이다. 이것은 독립적인 물리적 대상인 일차 실체와 구별된다. 삼차 실체는 시간과 공간에 독립적으로 존재하며, 관찰이 불가능한 명제이며, 진위로 판별할 수 있는 '개념, 생각, 정보, 이론' 등이다. 이와 같은 상위 분류는 개념을 대상으로 했기 때문에 일차 실체에는 주로 명사가 속하고, 이차 실체에는 명사, 동사, 형용사, 삼차 실체에는 추상명사가 속한다. 이러한 라이온스와 나이다의 이론을 국어 연구에 반영하여 명사의 의미를 분류한 것이 최경봉(1997)이다.

〈3〉 존재론적 의미 분류

최경봉(1977)은 명사를 존재론적 의미 영역과 관련지어 실체 명사, 사건 명사, 상태 명사, 관계 명사로 분류하였다. 존재 대상이 세계 내에서 차지하고 있는 위치와 어휘 분류의 문제를 밀접히 연관지어 다루었다. 명사의 의미 분류는 명사의 의미 특성 표시와는 다른 차원으로 다루었으며 각각 속성과 부류로 구별하였다. 명사의 쓰임이나 성질은 명사의 의미 분류 단계가 아니라 해당 명사의 속성으로 분석하였다4). 예를 들어 '식용(食用)'으로 분류될 수 있는 명사는 자연물이나 인공물을 모두 포함하기 때문에 분류 체계상 단어가 중복되는 것을 피하기 위해 의미 속성을 배제시켰다. 대신 명사의 의미 속성은 속성 구조로 나타내고 분류 체계와 연결시켰다.

한편, 민현식(1999)는 존재론에 입각하여 국어의 품사 분류에 적용하였다. 존재론적 관점에서 인간에게 가장 중요한 의미 영역은 인간(human), 사물(thing), 공간(space), 시간(time)으로 본다. 인간이 우주라는 공간 속에 존재하며 시간의 흐름 속에 살면서 온갖 사물과의 관계 속에 존재하기 때문이다. 이러한 4요소를 자질로 설정하여 [+인간성(human)], [+사물성(thing)], [+공간성(space)], [+시간성(time)] 자질의 유무에 따라 네 가지 기본 의미 영역으로 분류하였다. 이러한 분류 기준으로 명사, 대명사, 동사, 형용사, 부사를 분류하였다.

이러한 의미 분류 체계에서 언어와 세계라는 고전적인 철학 문제가 제기된다. 세계와 언어와의 관계나 세계 내 대상의 질서를 다루는 것은 언어의 문제가 아니라 철학의 문제일 것이다. 명사의 의미 분류는 명사가 지시하는 대상만으로 분류되는 것이 아니라 언어 내적인 명사의 의미도 포함해야 한다. 명사의 개념에는 지시물에 대한

---

4) 최경봉(2001)에서는 최경봉(1997)을 수정하여 지식 기반 구축을 위한 명사 의미 분류 체계를 세웠다. 명사를 일차적으로 '실체, 사건, 상태, 관계' 부류로 나누고. 실체 명사는 '인간'과 '사물'로 분류하였다. '인간'은 내포성 여부에 따라서 고유명사와 구별하였다. 또, 생성 어휘부 이론을 반영하여 형상, 구성, 기능, 작인역 중 어떤 속성이 부각되는가에 따라서 '인간'과 '사물'을 하위 분류하였다. '상태'는 현상성, 심리성, 차원성, 양식성으로 나누었고, '사건'은 사건 구조의 중점에 따라서 '기동, 과정, 결과, 완성'으로 나누었다. '관계'는 '차원'과 '단위'로 나누었다.

정보도 포함되지만 명사가 지시하는 지시 대상만이 개념의 전부가 될 수 없다. 지시물에 대한 정보도 단어 개념의 일부분을 형성하지만 그러한 정보만으로 어휘가 세계내의 대상의 위치를 정확히 지시한다고 볼 수 없다. 범주의 존재론적 기반은 세계와 직접적으로 관련되는 것이 아니며 어떻게 인간이 세계를 인식하는가와 관련된다. 개념과 범주화는 어휘 지식의 본질과 연관된다.

〈4〉 심리적인 의미 분류

단어의 의미 분류는 의미 속성에 따라 분류되어야 하고 대상의 분류(taxonomy)와는 독립적인 의미 분류가 이루어져야 할 것이다. 공통의 구성 성분을 가진 단어가 일정한 의미 영역에 있고 이들이 어휘관계를 이루고 있다는 것은 어휘장 연구를 통해서 이미 밝혀졌다.

언어학적 연구와 더불어 심리학적인 연구에 기반을 두고 단어의 개념망을 구축한 것이 영어의 워드넷(WordNet: Fellbaum, 1998)이다. 워드넷은 동의어 집합(synset)을 기초로 하여 상하위어의 개념망을 구성하고 상위어는 특정한 단어 의미 관계를 형성한다. 이것은 개념에 계층이 존재하고 계층 구조가 언어를 유용한 방식으로 이해할 수 있다는 관점에 의한 것이다. 개념의 계층구조는 어휘 관계(유의어, 반의어, 상하의어, 부분어)를 통해서 파악될 수 있다.

워드넷은 각 단어의 의미를 상세히 나누고 각각에 대해 동의어 집합을 배당하였으나 한 단어형의 여러 의미들의 관계에는 별다른 관심을 두지 않았다. 밀러(Miller 1998: 35)에서도 '닭(chicken)'이 동물(새)이면서 음식물로 사용된다는 개념을 워드넷에는 미처 반영하지 못했다고 밝혔다. 동물인 '닭'의 상위어는 '새'이고 음식물인 '닭'의 상위어는 '음식'으로 연결되지만, 동물인 '닭'과 음식물인 '닭'의 연결망을 고안하지 못했다. 하나의 어형과 관련된 여러 의미들이 서로 다른 개념망에 위치하기 때문이다.

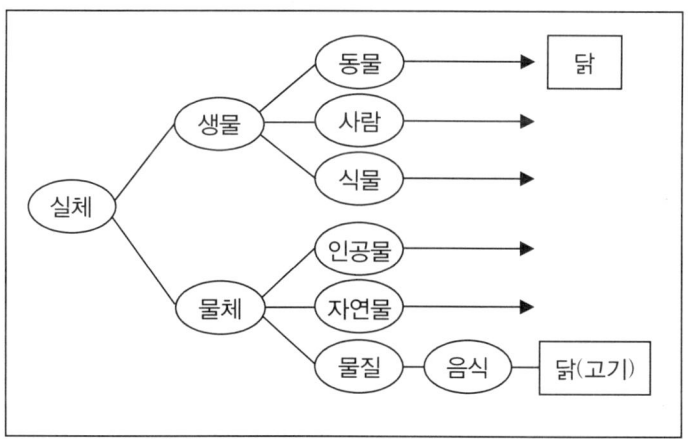

<그림 2> 워드넷의 Unique beginner [Miller(1998: 30)의
그림 1중 실체(entity) 부분

또한 워드넷의 분류 체계는 영어의 개념에 따른 분류로서 그 분류 체계를 따르기에는 국어의 실정에 맞지 않는 면이 있다. 이것은 워드넷의 분류 체계에 국어의 어휘를 대입하여 분석한 연구5)에도

---

5) 강범모 외(2002)의 4장에서는 영어의 워드넷, 일본어의 NTT 어휘대계, 중국어의 지망(知網) 및 유로 워드넷의 의미 부류 체계에 국어 어휘를 대입하여 그 차이점을 분석하였다. 여러 언어에서 개념에 따른 어휘의 공백이 존재하는 것은 분명하나 다국어 어휘 데이터 베이스에서는 이들을 하나로 묶어 줄 수 있는 의미 부류 체계가 필요하다. 공통의 존재론을 상정하고 공통의 개념을 찾아내서 어휘 공백 및 개념의 차이는 어휘 관계를 통해서 표상하는 것이 필요하다는 입장을 밝히고 있다.

제시되었듯이 언어마다 어휘화된 개념의 차이가 존재하기 때문이다.

〈5〉 형태 통사적인 의미 분류

　명사의 의미 분류는 의미 영역에 따른 분류이어야 한다는 대전제 아래 좀더 객관적이고 구체적인 분류 방법을 찾아보기로 한다. 의미적인 기준과 더불어 통사적인 기준으로 명사의 의미 분류를 시도한 논의가 있다. 즉, 어휘 의미의 횡적 종적 연합 관계를 사용하여 의미를 분류한 것이다. 계열 관계에 있는 단어들은 동일한 부류에 속할 가능성이 높다. 어떤 단어들이 계열 관계를 이루는가를 파악하기 위해 명사와 결합관계에 있는 술어를 이용할 수 있다. 체계적 다의성을 포착하기 위해서, 또는 의미 부류를 구축하기 위해서는 결합관계인 단어를 이용하여 계열관계에 있는 어휘들 간의 의미를 포착해야 할 것이다.

　이와 같은 방법론을 의미 부류 구축에 도입한 것이 그로스(G.Gross 1994)의 대상 부류(Object Class)이론이다. 세종 명사 의미 부류 체계(홍재성 외 1998-2007)는 대상 부류 이론(G. Gross 1994)을 이용하여 국어의 명사 의미 부류 체계를 수립하였다. 그로스가 제안하는 대상 부류 이론은 언어의 전산 처리와 자동 번역을 위한 언어 기술 방법이다. 다의어 기술의 엄밀성과 형식성을 보장하기 위해 신(新) 의미 자질(new semantic feature)과 대상 부류(object class)라는 두 층위의 의미 분석 단위를 기반으로 한다. 각 층위의 단위들은 어휘 요소들 간의 결합 특성이라는 통사적 근거로 정의된다. 특히 어휘 요소들의 결합 관계를 이용하여 의미 영역을 구별하였다[6].

세종 명사 의미 부류 체계는 개념적 방법론과 언어학적 방법론을 절충하여 분류 체계를 세웠다. 최상위 부류는 <구체물>, <집단>, <장소>, <추상적 대상>, <사태(事態)>를 설정하였으며 이들은 각각 하위 부류로 세분화된다. 상위 범주 구분은 개념적인 방법론을 사용하였고 하위분류는 언어학적인 방법론인 적정 술어 개념을 사용하였다. 예를 들어, 인간 명사가 주어 자리에 올 때는 '말하다', '생각하다', '쓰다' 등의 술어와 결합하며, 목적어 자리에 올 때는 '격려하다', '설득하다' 등과 결합한다. 인간 명사와 결합하는 술어들은 <인간> 의미 부류를 효과적으로 특징짓는 것으로 보았다(홍재성 외 2002). 적정 술어는 구체 명사나 <교통 기관>과 같은 특정 의미 영역에 속하는 어휘를 분류하는 데는 유용하지만 추상적인 개념을 일정한 부류로 묶을 수 있는 적정 술어를 찾는 것은 다소 어려워 보인다.

세종 명사 의미 부류 체계는 대규모의 어휘를 대상으로, 어휘의 의미적, 형태 통사적 속성에 기반하여 결합 관계 및 계열 관계를 바탕으로 국어 명사의 의미 부류 체계를 세웠다는 점에서 특기할 만하다. 이러한 의미 부류 체계는 서술어 논항의 의미 영역을 기술하는 데 효과적이다(박동호 2003). 또한 규칙적 다의성을 반영하였기 때문에 한 단어가 문맥에 따라서 여러 의미로 해석되는 것을 포착하는 데 용이할 것이다.

---

6) 대상부류이론에 대한 자세한 내용은 이성헌(2002), 박동호(2003) 참조.

〈6〉 전산 언어학적인 의미 분류

인공 지능 및 전산 언어학 분야에서는 철학적 존재론과는 별도의 존재론(온톨로지: ontology)[7]에 대한 연구가 활발하다. 온톨로지는 자연언어처리 분야에서 어휘 의미망을 구축하는 방법으로 채택되면서 더욱 부각되고 있다. 자연언어처리에 필요한 지식의 대부분이 어휘의 의미 정보를 이용하기 때문에 특정 어휘의 의미 정보와 배경 지식을 체계적으로 기술할 수 있는 방법론이 필요하게 되었다. 자연언어처리에 필요한 지식 기반을 구성하기 위한 방법론으로 온톨로지 연구의 필요성이 점차 증대되었다(신효필 2004). 미국의 미크로코스모스(MikroKosmos) 온톨로지와 유럽의 유로 워드넷(EuroWordNet)의 온톨로지가 대표적이다. 이 절에서는 유로워드넷의 온톨로지를 살펴보기로 한다.

유로 워드넷(EuroWordNet)[8]의 상위 온톨로지(Top Ontology)는 유럽의 8개국 언어에서 기본 개념 1310개를 추출하고 이것을 63개

---

7) 전산 언어학의 온톨로지는 철학에서 그 용어를 빌어 왔으나 다소 개념상의 차이가 있다. 전산 언어학의 온톨로지는 '자연언어로부터 독립해 있는 세계에 대한 지식의 체계'이며 이것은 어휘적, 통사적, 의미론적 과정에 세계 지식을 제공하는 기능을 한다(Nirenburg 1999). 전산 언어학에서는 공통의 온톨로지를 상정하고 담화 공동체의 사람들이 이것을 서로 공유한다고 가정하여 다양한 연구에 응용하고 있다.

8) 유로 워드넷(EuroWordNet; Vossen 1998)은 유럽의 8개국 언어를 대상으로 구축한 다국어 어휘 데이터 베이스이다. 이 작업은 1996년에 시작하여 1999년까지 지속되었다. 1차에서는 영어, 네덜란드어, 스페인어, 이탈리아어를 다루었고, 2차에서는 독일어, 불어, 체코어, 에스토니아어를 다루었다. 전체의 규모는 1차 유로 워드넷Ⅰ은 30,000 개념과 50,000 어휘 의미, 2차 유로워드넷Ⅱ는 15,000 개념과 25,000 어휘 의미를 포함한다. 유로 워드넷에 대한 자세한 내용은 Vossen(1998), 김현권(2000)참조.

의 상위 개념의 온톨로지로 형식화하였다. 유로 워드넷은 여러 언어의 어휘 의미를 개념망으로 연결하는 것을 목표로 하기 때문에 최소한의 언어 독립적인 존재론이 필요하였다. 라이온스(1977)에서 제시한 실체(entity)의 구분에 따라 최상위 단계를 일차 실체, 이차 실체, 삼차 실체로 나누었다. 다시 일차 실체는 아리스토텔레스가 주장한 존재의 4원인설9) 및 푸스테욥스키(1995)의 특질 구조를 반영하여 '기원, 형상, 구성, 기능'으로 구분하였다.

- 기원(origin): 개체가 출현하게 된 방법
- 형상(form): 고정된 형태가 없는 물질이거나 고정된 모양이 있는 대상
- 구성(composition): 전체이거나 전체의 부분
- 기능(function): 개체와 관련된 전형적인 행위

기본 개념은 이들 4역(role)의 개념을 조합하여 분류될 수 있으며, 최상위 개념은 존재론적 부류보다는 의미 자질(semantic feature)의 기능을 한다. 기본 개념은 다양한 조합으로 표상되므로 체계적인 교차 분류가 용이하다. 유로 워드넷의 온톨로지는 전산 언어학적인 목적을 가진 분류 체계이지만 언어학적인 성과를 최대한으로 수용하였다. 또, 개념의 다의적인 교차 양상을 반영하기 위해서 반격자

---

9) 아리스토텔레스의 네 가지 범주인 '질료인, 형상인, 동력인, 목적인'은 그의 기본적인 형이상학적 세계관인 목적론적 세계관과 밀접히 연관을 맺고 있다. 아리스토텔레스는 부동(不動)의 동자(動者)인 신(神)을 세계의 존재자들을 움직이는 근본적인 동인으로 삼았으며, 그 과정에서 질료가 형상과 결합하여 개별적인 실체를 이룬다고 보았다. 아리스토텔레스는 기본적으로 언어 질서가 세계의 질서를 반영하는 것으로 간주하였다(이유선 2002: 460).

(semi-lattice) 구조를 채용하였으며 기존의 이분지 계층 구조와는 달리 단어 의미의 다면적인 측면을 반영하였다. 전산 언어학 분야에서는 여러 이용 목적에 맞게 온톨로지(ontology)를 구축하였으나 자연 언어를 다루어야 하는 만큼 어휘 의미론의 성과를 최대한 수용해야 할 것이다.

이러한 측면에서 언어학적인 여러 이론을 분류 체계에 수용한 유로 워드넷의 온톨로지는 특기할 만하다. 특히, 유로 워드넷의 온톨로지는 개념의 다의적인 교차 양상을 분류 체계에 반영하였기 때문에 체계적 다의성 기술에 용이할 것이다.

3.2. 체계적 다의성과 의미 분류

언어학에서 개념 분류(ontology)는 단어 의미를 일정한 의미 영역으로 나눈 것이며 의미 영역은 일정한 의미 성분을 공유하는 의미 집합으로 이루어진다. 공통의 의미 성분을 갖는 단어들은 일정한 부류를 구성하며 서로 유사한 어휘적 통사적 특성을 갖는다. 의미 속성을 공유하는 단어들은 서로 유사한 통사적인 양상을 띤다는 점에서 의미 부류는 그 의의가 있다.

특히, 언어학적인 개념 분류는 세계 내에서 대상들 간의 관계를 다루는 것이 아니라 언어 내적인 개념 관계를 다룬다. 언어 의미에는 대상에 대한 지시와 개념이 포함되므로 세계 내의 대상을 언어로 표상한다고 볼 수 있다. 그러나 언어의 개념은 대상들과의 관계와는 별도로 자의적이다. 이러한 개념들은 개념망으로 연결될 수 있으며, 특히 어휘화된 개념들은 일정한 개념망을 통해서 어휘 관계(상하위어 관계)를 형성한다. 언어학적인 개념 분류는 세계 내의 대상들의 질서 및 위치와는 별도의 언어 내적인 어휘 관계인 개념 관계를 상정할 수 있다.

언어학적인 개념 분류인 단어의 의미 분류는 단어들이 일정한 의미 성분 및 자질로 이루어져 있으며 이러한 의미들은 상하위어 관계 등의 어휘 관계를 형성하여 계층구조를 이룬다. 이와 같은 언어학적인 개념은 전산 언어학 등 자연 언어 처리를 연구하는 분야에서 이용되고 있다[10]. 상하위어 계층구조에서 상위어의 의미 속성들이 하위어로 계승되기 때문에 이러한 특성을 이용하여 문맥 의미를 유추 해석할 수 있다.

체계적 다의성은 언어학적인 개념 분류의 특성을 충분히 반영하고 있다. 공통의 의미 성분을 갖는 단어들은 일정한 부류로 묶을 수 있기 때문에 일정한 다의성을 띠는 단어들을 하나의 부류로 묶을 수 있다. 또, 이들의 의미 관계를 통해서 새로운 단어의 의미도 예측할 수 있다. 이 연구에서는 체계적 다의성에 기초하여 의미를 분류할 것이며 체계적 다의성은 단어 의미를 분류하는 기준이 될 수 있을 것이다.

기존의 분류 체계에서는 어휘소(lexeme) 단위로 분류하기 때문에 다의미들이 다중적으로 분류되는 것을 설명할 수 없었다. 분류 체계에서 다의어의 여러 의미들 간의 일정한 관계를 반영한다면 좀 더

---

10) 서구에서는 영어의 WordNet을 이용한 연구가 활발히 진행되고 있으며 국내에서도 온톨로지(ontology) 구축 및 응용 연구가 활발히 이루어지고 있다.

효율적인 분류 체계를 구축할 수 있을 것이다. 특히, 유로 워드넷의
개념 분류에서는 개념의 교차 분류가 가능하도록 설계되었기 때문
에 다의어의 여러 의미들의 관계를 포착할 수 있다. 실체 명사의 경
우는 하나의 개념을 4가지 관점 '기원, 형태, 구성, 기능'의 관점에서
표상하기 때문에 다의적인 양상을 파악할 수 있다.

> (1) 과일 [기원: 자연물, 식물]   나무 [기원: 자연물, 식물]
>   [형태: 물체]   [형태: 물체]
>   [구성: 부분]   [구성: 전체]
>   [기능: 음식물]

'과일'은 기원적으로는 자연물, 식물에 속하며, 형상적으로는 일정
한 형태를 가진 물체이다. 구성적으로는 나무의 일부분이지만 기능
적으로는 인간이 먹는 음식물이다. 이와 같은 정보를 통해서 '과일'
은 위의 4개념을 갖는다. 유로 워드넷에서 이들 상위 4개념은 부류
(class)보다는 의미 자질(semantic feature)로서 기능한다. '과일'의 4
개념을 '사과, 배, 귤' 등이 가지고 있다면, '과일'의 일종으로 분류할
수 있는 것이다. 유로 워드넷의 분류체계는 엄격한 부류의 개념이
아니라 자질의 개념을 채용하기 때문에 기존 분류 체계의 나무(tree
type) 구조와는 달리 격자(lattice type) 구조를 수용하여 다의미를
표상하고 있다.

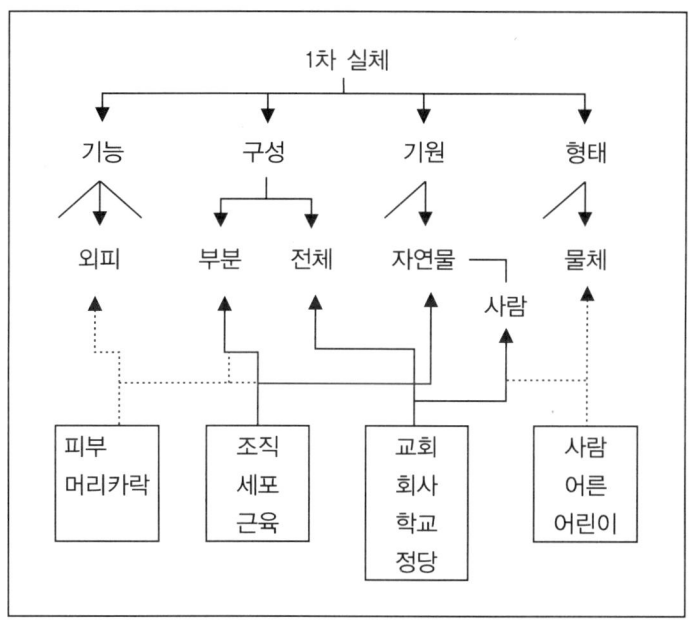

<그림 3> 유로워드넷 1차 실체의 상위 개념 분류의 격자 구조
(Vossen 1999: 63)

기존의 의미 분류 체계는 계층적, 이분적인 구조로 의미를 분류한
다. 즉, 실체는 구체물과 추상물로 분류되고 구체물은 다시 유정물
과 무정물로 나누어진다. 이런 분류 체계에서는 하나의 어휘 항목이
다중적으로 분류되는 것을 설명할 수 없었다. '사과'는 자연물(식물)
이면서 어떤 물체의 부분이며 음식물의 기능을 한다. 일차적으로
'사과'는 자연물의 부류에 속하지만 음식물로서의 '사과'는 무정물에
속한다. 그러나 유정물과 무정물의 분류는 배타적이어서 하나의 부
류에 속하면 다른 부류에 속할 수 없다. 이러한 분류 체계에서는 '사
과'의 여러 의미를 제대로 분류할 수 없을 것이다[11]. 그러나 기존의

이분적인 분류를 탈피해서 격자 구조를 수용한다면 다중적인 분류가 가능하다.

    <그림 3>과 같이 격자 구조로 일차 실체의 개념을 표상하면, 한 단어의 의미를 다차원적으로 포착할 수 있다. 예를 들어, '학교'가 인간 집단으로 해석되는 것은 구성적으로 집단(조직)의 개념과 기원적으로 인간의 개념을 갖고 있기 때문이다. '학교, 교회, 기관, 정당' 등이 모두 이와 같은 구성 요소를 갖고 있으므로 이들을 하나의 부류로 묶을 수 있을 것이다.

3.2. 체계적 다의성을 반영한 의미 분류

    기존의 의미 분류 체계에서는 단어, 어휘소(lexeme) 단위 또는 의미(sense) 단위로 의미 분류를 하였다. 단어 단위의 분류 체계에서는 한 단어에 포함된 여러 의미들이 각각 다른 부류에 속하는 것을 표상하지 못하였다. 이것은 연구자마다 다른 분류 체계를 상정하는 이유가 되었다. 또한 의미 단위로 분류하지만 관련된 의미를 어떻게 표상하는가의 문제도 대두된다. 분류의 방법에 있어서 의미적 기준과 더불어 형태 통사적인 기준도 필요하다. 본고에서는 라이온스(1977)의 분류 체계에 따라 명사를 실체 명사와 사건 명사, 상태 명사, 추상 명사로 분류한다. 하위분류는 개별 단어의 특성을 반영한 분류가 될 것이다. 특히 본고에서는 단어 단위의 분류가 아닌 의미

---

11) 이것은 3.1장에서 워드넷의 분류 체계에서는 '닭'과 '닭고기'의 관계를 표상해 줄 수 없다는 문제와 일맥상통한다.

단위의 분류가 필요하다는 점을 의미 유형의 전이를 들어서 설명하고자 한다. 이것은 개별 단어의 특성이 아닌 특정한 의미 성분을 공유한 명사들의 체계적 다의성에 해당할 것이다.

〈1〉 실체 명사의 의미 분류

명사는 일반적으로 사람이나 사물, 장소를 지시한다. 이와 같은 전통적인 정의는 명사 부류의 가장 전형적인 대상을 지시하는 것이나 명사 부류에는 상태나 행위를 지칭하는 명사도 포함되어 있다. 이것은 문법적인 구분보다는 의미적인 구분이 필요하며 이것은 라이온스(1977)의 의미적인 실체 구분이 유효하다는 것을 말해 준다. 본고에서는 라이온스의 의미 분류 체계에 따라 명사를 실체 명사, 사건 명사, 상태 명사, 추상 명사로 나눈다. 또한 형식 의미론에서 제시하는 타입(type) 이론에 따라 의미 유형[12]을 설정할 것이다. 이 것은 사건 명사, 상태 명사, 추상 명사에서 의미 유형이 전이되는 것을 보이기 위한 것이다

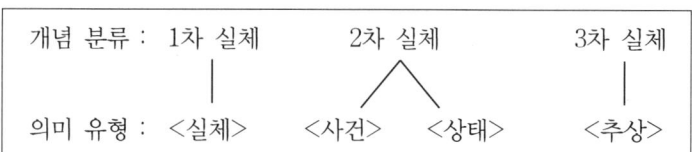

<그림 4> 개념 분류(Ontology)와 의미 유형(semantic type)

---

12) 형식 의미론의 타입(type) 이론에서는 명제 유형(proposition type)을 두고 있으나 본고에서는 명제와 추상 개념을 포함하는 유형으로 명제의 상위에 추상(abstract)을 두고자 한다. 사건(events)은 행위(activities), 과정(processes)을 포함하는 개념으로 간주한다.

라이온스(1977)의 실체 구분에 따라, 먼저 일차 실체에 해당하는 실체(구체) 명사를 감각에 의해 지각될 수 있고 삼차원 시공간에서 위치하고 관찰될 수 있는 구체적인 실체를 지시하는 표현으로 한정하였다. 실체 명사는 다시 <기원>, <구성>, <형상>, <기능>으로 분류될 수 있다.

<기원>은 일차적으로 <자연물>과 <인공물>로 하위 구분된다. <자연물> 범주에는 '돌, 모래, 물'과 '생물, 동물, 식물, 인간'과 같은 '무정물'과 '물질'이 포함된다. 또, <자연물>에는 <생물>이라는 중간 범주를 두고 <동물>과 <식물>, <인간>으로 나누었다. <형상>은 '물질'과 '물체'로 나누어지며, <물질>은 '고체, 액체, 기체'로 나누어진다. <구성>은 '전체'와 '부분'으로 나누어지고, <기능>은 자연물이나 인공물이 취할 수 있는 기능을 중심으로 나누었다. 이와 같은 분류는 한 단어의 의미가 적어도 4관점에서 나누어질 수 있다는 것을 반영한다.

<기능>의 관점[13]에서 명사를 직업, 음식물, 용기, 도구, 의복, 가구, 교통기관, 장소, 건물, 표상 등으로 분류할 수 있다. 인간은 기능의 관점에서 어떤 일을 하는가에 따라 분류될 수 있으며 이는 곧 직업에 해당한다. 동식물은 인간의 음식물로의 기능을 하므로 음식물 부류에는 동물과 식물이 속할 것이다. 교통 기관은 인간의 이동의

---

13) 대부분의 인공물은 기능의 관점에서 분류가 가능하지만 기능이라는 개념은 다소 모호하다. 인공물에는 그 기능에 행위가 내재된 것으로 보이지만 '담, 다리, 광산, 건물' 등의 인공물은 그 기능은 명백하지만 행위는 불분명하다. 사과는 먹는 것이고 말은 타는 것이고 나무는 그늘을 주는 것 등 자연물에도 일정한 기능이 있는 것으로 보이지만 원자, 구름, 산 등과 같이 일정한 기능이 없는 자연물도 있다.[밀러(1991)/강범모·김성도(옮김) (1998: 208)].

수단이며, 도구는 어떠한 일을 할 때 사용되며, 용기는 물체 및 물질을 담는 기능을 한다. 장소나 건물에서는 어떠한 일이 벌어지거나 행하는 곳이다. 책, 그림 등은 추상적인 내용을 구체물로 형상화하는 기능을 하며, 가구 및 의복은 '앉다. 공부하다. 자다, 입다, 쓰다(冠)' 등 행위가 내재된 기능을 한다. 기능의 개념은 이외에도 더 추가될 수 있으나 본고에서는 기본 개념이 될 수 있는 것을 대표적으로 제시하였다. 실체 명사의 의미 분류는 다음과 같이 나타낼 수 있다.

(2) 실체 명사의 의미 분류14)

기원	**자연물**	**생물**	**인간**	기능	**직업** : 의사, 연구원, 기자, 경찰관
			동물		**교통기관** : 차, 배, 보트, 버스, 지하철
			식물		**음식물** : 음료수, 음식
	인공물				**가구** : 탁자, 의자, 침대, 장롱
					도구 : 기구, 기계, 무기
형상	**물체** : 책, 차, 사람				**용기** : 잔, 병, 주전자, 도시락, 가방, 상자
	물질 고체 : 돌, 플라스틱, 쇠				
	기체 : 공기, 산소, 가스			표상	**언어** : 텍스트, 단어, 문장, 발화, 시, 책
	액체 : 물				**돈** : 동전, 지폐
구성	**전체** : 신체				**영상** : 교통표지판, 수화, 신호등
	집단 : 군대, 함대, 회사				**의복** : 바지, 저고리
	부분 : 머리, 손가락, 바퀴, 문, 벽돌				**외피** : 가죽, 옷감, 직물
					장소 : 지역
					건물 : 집, 호텔, 미술관

---

14) EuroWordnet(Vossen 1998)의 상위 온톨로지를 원용하여 제시한 것이다. 위의 분류에서 굵은 글씨체로 표시된 것은 개념 범주이며 뒤에 해당 단어의 의미를 나열하였다.

한편, 최경봉(2001)은 실체 명사를 '인간'과 '사물'로 분류하고, 내포성 여부에 따라서 고유명사와 구별하였다. 또, 형상, 구성, 기능, 작인역 중 어떤 속성이 부각되는가에 따라서 '인간'과 '사물'을 하위분류하였다. 사물 명사의 분류에서는 공간, 개체, 부분체를 같은 위치에 놓고 각각에 대하여 형상, 기능, 작인의 관점에서 구분하였다15).

사물을 보는 4관점을 의미 분류에 적용한 것은 본고와 동일하나 본고에서는 기원, 구성, 형상, 기능의 관점에서 상위분류하고 각각에 대해 하위분류하였다. 최경봉(2001)에서는 위의 4관점으로 인간과 사물을 각각 하위분류하였다. 아래의 분류에서와 같이 <형상>, <기능>, <유정>, <무정> 등의 분류가 하위분류에서 반복되기 때문에 다소 잉여적이며 다의어의 의미가 교차 분류되는 것을 반영하지 못한 것으로 보인다.

본고에서는 일차 실체를 사물을 보는 4관점인 기원, 구성, 형상,

---

15) 최경봉(2001)의 사물명사 분류
　공간　[-내포]　　형상: 백두산, 한강
　　　　　　　　　기능: 충청도, 전라도, 중국, 미국
　　　　　[+내포]　형상: 땅, 하늘, 산, 들, 바다, 강, 냇가
　　　　　　　　　기능: 학교, 호텔, 마당, 운동장, 체육관, 공원, 도시, 고
　　　　　　　　　　　 향, 국가, 마을, 국회, 회사, 집
　개체　[-내포]
　　　　　[+내포]　유정 형상: 돼지, 소, 말, 개, 닭
　　　　　　　　　기능: 가축, 사냥개
　　　　　　　　　무정: 형상: 가스, 공기, 나무, 눈물, 때, 물, 사과, 쌀, 풀, 흙
　　　　　　　　　기능: 망치, 밥, 빵, 의자, 기관차, 자동차, 책상, 톱
　　　　　　　　　작인: 인조물, 창작물
　부분체　공간부분: 형상: 냇가, 강변, 상처
　　　　　　　　　　기능: 길목, 방, 구멍, 창, 문, 문턱, 벽, 입구
　　　　　개체부분: 유정: 얼굴, 등, 가슴, 허리, 배, 무릎, 머리
　　　　　　　　　　무정: 가지, 뿌리, 엔진, 손잡이, 뚜껑 마개

기능의 관점에 따라 상위분류하고 각각에 대해 하위분류하였다. 이
것은 이분적인 계층구조를 형성하는 것이 아니라 자질의 조합을 이
루며 격자구조를 구성하여, 개념의 다의적 교차 양상을 분류 체계에
서 표시하기 위한 것이다. 격자 구조 자체로는 계층 구조를 이루는
것은 아니지만 상하위어 관계를 통해서 의미의 계층 구조를 형성할
수 있을 것이다

〈2〉 사건 명사의 의미 분류

라이온스(1977)의 이차 실체는 정적인 상황과 동적인 상황으로
나뉘며 이것은 각각 사건(event)과 상태(state)로 지칭된다. 사건 명
사는 시간 속에 정태적으로 존재한다기보다는 일어나거나 발생한다
는 특성을 가지고 있다. 의미적으로 동사와 같은 특성을 띠지만 문법
적으로는 명사에 속하므로 일반적으로 사건 명사를 어휘상적(lexical
aspect) 특성에 따라 분류한다. 이것은 벤들러(Vendler 1967), 다우
티(Dowty 1979) 등이 상적 특성에 따라 동사를 상태(state), 과정
(process), 완성(accomplishment), 성취(achievement)로 분류한 것
에 근거한다.

먼저, 국어 명사의 상적인 분류 방식을 취한 대표적인 연구를 살
펴보자. 원대성(1985)은 동사의 상적 특성인 Aktsionsart와 구분하
여 명사의 상적 특성을 동태성(動態性)으로 구분하였다. 동태성 명
사는 '이다'나 '하다'와 결합하거나 그 자체로서 서술어로 기능할 수
있는 명사이다. 모든 명사를 동태성 여부에 따라 비동태성 명사와
동태성 명사로 나누었다. 비동태성 명사는 그 의미 특성에 따라 구

체성 명사, 정도성 명사, 부사성 명사, 추상개념 명사로 나누어진다. 동태성 명사도 [상태성], [결과성], [순간성] 등의 상적 자질 유무에 따라 분류하였다.

강범모(1999)에서는 사건 명사가 취하는 속격 명사구에 따라서 사건 명사를 분류하였다. 행위자역과 대상역을 모두 속격 명사구로 취할 수 있는 명사, 대상역만을 취할 수 있는 명사, 경험주역만을 취할 수 있는 명사로 구분하였다.

최경봉(2001)에서도 사건이 시간 안에 존재한다는 사건의 존재론적 특성을 반영하고, 또, 강범모(1999)에서 제시한 사건의 중점을 도입하여 사건 명사를 분류하였다. 예를 들어 '파면'과 '해고'는 결과 상태가 명확하게 제시된다는 점에서 종결에 의미적 중점이 있으며 '비판'과 '연구'는 결과 상태가 불확실하다는 점에서 진행에 의미적 중점이 있다. '생각, 동정, 증오'는 결과나 과정보다는 상태의 지속에 초점이 맞추어져 있다. 이와 같은 특성에 따라 사건 명사를 '기동, 과정, 결과, 완성' 등으로 분류하였다.

이병규(2001)에서는 명사를 어휘상과 의미역 할당의 특성에 따라 분류하였다. 먼저 시간에 고정된 명사와 시간 유동 명사로 구분하였으며, 시간 유동 명사는 어휘상적인 특성을 가지며 사태 명사와 술어 명사로 구분하였다. 여기서 술어 명사는 상태와 작용으로 구분하였으며 작용은 순간과 과정으로, 과정은 지속과 완성으로 구분하였다. 특히 술어(사건) 명사의 분류에 있어서, 의미에 기반한 분류보다는 문법적이고 객관적인 분류를 시도하였다. 상적 속성을 띠는 단어들과의 결합 여부를 통해 술어 명사를 구별하였으며 술어 명사와 사태 명사와의 중의성을 띠는 예도 주목하였다.

이러한 사건 명사의 상적 분류는 문장에서 다양한 의미로 해석되
는 사건 명사의 다의성을 충분히 설명하지 못하는 것으로 보인다.
최경봉(2001)의 사건 명사 분류를 살펴보자.

    (3) 기동: 동정, 생각, 신뢰, 증오, 질투, 혐오, 회상, 회피
        과정: 가열, 간호, 공부, 공격, 기술, 대답, 등산, 발언, 성장, 비
            판, 사랑, 연구, 조사, 질문, 행진, 활동
        결과: 감금, 도달, 발견, 분실, 승리, 시작, 이별, 파면, 폭파, 폭
            발, 획득, 구입, 충돌, 판매, 파괴, 호전, 회복, 확장, 훼손,
            폭락, 판단
        완성: 건설, 건축, 설계, 신축, 암기, 저술, 제작, 편집

    (3)의 분류에서 과정 부류에 속하는 '대답, 발언, 질문' 등은 사건
의 과정을 나타낼 뿐만 아니라 특정 문맥에서는 그 내용을 지시하기
도 한다. 또, '비판, 연구'는 과정(행위)와 행위의 결과로서 비판 내
용, 연구 내용 등을 지시할 수 있다. 그러나 같은 부류에 속하는 '행
진', '등산', '성장' 등은 행위로서의 과정의 의미만을 나타낸다. 동일
한 과정 부류에 속하는 명사들이 의미적 특성에 따라 서로 다른 다
의 양상을 보이는 것이다.

    이와 같은 특성에서, 사건의 과정과 내용을 나타내는 부류와 과정
만을 나타낼 수 있는 부류로 나눌 수 있다. 또, 의미적인 측면에서
'대답, 발언, 질문' 등은 의사소통을 뜻하는 명사이며, 의사소통을 뜻
하는 사건 명사는 과정과 내용을 지시한다고 볼 수 있다. 이것은 상
적인 분류만으로는 사건 명사의 다의성을 설명하는데 충분하지 않

으며 의미적인 구분이 필요하다는 것을 말해준다.

사건 명사의 분류에도 동일한 의미 영역에 속한 명사들이 유사한 의미적, 통사적 특성을 가지고 있을 것이라는 가정을 적용할 수 있다. 이것은 레빈(Levin 1990)이 영어의 동사를 의미적 통사적 특성에 따라 분류한 것과 같은 맥락이다. 동사의 상적인 분류도 충분한 장점을 갖고 있으나 이것과 더불어 레빈의 분류와 같이 통사적, 의미적인 특성에 따른 분류도 유용할 것이다.

본고에서는 사건 명사를 의미적 특성에 따라 분류하기로 한다. 사건 명사를 <원인>, <현상>, <변화>, <행위>로 분류한다. <원인>에는 원인이나 결과를 나타내는 사건 명사가 포함된다. <현상>은 자연적인 상황인 날씨 등이 속한다. <변화>는 양, 질, 소유, 존재, 장소의 변화를 일으키는 사건으로 나누어진다. <양>의 변화는 실체물에서 양의 증가와 감소를 나타낸다. <소유>의 변화는 '매매, 거래, 제공, 기부' 등과 같이 사고, 팔고, 주고, 받는 등의 소유의 변화를 나타내는 개념들이 해당한다. <존재>의 변화에는 '죽음, 삶'과 같이 자연물에서의 존재의 변화와 '생산, 파괴, 창조, 고안' 등 인공물의 제조와 생산과 관련된 개념들이 포함된다. <장소>의 변화에는 이동과 관련된 표현인 '이동, 상승, 하강, 입장, 퇴장' 등이 해당한다. 또, <행위> 부류는 의사소통과 경험으로 나누어진다. 특히 언어 행위는 의사소통과 관련된 표현으로 화행(speech act)을 지시하며 일차 실체인 언어 표상의 형식으로 전달된다. 그 내용은 명제로서 삼차 실체인 추상 개념을 갖는다.

(4) 사건 명사의 의미 분류

사건
　　원인
　　현상
　　변화
　　　　　양 : 증가, 감소
　　　　　질 : 개선, 악화
　　　　　소유 : 매매, 거래, 교환, 기부, 제공, 소비
　　　　　존재 : 생산, 파괴, 창조, 고안,
　　　　　장소 : 이동, 상승, 하강, 입장, 활강, 여행
　　행위
　　　　　의사소통 : 설명, 대화, 질문, 주문, 명령, 표현
　　　　　경험

　　본고에서는 이와 같은 의미를 사건 명사의 기본 개념이라고 보고 사건 명사를 분류한다. 사건명사의 의미 분류 체계를 세우기 위헤서는 모든 사건 명사의 통사적 의미적 교체 양상을 찾아 이를 토대로 분류를 형상화하여야 할 것이다. 그러나 본고의 목적은 분류 체계의 구축보다는 다의적인 용법을 보이는 사건 명사를 고찰하는 것에 있으므로 분류 체계는 위와 같이 간략하게 제시하였다. 사건 명사의 분류는 동사의 의미 분류와 관련되므로 동사의 의미 교체 현상에 대한 연구와 더불어 사건 명사의 의미 분류 체계가 연구되어야 할 것이다.

⟨3⟩ 상태 명사의 의미 분류

상태 명사의 의미 분류는 사건 명사와 같이 명사의 상적인 특성에 주목한 연구들에서 발견된다. 원대성(1985)은 명사가 동사, 형용사와 의미상으로 넘나들 수 있으며 이러한 특성에 입각하여 명사를 분류하였다. 상태성을 지니고 있는 명사들은 특별한 동작상의 형태를 붙이지 않고 명사 그 자체로서 '어떤 상황이 일정기간 계속 된다'는 '계속'의 상적 의미를 나타낼 수 있으며, 부사의 수식을 받을 수 있는 정도 명사(부자, 바보 등)를 실체 명사로 분류하였다.

최경봉(2001)에서 '상태'는 어떤 대상의 속성으로, 시작과 끝이 명확하지 않는 시간의 연속선상에서 지각된다. 상태 명사는 동작성이 없는 정적이고 고정적인 의미를 가지며, 실체의 속성을 개념화하여 존재의 양태를 표시하고 의미상 형용사와 연관된다. 이러한 상태 명사의 특성을 현상, 심리, 차원, 양식으로 구분하였다.[16]

본고에서는 상태명사도 의미적인 특성에 따라 분류되어야 한다고 보고 상태 명사를 ⟨속성⟩과 ⟨관계⟩로 분류하였다. ⟨속성⟩에는 물

---

16) 최경봉(2001: 297)에서 상태 명사는 존재 양태를 표시하며, 이러한 상태 명사의 특성을 현상, 심리, 차원, 양식으로 구분하였다. 관찰과 심리 체험에 의해 규정되는 부류와 시공간적 위치나 제도적 구분으로 규정되는 부류로 나누었다. 차원과 양식은 분류사를 통해 단위화가 가능하며, '현상'과 '심리'에 속하는 상태 명사는 분류사를 통한 단위화가 불가능하다.
   · 현상성 사태: 노랑, 빨강, 파랑, 색깔 소름, 소리, 열기, 효험, 황폐화, 멍, 병, 추위, 홍수, 더위
   　　　 시간: 아침, 점심, 저녁, 봄, 여름, 가을, 겨울, 청춘, 황혼
   · 심리성 : 진, 선, 미, 아름다움, 가치, 사랑, 느낌, 감정, 정, 미움, 슬픔, 자유, 정의, 진리, 정열, 건강, 능력, 정력, 효능, 힘
   · 차원성 : 두께, 무게, 높이, 깊이, 길이, 크기, 키
   · 양식성 : 문학, 철학, 의미론, 담론, 시, 소설, 법, 제도, 그림, 춤

리적 속성, 심리적 속성, 질적 속성, 능력 등으로 하위분류된다. <관계>는 사회적 관계, 소유 관계, 공간적 관계로 나누어진다. <관계>는 둘 이상의 구체물이나 상황 사이에 적용되는 개념으로 친족관계, 거리, 공간 등이 속한다.

(5) 상태 명사의 의미 분류

```
상태
    속성
        물리적 속성 : 색상, 모양, 냄새, 형태
        정신적 속성 : 성격,
        능력 : 능력, 힘, 실세
        질, 조건 : 건강, 병, 성공
    관계
        사회적 관계
        소유관계
        장소적 관계
```

상태 명사의 의미 분류도 기본 개념에 근거하여 위와 같이 분류될 수 있다. 상태 명사도 상태성과 실체성의 의미가 교차될 수 있으며 이를 6장에서 다룬다. 상태 명사는 어떠한 대상의 속성을 지시할 수 있으면서 그러한 속성을 갖는 대상을 지시할 수 있다.

〈4〉 추상 명사의 의미 분류

추상 명사는 Lyons(1977)의 분류에서 삼차 실체에 해당한다. 삼차 실체는 시간과 공간에 독립적으로 존재하며, 관찰이 불가능한 명제이다. 진위로 판별할 수 있는 '개념, 생각, 정보, 이론' 등이 해당한다. 이차 실체인 사건과 상태도 추상성을 띠고 있으나 삼차 실체인 개념, 명제보다는 덜 추상적이다. 이차 실체인 사건은 물리적인 세계에서 일어나는 것이며 관찰이 가능하고 시간적인 경과가 있다. 삼차 실체는 직접적이고 물리적으로 인지되는 사건이라기보다는 간접적이고 정신적으로 인지되는 사건의 내용에 해당한다.

구체성을 띠지 않는 명사를 모두 추상 명사로 간주하면 추상 명사의 외연이 너무 넓다. 개념 및 명제를 지시하는 명사로 범위를 한정하면 추상 명사를 사건이나 상태 명사와 구분할 수 있을 것이다.

기존의 의미 분류 연구에서 추상 명사는 다양한 층위로 분류되었다. <상태>의 하위로 분류되거나 추상적 대상, 추상적 실체물 등으로 분류되었다. 본고에서는 실체를 전제하지 않는 추상 개념을 추상 명사로 분류한다. 이를 위하여 추상 명사의 형태 통사적인 특성을 도입한다. 보문과 공기하는 명사들은 보문의 내용 즉 명제 내용을 지시하므로 소위 보문명사들이 추상 명사로 분류될 수 있다. 보문명사 중에 '다는' 보문과 결합하는 명사가 추상 개념을 나타낸다. 기존의 연구에서 '다는' 보문(완형보문)은 명제를 지시하고 '는' 보문(불구보문)은 사건을 지시한다고 보았다(남기심 1973, 강범모 1983 등). '다는' 보문과 결합하는 명사들이 추상 명사로 분류될 수 있다는 가정 아래에 논의를 진행하고자 한다.

　　지금까지 체계적 다의성을 반영하는 의미 분류 체계를 살펴보았다. 의미 분류는 개념 단위로 분류하는 것이기 때문에 예를 들어 사건 명사에서 실체성과 사건성으로 의미가 교체되는 유형은 개념 유형으로 분리해야 한다. 그러나 동일한 어형에서 사건성과 실체성의 의미가 생성되기 때문에 의미적 연관성을 포착하기 위하여 생성 어휘부 이론의 어휘 의미 구조를 이용하여 설명하기로 한다.

실체			사건		
				원인	
				현상	
기원	자연물	인간		변화	양의 변화
		동물			질의 변화
		식물			소유의 변화
형태	대상				존재의 변화
	물질				장소의 변화
구성	전체			행위	
	집단				의사소통
	부분				경험
기능	직업		상태		
	교통기관			속성	
	외피(가죽 가구/옷감)				물리적 속성
	음식물				정신적 속성
	도구				능력
	용기				질, 조건
	표상	언어		관계	
		돈			사회적 관계
		영상			소유관계
	의복				장소적 관계
	장소				
	건물				
추상 개념					

<표1> 명사의 의미 분류 체계

제4장

실체 명사의
다의성

국어 명사의 다의 현상 연구

제 4 장
실체 명사의 다의성

4.1. 실체 명사의 의미 특성

실체 명사는 감각에 의해 지각될 수 있고 삼차원 시공간에서 위치하고 관찰될 수 있는 구체적인 실체를 지시한다. 실제 세계에서 구체물와 추상물 간의 구별이 명확한 것은 아니지만 언어는 세계의 지시 대상과 관련된 언어 표현을 다루므로 잠정적인 구별이 될 수 있을 것이다.

실체 명사는 '사람, 해, 달 책' 등과 같이 물체나 물질 따위를 가리키는 전형적인 명사이다. 의미면에서 동작성이나 상태성이 없고 순수하게 사물만을 가리킨다(서정수 1996)1). 이러한 분류는 실체 명사

1) 서정수(1996: 234)에서는 명사를 실체성 명사와 비실체성 명사, 시간 명사와 처소 명사, 비가산 비처소 명사로 나누었다. 실체성 명사는 '사람, 해, 달, 책' 등과 같이 물체나 물질 따위를 가리키는 전형적인 명사이다. 이런 명사는 의미면에서 동작성이나 상태성이 없고 순수하게 사물만을 가리킨다. 비실체성 명사는 의미면에서 동작성이나 상태성을 지니고 있으며 사

의 가장 전형적인 예를 제시한 것이다. 그러나 실체 명사이지만 상
태성을 띠는 경우도 있고 구체물의 형식으로 추상적인 내용을 실현
하는 경우도 있다.

예를 들어 '바보, 부자' 등은 실체인 사람을 지시하지만 부사의 수
식을 받아 속성을 지시한다. 이러한 명사는 실체성과 상태성이 복합
되어 각각의 의미가 문맥에서 실현된다. 또한 '책, 편지, 그림' 등은
구체물의 형식으로 추상적인 내용을 전달하므로 구체물을 지시할
때에는 실체성을 띠며, 추상적인 내용을 지시할 때에는 추상성을 띤
다. 즉, 실체성과 추상성이 복합되어 있어서 실체성이 실현되면 실
체 명사로 분류되고, 추상적인 내용이 실현되면 추상 명사(추상적
대상, 추상물)로 분류된다. 이러한 문제점을 해결하기 위해 생성 어
휘부 이론(Pustejovsky 1995)에 따라 어휘 의미 구조를 표상하고 의
미의 복합 양상을 설명하고자 한다. 또한, 실체 명사를 기원적 관점
에 따라 <사람>, <동물>, <식물>, <사물>로 나누고 부류에 따른
의미 전이 양상을 고찰하고자 한다.

건, 사태, 성질이나 상태 따위를 나타낸다. '운동, 공부, 공사, 진행, 정직,
행복' 등은 형태로는 명사이나 의미로는 동사나 형용사와 공통성을 보인다.

4.2. 실체 명사의 의미 전이

4.2.1. 사람

<사람>은 사람이라는 대상의 여러 측면 중 하나를 부각하여 지칭될 수 있다. <사람>은 기원적으로 자연물에 속하며, 구성적으로는 여러 신체 기관으로 이루어졌다. 사람의 정신적, 신체적 속성은 형상적인 측면을 이루며, 어떠한 일을 하느냐(직업)는 사람의 기능적인 측면에 해당한다. 이 절에서는 구성, 형상, 기능의 관점에서 사람을 지칭하는 표현들을 살펴본다. 사람은 나이, 성격 및 특성, 직업, 지위 등으로 지칭될 수 있으며 이것은 사람의 형상이나 기능적인 측면에 근거한 것이다.

(1) ㄱ. 나의 <u>십대</u> 후반의 어느 날들의 기록이 이 책 가득 실린 셈이다.

　　 ㄴ. 신창원의 만화를 보고 범죄를 저지른 <u>십대</u>가 붙잡혔습니다.

　　 ㄷ. 그 무렵 나는 <u>연상</u>의 여인을 짝사랑하기 시작했다.

　　 ㄹ. 너도 <u>연상</u> 한번 사귀어 보겠니?

(2) ㄱ. 그는 어릴 때부터 <u>음치</u>여서 여간해서는 노래를 부르지 않는다.

　　 ㄴ. 어떤 노래는 <u>음치</u>가 불러도 맘대로 넘어갈 수 있는 그런 곡들도 좀 있지 않습니까?

　　 ㄷ. 당시 조정에서는 정조 즉위에 공이 큰 홍국영이 <u>실세</u>를 장악하고 있었다.

ㄹ. 권력형 비리란 정치권력 실세들에 의해서 저질러진 부정
   을 말한다.

(1ㄱ)의 '십대'는 10세에서 19세까지의 나이를 지시하며 (1ㄴ)는
그러한 나이의 사람을 지시한다.[2] (1ㄷ)의 '연상'은 나이가 많은 상
태를 뜻하며, (1ㄹ)는 그러한 상태에 있는 사람을 지시한다. 또, (2
ㄱ)의 '음치'는 소리에 대한 감각이 무뎌서 그러한 소리를 내지 못하
는 상태이며 (2ㄴ)는 그러한 상태에 있는 사람을 지시한다. (2ㄷ)의
'실세'는 실제의 세력이나 기운을 뜻하며 (2ㄹ)는 그러한 세력을 가
지고 있는 사람을 지시한다.

이와 같이 나이를 지시하는 표현('십대, 연상' 등)이 나이뿐만 아
니라 그 나이에 있는 사람을 지시하며, 성격이나 속성 표현('강심장,
악질, 실세' 등)도 사람의 성격과 더불어 속성이나 성격을 가진 사람
을 지시한다. 또, 직위나 계층, 직업을 나타내는 표현('고위층, 식자
층, 장성, 원수' 등)도 직위나 계층, 계급에 있는 사람을 지시하는 것
을 볼 수 있다.[3]

사람의 속성이나 상태를 나타내는 명사들은 사람이라는 대상의
개념을 전제하고 있기 때문에 속성, 상태에서 실체(사람)로의 전이
가 일어난 것이다.

특히 '바보, 천재, 부자' 등 사람의 상태 속성을 나타내는 표현들은

---

2) 십대(十代)는 사전의 표제어로 등재되지는 않았지만 실제 사용 빈도는 높
   은 편이다. 세종 균형 말뭉치(1000 만 어절)에서 36회 출현하였다.
3) 상태 명사는 어떤 실체나 사건의 속성을 지시하며 상태의 의미에서 실체,
   사건의 의미로 전이될 수 있다. 그러나 사람을 지시하는 경우는 그 지시
   대상이 비교적 고정되어 있다. 상태 명사의 다의성에 대해서는 5장에서
   자세히 논의할 것이다.

실체성을 띠면서도 상태성을 띠고 있어서 정도 부사나 형용사의 수
식을 받을 수 있다. 이러한 표현들은 상태성과 실체성의 중의적인
양상을 띤다.4)

 (3) ㄱ. 어느 마을에 <u>바보</u>가 살았다.
    ㄴ. 그는 여자 앞에만 가면 아주 <u>바보</u>가 되었다.
    ㄷ. 그 길 끝에는 늙은 <u>부자</u>가 자기 집을 크게 짓고 있었다.
    ㄹ. 시애틀미술관은 풀러(Fuller)라는 큰 <u>부자</u>가 세운 것이다.

 (3ㄱ)은 바보의 속성을 가진 사람을 지시하며, (3ㄴ)는 어떤 사람
이 일시적으로 바보의 속성을 띤 것으로 해석된다. (3ㄷ)는 관형어
'늙은'의 수식을 받아 '부자'의 의미를 사람으로 한정하며, (3ㄹ)에서
의 '큰 부자'는 부자인 사람의 구성적인 신체 특성을 지시하는 것이
아니라 부(富)의 크기를 지시한다. 이를 생성 어휘부 이론에 따라 다
음과 같이 표상할 수 있다.

 (4)

 바보
    논항구조   논항1 = x: 사람
    특질구조   기원역 = 사람 : 자연물
                형상역 = 바보_상태(x)

---

 4) 원대성(1985: 43)에서는 다음과 같이 기술하고 있다. '바보, 머저리'와 같
   은 명사는 '의사, 동물'과 같은 구체성 명사와는 다른 의미 특성을 지니고
   있다. '의사, 동물'은 관찰하고 지시할 수 있는 실체 대상을 나타내는 반면
   에 '바보, 머저리'는 주관적인 판단이나 평가가 내포된 말로 실체 대상을
   지시하는 것으로 볼 수 있다. 특히 서술어 위치에 나타날 때는 구체적으
   로 관찰하고 지시할 수 있는 대상을 표시하는 것이 아니라 대상의 상태를
   드러내는 의미 기능을 갖는다.

'바보, 천재' 등은 사람의 정신적, 추상적인 속성을 강조한 표현이기 때문에 다면적 개념에 해당한다. 여기서 형상역을 강조하여 바보인 상태만을 부각시키면 사람뿐만 아니라 다른 사물에도 쓰일 수 있다(예: 바보 컴퓨터). 기원역인 사람과 결부시켜서 나타나면 "바보의 속성을 가진 사람"을 뜻한다.

　(5) ㄱ. 부자, 빈자, 백치, 수재, 영재, 천재, 팔불출
　　　ㄴ. 얼간이, 사기꾼, 병신, 돌팔이, 키다리, 난쟁이, 못난이, 살
　　　　살이

상태성을 띠는 실체 명사는 (5ㄱ)의 사람의 성격 및 속성을 나타내거나, (5ㄴ)의 신체의 상태를 나타낸다. 사람의 속성이라는 개념이 전제되어 있기 때문에 사람과 상태의 의미를 띠고 있는 것이다. 이와 같이 지시 대상이 사람으로 고정된 경우는 실체성으로 해석되고 다른 사물 명사와 결합하여 상태성이 부각되면 상태 명사로 쓰인다.

　신체 기관의 특징으로 사람을 지시하는 경우를 살펴보자. 김보경(2001)은 신체어 '눈, 머리, 코, 입, 귀, 손, 발, 다리' 등으로 '사람'을 지칭하는 표현을 조사하였다.

　(6) ㄱ. 주위에 자신을 보는 눈들이 많다.
　　　ㄴ. 회사에는 유능한 머리가 필요한 법이다.
　　　ㄷ. 요즈음 농촌에는 일손이 부족해서 난리다.
　　　ㄹ. 입이 하나 늘었으니 허리띠를 졸라매야겠구나.

　(7) ㄱ. 호주머니에서 수첩을 꺼내 보인 매부리코가 말했다.

ㄴ. <u>짝귀</u> 걷는 폼 봐라. 위풍당당하다.

ㄷ. 신관은 이번에는 <u>대머리</u>가 집권할 차례라고 예언했다.[5]

(6)의 '눈, 머리, 입, 손'은 신체의 일부분을 나타내며, 다른 단어와 결합하지 않고도 직접 사람을 지시한다.[6] 이때 '머리, 입, 손' 등이 지시하는 사람은 일반적인 사람으로 총칭 지시에 해당한다. (7)는 신체의 특성(모양, 크기, 수 등)을 표현하여 그러한 신체 특성을 소유한 사람을 지시하는 것으로 특칭 지시에 해당한다. 이와 같이 사람의 신체 기관의 특성으로 전체인 사람을 지시하는 것은 매우 생산적이다. (7ㄷ)의 '대머리'는 머리 모양을 나타내는 것이 기본 의미이지만 위 문장에서는 그러한 머리 모양을 한 사람으로 해석된다. 사람의 신체적 특성은 사람을 다른 사람과 구분하는 형상적(물리적) 특성이며, 여기에 부분으로 전체를 지시하는 환유에 의해 신체적 특성으로 그러한 속성을 보유한 사람을 지시하는 것이다[7].

---

5) '애꾸눈-애꾸눈이, 절름발-절름발이'와 같이 신체 기관명에 사람을 나타내는 접미사 '-이'가 결합하는 경우를 제외하고 신체 기관명만으로 사람을 지시하는 경우이다.
6) 배도용(2001)에서는 위의 문장의 '눈'은 '눈길, 시선', '일손'은 '노동력'의 의미로 풀이하였다. 본고에서는 일차적으로 사람의 신체 기관을 뜻하지만 사람을 지시할 수 있다는 점에서 제시하였다.
7) 부분으로 전체를 지시하는 현상은 전통적으로 환유의 일종인 제유(synecdoche)로 간주한다.
   ① <u>빨간 모자</u>가 걸어간다.
   ② 저 멀리 <u>단발머리</u>가 걸어온다.
   '빨간 모자'는 신체에 인접한 것이어서 환유로 간주하고 '단발머리'는 신체의 부분이므로 부분으로 전체를 지시하는 제유로 구분해왔다. 이것은 다소 모호한 구분에 해당한다. '빨간 모자', '단발머리' 등은 다른 인간과 구별되는 인간의 지배적 특성에 해당한다. 이것은 전체인 인간을 이루는 부분에 해당하므로 이를 굳이 환유와 제유로 구별할 필요는 없을 것이다. 인지 언어학에서도 제유를 환유의 일종으로 보고 있다.

'단발머리'는 머리 모양을 지시하는 표현이지만 문맥에 따라 그러한 머리 모양을 한 사람도 지시한다. '단발머리'가 머리 모양을 뜻하는 경우는 형상역에 속한다. 그러나 신체 기관은 전체인 사람을 이루는 일부분이므로 구성적인 측면이 부각된 것이다. 이것을 의미 구조로 나타내면 다음과 같다.

(8)

$$
\begin{bmatrix}
\text{단발머리(머리)} \\
\quad \text{논항 구조} \quad \text{논항1= x: 사람} \\
\quad \text{특질 구조} \quad \text{기원역 = 자연물} \\
\qquad\qquad\qquad \text{형상역 = 단발머리\_상태(x)} \\
\qquad\qquad\qquad \text{구성역 = 부분(y, x) \quad y: 신체기관}
\end{bmatrix}
$$

(9)

$$
\begin{bmatrix}
\text{단발머리(사람)} \\
\quad \text{논항 구조} \quad \text{논항1= x: 사람} \\
\quad \text{특질 구조} \quad \text{기원역 = 자연물} \\
\qquad\qquad\qquad \text{형상역 = 단발머리\_상태(x)} \\
\qquad\qquad\qquad \text{구성역 = 전체(x, y)}
\end{bmatrix}
$$

'단발머리'의 머리 모양과 사람의 의미는 각각 구성역에서 부분인 신체 기관을 지시하는 것인가 또는 그러한 신체 기관을 소유한 전체인 사람을 지시하는가에서 의미 차이를 보인다. 명사 '단발머리'는 사람의 머리 모양이라는 것이 전제가 되며, 이것은 형상에 따라 다른 사람과 구분되는 특징이다. 신체의 부분적 특성으로 전체인 사람을 지시하는 것은, 신체적 특성은 사람을 다른 사람과 구분하는 형상적(물리적) 특성이며, 여기에 부분으로 전체를 지시하는 환유에 의해서 신체적 특성으로 그 사람을 지시하게 되었다.

우리는 직업, 직위명으로 그러한 직업이나 직위를 가진 사람을 지시한다. 직업은 사람의 기능적 속성에 해당한다. '바보, 천재' 등은 사람의 형상적 속성으로 그 속성을 가진 사람을 지시하는 것이며, 직업명도 사람의 기능적 속성으로 그 속성을 가진 사람을 지시한다.

(10) ㄱ. 어머니의 유일한 꿈은 장남인 나를 장차 <u>의사</u>로 만드는 것이었다.

ㄴ. 영구에게 주사를 놓아주고 나오는 최 <u>의사</u>를 붙들고 장 노인은 가만히 귀엣말을 했다.

(10ㄱ)의 '의사'는 직업을 나타내며, (10ㄴ)는 그러한 직업을 가진 사람으로 해석된다. 여기서 추상적인 직업의 의미와 직업을 가진 사람의 구별은 그리 뚜렷하지 않으며, 다면어의 일종으로 간주된다.[8] 직업은 인간이 가지는 기능적인 측면이며, 직업의 의미에는 "인간이 하는 일"이라는 인간의 개념을 포함하고 있기 때문이다. 이것을 어

---

8) 이운영(2004: 82)에서는 '의사'를 추상적인 직업과 사람을 지시하는 다의어로 간주하였다.

(9) ㄱ. *내 장래 희망은 의사 한 명이다.

ㄴ. *의사(라는 직업)가 걸어가고 있다.

위와 같이 '의사'가 직업의 의미로 해석되면 분류사와 결합하지 못하고, '걸어가다'와 같은 단계 층위 술어와 결합하지 못하기 때문에 추상물과 사람의 의미로 분리하였다.

휘 의미 구조로 다음과 같이 표상할 수 있다.

(11)

$$
\begin{bmatrix}
\text{의사} \\
\quad \text{논항구조} \quad \text{논항1} = \text{x: 사람} \\
\quad \text{특질 구조} \quad \text{기원역} = \text{사람} \\
\quad\quad\quad\quad\quad\quad \text{기능역} = \text{치료하다(x, y) y: 사람}
\end{bmatrix}
$$

의미 구조에서 기능역이 부각되면 의료직이라는 직업이나 직위를 뜻하며, 기원역이 부각되면 "의사인 사람"을 뜻한다. 여기서 직업명의 두 의미인 직업과 사람의 의미는 문맥에서 분리되어 실현 가능하지만 전체를 구성하는 통합된 개념을 이룬다.

'경찰관, 공무원, 과학자, 교수, 의사' 등은 "어떠한 일을 직업으로 하는 사람"으로 풀이될 수 있으며, 여기에는 인간과 직업의 개념이 모두 포함되었다. '의사'는 "의술과 약으로 병을 치료 진찰하는 것을 직업으로 삼는 사람"으로 국어사전에 풀이된다. 이것은 사람의 관점에서 어떠한 일을 직업으로 한다는 것을 강조한 풀이이다. 또한 기능적인 측면에서 직업으로 그 일을 하는 사람을 지시한다. 추상적인 직업명에는 이미 인간이라는 개념이 포함되어 있기 때문에 하나의 개념에서 특정 국면이 강조되어 사용되는 것으로 볼 수 있다.

지금까지 사람의 나이, 성격, 직업 및 신체 특성 등의 표현으로 사람을 지시하는 용법을 살펴보았다. 이것은 사람과 밀접히 연관된 개념이기도 하며, 사람의 형상이나 기능의 측면에서 지배적인 속성이 된다.

(12) ① 나이 → 사람　　　형상 (십대, 연상, 연하, 장년, 노년)

　　 ② 속성, 성격 → 사람　형상 (음치, 억척, 저질, 세력)

　　 ③ 신체의 특징 → 사람　구성 (매부리코, 단발머리, 코맹맹이)

　　 ④ 직위, 직업 → 사람　기능 (실세, 고수, 고위층)

　신체 기관으로 사람을 지칭하는 것은 구성역이 강조되었으며 물리적, 정신적 상태로 사람을 지칭하는 것은 형상역이 강조된 것이다. 또, 직업, 직위로 사람을 지칭하는 것은 기능역이 부각된 것이다. 여기서 신체 기관의 특성으로 사람을 지칭하는 것은 형상역 및 구성역이 각각 복합되어 강조되는 것을 볼 수 있다. 이와 같이 <사람> 부류에 속하는 단어들이 어떤 부분에서 문맥에서 강조되는가에 따라서 그 의미 실현을 예측할 수 있을 것이다.

　사람의 이름으로 구체물을 지시하는 것은 흔히 생산자로 생산물을 지칭하는 환유로 알려져 있다. 생산자의 여러 속성 중에서 주목할 만한 속성을 부각하여 생산자의 이름으로 생산물을 지시하는 것이다. 실제 문맥에서 주목할 만한 특성을 가진 사람에 대해, 그 이름으로 생산물을 지칭하는 것은 매우 활발히 일어난다.

(13) ㄱ. <u>모차르트</u>의 선율이 흐르는 카페에서 차 한 잔을 마시고 있었다.

　　 ㄴ. 저는 휘문중 3학년 때부터 <u>마르크스</u>를 읽었습니다.

　일반적으로 '모차르트'라고 하면 음악가인 모차르트를 지시하는 것으로 간주된다. 그러나 (13ㄱ)에서의 '모차르트'는 '모차르트가 작곡한 악곡'을 지시하며, 또, (13ㄴ)에서의 '마르크스'는 '마르크스가 쓴 책'을 지시한다. 이와 같이, 사람 이름으로 그 사람이 지은 책이나 악곡, 그림, 옷 등을 지시하는 예는 일상 언어 사용에서 흔히 발견된다. 이것을 레이코프와 존슨(1980)에서는 '환유에 의하여 생산자로 그 생산물을 지칭하는 것'으로 설명하였다.

사람의 이름은 대부분 고유 명사의 지시적 기능으로 사용되고 있으나 언중들이 잘 알고 있는 인명에는 이와 같은 의미적 전이가 생산적으로 일어난다. 이러한 의미 전이는 발화에 참여하는 화자와 청자들 사이에 화제로 삼고 있는 사람의 직업이나 관련된 속성을 이미 알고 있을 때 일어난다. 화자와 청자 사이에 이름에 대한 속성 지식이 공유되어 있지 않다면, 이러한 의미 전이는 잘 일어나자 않는다. 이름과 그 지시 대상, 대상에 대한 속성 등이 화자와 청자 사이에 공유된 경우에만 발화 맥락에서 이와 같은 의미 전이가 일어난다고 볼 수 있다.

생산자로 생산물을 지시하는 것에 대하여, 다음의 소유물로 소유자를 지칭하는 환유를 살펴보자.

(14) ㄱ. 저쪽 테이블의 <u>햄 샌드위치</u>가 계산을 기다리고 있다.
ㄴ. 그 <u>색소폰</u>은 오늘 독감에 걸렸다. (레이코프와 존슨 1980: 62)

(14)에서의 '햄 샌드위치'는 음식인 '햄 샌드위치'가 아니라 그 음식을 주문한 사람을 지시하는 것이며[9], '색소폰'도 악기인 '색소폰'

---

9) '햄 샌드위치'로 사람을 지시하는 것은 의인화가 아니라 환유에 의한 지시

이 아닌 '색소폰 연주자'를 지시한다. (13)와 (14)의 예들은 모두 어떤 사람의 주목할 만한 속성을 대상으로 한 것이지만, (13)은 사람으로 사물을 지시한 것이고 (14)는 사물로 사람을 지시한 것이다. 또, (13)는 발화 공동체 내에서 어느 정도 그 의미가 굳어진 것이며 (14)는 화용적이고 일시적이며 제약된 상황에서만 통용될 수 있는 표현이다[10].

(14)와 같이 소유물로 소유자를 지시하는 경우는 지극히 담화 의존적이어서 지시대상을 분명히 알기 전에는 그 의미를 파악하기 어렵다. 그러나 이와 같은 화용적 일시적 환유도 그 의미의 사용 빈도가 높아진다면 관습적으로 사용될 수 있을 것이다. 소유물과 소유자의 관계는 일시적인 관계이나 생산자와 생산물의 관계는 지시 대상이 고정되어 있는 관계이다. 소유물과 소유자의 관계도 발화 맥락에서 화자와 청자 사이의 공유된 지식이 필요하나 이것은 화용적인 측면이 강하다. 이와 같이 사람의 이름으로 구체물을 지시하는 것은 의미 전이의 한 유형이지만 일시적 화용적인 측면이 강하므로 본고에서 다루는 체계적 다의성의 범위에서는 제외하기로 한다. 이러한 의미 전이의 양상은 문맥에서의 중의성 해소 문제와도 관련 된다[11].

의 전이이다. 의인화는 사람이 아닌 것(이론, 질병, 인플레이션 등)에 사람의 속성을 부여하는 것이며, 이때 실제 사람이 지칭되는 것은 아니다(레이코프 & 존슨 1980: 62).

10) '색소폰'의 어휘 의미에서 색소폰 주자라는 의미를 예측하는 것은 불가능하다. 이것은 화용적인 지시의 전이에 해당하기 때문이다.

11) 고유 명사와 관련하여 중의성의 문제는 첫째, 널리 알려진 인물이면서 그 사용 빈도가 높은 경우는 그 용법을 규칙화하여 처리할 수 있을 것이다. 위에 제시한대로 '모차르트와 모차르트 음악, 마르크스와 그의 책, 휘트니와 휘트니 박물관'과의 관련성을 목록화할 수 있다. 둘째는 어휘 목록에 해당 단어가 없는 경우는 문맥에서 그 의미를 유추 해석해야 한다. 이때는 명사와 결합하는 관형어 및 서술어와의 관계를 통해서 그 의미를 유추

4.2.2. 동물

동물명으로 동물의 가죽이나 고기 및 부산물을 지칭하는 것은 매우 생산적이다. 이를 <동물> 부류의 체계적 다의성으로 볼 수 있다.

   (15) ㄱ. 영희는 <u>토끼</u> 한 쌍을 기르고 싶어 했다.
       ㄴ. 콜레스테롤이 거의 없는 것이 <u>토끼</u>의 장점이다.
       ㄷ. ?명희는 자주색 T셔츠와 <u>토끼</u>를 입고 왔다.
       ㄹ. 미나는 학교에 <u>밍크</u>를 걸치고 나타났다.

(15ㄱ)에서 '토끼'는 동물을 지시하지만 (15ㄴ)은 토끼 고기로 해석이 되며, (15ㄷ)에서는 토끼털로 만든 코트를 지시한다. (15ㄹ)의 '밍크'는 밍크 털로 만든 코트'를 지시한다. (15ㄹ)의 '밍크'는 (15ㄷ)의 '토끼'보다 더 자연스럽다. 이와 같이 국어의 동물명이 동물의 고기(음식) 및 부산물을 지칭하는 현상은 개별 단어마다 그 실현 양상에서 다소 차이를 보인다. 또, 대부분의 육상동물은 '고기', '털' 등의 명사와 합성어를 형성하며 문어 텍스트에서 주로 나타난다. 그러나 어류 및 해상 동물의 경우는 '동물 → 음식'으로의 의미 확장이 일어나며 동물과 음식의 의미로 다의어가 된다(예: 조기를 잡다, 조기를 먹다 등).

동물명으로 동물의 고기 및 부산물을 지칭하는 현상은 영어권에서 많이 연구되었다. 영어에서는 가산 명사(count noun)인 동물명이 고기로 해석될 때는 물질 명사(mass noun)가 되기 때문이다. 의미

할 수 있을 것이다(차준경 2003).

적인 전이와 동시에 통사적 문법적인 교체가 일어나기 때문에 이러한 전이에 많은 관심을 보였다(Allan 1980, Copestake and Brisco 1996 등).

국어는 영어와는 달리, 의미적인 전이만 일어나기 때문에 별다른 주목을 받지 못하였다. 단지 문맥에 의존하여 그 의미를 해석할 뿐이다. 예를 들어, '닭을 먹었다'라는 문장은 일반적으로 '닭고기를 먹었다'로 해석되나, 살아있는 동물인 닭을 통째로 먹은 것으로 해석될 수도 있다. '닭을 먹었다'라는 문장에서는 '닭'의 지시 대상이 살아있는 닭인지 닭고기인지 분명히 알 수 없으나 관습상 '닭고기를 먹었다'로 해석된다. '닭을 입고 왔다'라는 문장에서는 관습상 닭털로 옷을 만들지 않기 때문에 다른 상황적 의미로 해석될 것이다.

이와 같이 동물명으로 고기나 가죽, 부산물을 지시하는 것은 대상 동물에 따라서 그 지시하는 내용이 달라진다. 어떤 동물은 고기나 가죽을 이용하고, 어떤 동물은 주로 털을 이용한다는 등의 정보가 어휘 지식과 결합하여 사용되기 때문이다.

(16) ㄱ. 철수는 굴을 좋아한다.
ㄴ. 철수는 굴을 먹는 것을 좋아한다.
ㄷ. 영희는 밍크를 좋아한다.
ㄹ. 영희는 밍크털 코트를 좋아한다.

(16ㄱ,ㄷ)에서는 다른 문맥적 요소의 영향을 받지 않고도 (16ㄴ, ㄹ)의 해석이 가능하다. (16ㄱ)는 특정 문맥에서 '굴을 채취하는 것을 좋아하는 것'으로도 해석될 수 있으나 문맥과 상황의 도움을 받

지 않고도 (16ㄴ)처럼 '굴을 먹는 것을 좋아한다'로 해석된다. 이를 관습적인 지시(customary reference)라고 한다(Allan 1980). 관습적 지시는 문맥적, 상황적 실마리가 없어도 언어 표현의 해석에 영향을 주는 것을 말하며 발화가 최적의 조건으로 해석되도록 협동의 원리에 기초한다.

(17) 동물   고기   가죽
     [기원: 동물]   [기원: 동물]   [기원: 동물]
                   [구성: 부분]   [구성: 부분]
                   [기능: 음식]   [기능: 외피]

'악어'는 결합하는 술어에 의해 문맥에서 동물, 고기, 가죽의 의미로 실현된다. 기원적으로 자연물, 동물의 의미로 해석되며, 고기의 의미로 실현될 때에는 구성적인 측면에서 동물의 부분이며, 기능적으로 음식물로 해석된다. '가죽'과 '고기'는 기능적 측면에서 차이가 존재하며 특정 동물에 따라 그 의미가 달라질 것이다. 즉, '악어'에는 가죽의 의미가 포함되나, '닭'에는 '가죽'의 의미가 포함되지 않는다.

'악어'는 이와 같은 세 가지 의미가 대표적으로 실현되며 결합하는 술어에 의해서 어떤 의미로 실현되는가가 결정된다. '악어'가 동물, 고기, 가죽 등의 의미로 문맥에서 실현될 수 있는 것은 의미구조에서 각각 구성, 기능적 측면에서 어떤 의미가 실현되었는가에 따라 구별될 수 있다.

(18)

악어

특질 구조 기원역 = 동물(x)

구성역 = 부분(y, x)

기능역 = 먹다(e_1: z, y) z: 사람 [음식물]

만들다(e_2: z, y, w) w: 제조물 [재
료: 가죽]

위의 의미 구조에서 기원의 측면과 구성의 측면에서 전체의 의미
가 부각되면 동물로 실현되며, 구성역에서 부분의 의미와 기능역에
서 음식물의 의미가 부각되면 고기의 의미로 실현된다. 기능역에서
가공물로서 재료의 의미가 부각되면 가죽의 의미가 문맥에서 실현
된다.

국어의 대표적인 동물 명사의 예들을 살펴보면, 동물명으로 동물
이 고기를 지칭하는 경우는 흔히 동물명에 '고기, 가죽' 등의 명사를
결합하여 사용한다.

(19) 소   쇠고기, 소가죽

돼지   돼지고기, 돼지가죽

닭   닭고기, 닭털

양   양고기, 양털, 양가죽

악어   악어고기, 악어가죽, 악어핸드백

밍크   밍크고기, 밍크털, 밍크코트

여기서 어휘 의미 관계를 찾아보면, '쇠고기, 소가죽' 등에서 '소'
와 결합하는 '고기, 가죽' 등은 '소'와 부분어 관계에 있다. 또, '밍크

를 입었다. 돼지를 먹었다'와 같은 문장에서 전체어인 '밍크'와 '돼지'
가 각각 부분인 밍크털, 돼지고기로 해석된다. 이와 같이 동물의 부
산물은 전체인 동물과 부분어 관계에 있으므로, 우리는 동물명이 전
체어가 되어 전체로 부분을 지칭하는 것으로 볼 수 있다.

국어에서는 이와 같은 관계를, 어휘적으로 영어와 같이 별도의 단
어로 표현하는 것(예: cow/beef, pig/pork)이 아니라 '명사+명사' 결
합 구조로 나타낸다. 그러므로 우리는 어떤 '명사+명사'의 구조에서
두 명사의 의미 관계가 전체와 부분의 관계라면 전체어가 부분어의
의미를 포함하여 지칭한다는 것을 알 수 있다. 또, 이것은 '소의 고
기, 소의 가죽, 악어의 고기, 악어의 가죽' 등으로 조사 '의'가 포함되
는 구조와도 관련 있다. 선행 명사와 후행 명사가 전체와 부분의 관
계일 때 '의'는 생략된다.

코퍼스에서 '돼지'와 결합하는 명사들을 추출해 본 결과, 빈도수
상위의 '돼지고기, 돼지우리, 돼지꿈' 등은 어휘화되어 사전의 표제
어로 등재되었다. '돼지'와 결합하는 대부분의 단어들인 '곱창, 기름,
꼬리, 비계, 뼈다귀, 선지, 쓸개, 족발, 창자, 가죽' 등은 모두 '돼지'의
부분어로, 주로 사람들이 먹는 부분을 지칭한다. 돼지의 부위를 나
타내는 단어들이기 때문에 모두 '돼지'로 지칭될 수 있다. 이와 같이
전체와 부분의 관계는 <동물>부류의 의미 전이에서 지배적인 특성
이다.

또한, 동물명으로 어떤 속성을 가진 사람을 지칭하는 비유는 매우
생산적이고 언어 보편적이다. 다음은 국어사전에 수록된 주요 동물
명의 비유적 풀이를 살펴본 것이다.

(20) 돼지 ① <동물> 멧돼짓과의 포유동물.

② 몹시 미련하거나 탐욕스러운 사람을 비유적으로 이르는 말.

③ 몹시 뚱뚱한 사람을 놀림조로 이르는 말.

개 ① <동물> 갯과의 포유동물.

② 행실이 형편없는 사람을 비속하게 이르는 말.

③ 다른 사람의 앞잡이 노릇을 하는 사람을 낮잡아 이르는 말.

양(羊)① <동물>솟과의 동물. 가축인 양과 야생의 양을 통틀어 이르는 말이다.

② <동물>솟과의 하나.

③ 성질이 매우 온순한 사람을 비유적으로 이르는 말.

④ <기독교>'신자03(信者)'를 비유적으로 이르는 말.

이때 동물의 속성과는 직접적인 관계가 없으나 동물로 사람을 비유하는 현상은 매우 활발히 일어난다. 그러나 특성 동물로 비유되는 사람의 속성은 문화마다 차이가 있는 것으로 보인다.

최경봉(1999: 325)에서는 동물 → 사람의 대체를 화용적인 문맥을 이용하여 유추하는 것으로 설명한다. 명사의 의미 정보로부터 의미역 관계를 직접 파악할 수 없는 경우이기 때문이다.

(21) ㄱ. 우리 집에는 돼지를 두 마리 키운다.

ㄴ. 우리 조직 내에 박쥐새끼가 한 마리 있는 것 같다. (최경봉 1999: 325)

이러한 예는 명사의 속성역이 대체되어 속성 자체가 완전히 전환된 경우이다. 부류 정보의 대체로 동물 명칭이 사람을 지칭하게 되었지만 이러한 현상은 명사의 속성과는 필연적인 관련성이 없고 한 어휘소의 문맥 변이 양상으로 볼 수 없는 것으로 간주하였다.

(21ㄱ)의 '돼지'는 동물 돼지이거나 사람을 지칭한 경우 등으로 중의적이다. (21ㄴ)에서는 '우리 조직'이라는 단어가 실마리가 되어 '박쥐'가 사람을 지칭한 것으로 볼 수 있다. 이와 같은 문맥적인 실마리를 통해서 중의성을 해소할 수 있을 것이다.

어떤 측면에서, 중의성 해소에 필요한 정보는 문맥적 변이보다는 예측 불가능한 비유적 표현에 대한 정보일 것이다. 동물명으로 사람을 지시하는 것은 매우 생산적이며 언어 보편적이나 이것은 의미의 구성 성분이 전환된 것이며 문맥적 변이가 아니기 때문에 동물의 어휘 의미 구조 내에서는 설명이 불가능하다. 그러므로 다른 기제를 도입하여 처리해야 할 것이다. 이것을 규칙으로 설정한 논의가 Copestake and Brisco(1996)이다. 비유적인 표현이 생산적이지만 그 의미가 어휘 의미 구조에서 예측이 불가능하다면 이들을 규칙으로 처리하는 것도 중의성 해소의 방법이 될 수 있다[12].

동물의 경우, 동물에서 음식물로의 전이는 부분과 전체의 관계로 이해될 수 있으나 국어의 경우 이를 다의어로 기술하는 것은 또 다른 문제를 야기한다. 국어에는 통사적인 변화 없이 의미적인 변화만

---

12) 이와 같이 비유적인 표현이 어휘부에 등재될 정도로 의미 전이가 매우 생산적이다. 그러나 단어의 특질 구조로는 설명이 되지 않으므로 Copestake and Brisco(1996)에서는 의미 확장의 일종인 규칙으로 다루었다. 동물로 사람을 지칭하는 것은 두 의미 사이의 일정한 관계를 유지한다는 점에서 체계적 다의성에 포함되지만 단어의 특질 구조로는 설명할 수 없기 때문에 규칙으로 다루는 것이다. 본고에서는 이와 같이 관습적 은유에 의한 의미 확장을 넓은 의미의 체계적 다의성에 포함하였다.

있기 때문에 언중들이 동물과 음식물이라는 의미의 구분을 미처 인식하지 하기 때문이다. 또한 문맥에서 사용될 때에는 명확한 의미를 전달하기 위해서 합성어를 형성하는 경향이 있기 때문에 그 의미의 차이가 잘 구별되지 않는 것으로 보인다.

4.2.3. 식물

식물 명사는 주로 부분의 명칭으로 전체인 식물을 지시한다. 주로 기능적으로 인간의 관심의 대상이 되는 부분이 전체인 식물을 지칭한다. 특히, 꽃은 식물의 생식기관이면서, 꽃 이름으로 꽃이 피는 식물을 총칭적으로 부른다(예: 장미 한 송이, 장미 한 그루). 식물의 열매, 뿌리, 덩이줄기 등 주로 먹는 부분의 이름으로 식물 전체의 이름을 지칭하며, 나무 이름으로 식물이나 목재를 지칭한다.[13]

특정한 식물이 인간과의 관계에서 어느 부분이 중요한 가치를 지니는가에 따라 해당 부분을 지시하는 명사가 전체 부류를 지시하는 것으로 보인다. 식물은 인간 생활에서 중심이 되는 기능과 모양에서 상대적으로 변별적인 부분으로 그 이름을 붙인다. 식물의 분류에서 꽃보다 열매가 더 중요한 요인이 된다. 복숭아와 살구는 열매이며 이것을 바탕으로 하여 '복숭아나무, 살구나무'와 '복숭아꽃, 살구꽃'과 같이 나무와 꽃이 구분된다. 열매와 꽃은 식물 자체의 특징을 구

---

13) '장미'의 기본 의미를 식물이 아닌 꽃으로 본 이유는 열매나 기타 식물의 부분의 명칭으로 식물 전체를 지칭하는 것과의 유사한 관계로 보았기 때문이다. 여기서 기본 의미는 기준치(default) 해석이라는 개념(Cruse 2000)을 따른다. 이것은 문맥의 영향을 받지 않고 독립적이며 심리적으로 현저하게 떠오르는 의미를 말한다.

분 짓는 기능을 하기도 한다. '사과나무, 밤나무'는 열매에 따라 구분되며 '국화, 채송화'는 꽃에 따라 구분된다(우형식 2001).

이와 같이 <식물>부류에서 부분명으로 전체 부류를 지칭하는 것은 보편적인 현상이다. 인간의 관점에서 변별적 특징을 갖는 부분, 예를 들어 먹는 부분으로 식물의 전체를 지칭하고 결국 식물명으로 음식물을 지칭하는 것이다. 즉, 식물 자체의 모양과 전체 안에서의 기능뿐만 아니라 인간 생활에서의 기능적 중요성에 바탕을 둔 것이다.

(22) 꽃 이름 → 식물명(나무)
ㄱ. 장미 100송이를 샀다. (꽃)
ㄴ. 장미 한 그루를 심었다. (나무)

(23) 과일 이름 → 식물명 (사과, 배, 복숭아 등)
덩이줄기, 뿌리, 잎 → 식물명(감자, 고구마, 무, 배추 등)
나무이름 → 식물/목재(미송, 백송, 나왕, 귀목, 마호가니 등)

꽃 이름에는 '국화꽃, 무궁화꽃, 채송화꽃, 해당화꽃'과 같이 어의 중복 현상이 자연스럽게 나타난다. 앞부분의 한자어 꽃 이름을 단일 한자어로 인식하여 그 뜻을 고유어가 보충해 주는 것이다. 또, 꽃 이름의 형식은 두 형태소가 결합된 것, 특히 '명사+명사' 유형이 가장 생산적이나 하나의 꽃에 하나의 형식만 있는 것이 아니라 고유어(표준어/방언/별칭)-한자어-외래어의 다면적 구조가 있을 수 있다(임소영 1999: 69)[14].

---

14) 국어에는 '역전앞, 치술령고개, 황하강'과 같이, '前, 嶺, 河' 만으로도 그 의미를 충분히 나타낼 수 있으나 '앞, 고개, 강'을 덧붙이는 의미의 중복 현상

'목련'은 꽃과 나무를 지칭하고 '도라지'는 꽃이며 풀에 속한다. '복숭아'는 꽃, 나무, 열매를 각각 지칭할 수 있다. 또 목련은 관상용이며, 도라지는 뿌리를 먹으며, 복숭아는 열매를 먹는다. 이와 같은 정보를 모두 국어사전에 수록하지 못하지만 문맥에서 그 의미를 예측할 수 있다. 위에서 보았듯이 생산적인 '명사+명사' 유형에서 그 의미를 획득할 수 있으므로, 코퍼스에서 어떤 명사가 꽃이나 나무와 결합하여 사용되었다면 선행 명사만으로도 꽃이나 나무를 지칭할 수 있을 것이다.

(24) ㄱ. 돌담 아래 소복하게 피어 있는 <u>복숭아</u>의 붉은 꽃.

ㄴ. <u>복숭아</u>를 한 입 베어 먹어 보니 맛이 아주 달았습니다.

ㄷ. 나무 성질에 따라 동쪽에는 <u>복숭아</u>나 버드나무를, 오동나무는 북서쪽에 세 그루를 나란히 심어야 한다.

열매로서의 복숭아의 의미가 낳이 사용되지만 나무, 꽃의 의미로도 사용된다. '복숭아'가 꽃, 열매, 나무의 의미로 실현될 때, 그 의미는 결합되는 서술어에 의해서 파악되지만 먼저, '복숭아'와 같은 식물의 의미 확장에 대한 지식이 있어야 할 것이다[15].

이와 같이 식물 부류에서 식물의 부분으로 전체 식물을 지시하는

이 있다. 이것은 동의어를 덧붙임으로서 그 의미를 명확히 드러내기 위한 수단으로 볼 수 있다. 특히 한자어 뒤에 고유어 형태소를 덧붙여서 그 의미를 명확히 표현하고 강조하는 경향이 있다.

[15] 표준국어대사전에서는 '복숭아', '사과', '복숭아나무', '사과나무'가 각각 별도의 표제어로 선정되어 있으며 '포도'는 한 항목에 나무와 열매로 풀이되어 있다. 이것은 사용 빈도의 차이에 기인한 것으로 보이나 다소 일관성이 결여되어 있다.

것과 식물명으로 음식물을 지시하는 체계성을 찾아볼 수 있다. <동
물> 부류와 같이 동물명으로 음식물을 지시하는 것과, <식물>부류
에서 식물명으로 음식물을 지시하는 것 등은 부류의 차원에서 기술
되어야 할 체계적 다의성이다.

(25) 복숭아(나무)　[기원: 식물]　복숭아(과일)　[기원: 식물]
　　　　　　　　　[형상: 물체]　　　　　　　　[형상: 물체]
　　　　　　　　　[구성: 전체]　　　　　　　　[구성: 부분]
　　　　　　　　　　　　　　　　　　　　　　　[기능:음식물]

'복숭아'가 과일과 나무의 의미로 실현되는 경우 그 개념을 살펴
보면, 기원이나 형상적인 개념은 동일하나 구성에 있어서 복숭아 열
매는 복숭아나무의 부분이라는 개념을 가지고 있으며, 기능적으로
음식물의 개념을 갖고 있다. 이때 특정 술어에 의해 나무의 개념이
부각되는가 또는 과일의 개념이 부각되는가가 결정된다.

(26)

$$
\begin{bmatrix}
\text{복숭아} \\
\quad \text{특질 구조 기원역 = 식물} \\
\quad\quad\quad\quad\quad \text{구성역 = 부분(y, x)} \\
\quad\quad\quad\quad\quad \text{기능역 = 먹다(e_1, w, y) [음식물: 과일]}
\end{bmatrix}
$$

'복숭아'는 문맥에서 복숭아 열매, 복숭아 꽃, 복숭아나무의 의미
로 실현될 수 있다. 복숭아 열매의 의미는 구성역 중 [부분]의 의미

가 실현된 것이며, 복숭아나무의 의미는 구성역 중 [전체]의 의미가 실현된 것이다. 구성역 중 부분과 기능역이 부각되면 과일의 의미로 실현될 수 있다.

　다음은 식물명이 가공물명으로 사용되는 예이다. '커피, 담배'는 식물명이지만 이것을 재료로 한 가공물의 이름으로도 사용된다. 사전에 '커피'는 '커피 열매의 가루, 커피차'로 풀이되어 있고 '커피나무'는 별도의 표제어로 등재되었다.

(27)

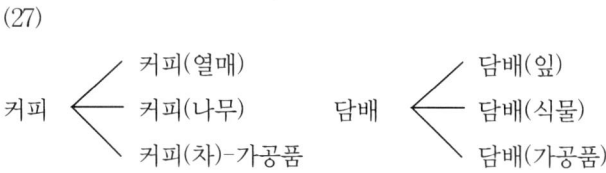

'복숭아'와 '복숭아나무'의 관계와 같이 '커피(열매)'와 '커피(나무)'의 관계는 부분 전체의 관계로서, 기원적으로 식물 부분의 의미가 부각이 되면 열매로 해석이 되며 전체의 의미가 부각이 되면 나무로 해석된다. 커피(음료)의 의미는 기원적인 측면에서 자연물이 아닌 가공물이 되며, 기능적인 측면에서 음식물이 된다.

　'복숭아'에서는 기능역의 부각으로 음식물인 과일의 의미가 실현되었으나 '담배, 커피'에서는 기능역의 부각으로 가공물의 의미가 실현되었다.

(28)

$$\left[\begin{array}{ll} \text{담배\_식물} & \\ \quad \text{특질구조} & \text{기원역} = \text{식물} \\ & \text{구성역} = \text{부분}(y,\ x) \end{array}\right.$$

(28′)

$$\left[\begin{array}{ll} \text{담배\_제조물} & \\ \quad \text{특질구조} & \text{기원역} = \text{인공물} \\ & \text{기능역} = \text{피우다}(e_1,\ w,\ y) \end{array}\right.$$

'복숭아'와 '담배'의 의미 구조의 차이를 살펴보면, '복숭아'의 식물, 열매, 음식물(과일)의 의미는 '복숭아'가 자연물이라는 상위 부류에서 각각 구성, 기능의 측면에 따라 의미가 실현되었으나 '담배'에서는 기원적인 측면이 자연물과 인공물로 구분되므로 이 두 의미를 분리해야 할 것이다.

'커피'는 커피(음료)로서의 의미가 많이 사용되고 있으나, '커피, 커피나무, 커피나무 열매, 볶은 커피' 등 나무, 열매, 음료의 의미로도 사용될 수 있다. 이것은 각각 '커피를 재배하다, 커피를 따다, 커피 한 봉지, 커피를 마시다' 와 같은 문맥에서 그 의미가 구체화된다. '커피'가 문맥 속에서 어떤 의미로 사용되었는가는 관형어와 용언과의 결합 관계를 통해서 파악할 수 있다. 그러나 '커피'가 앞으로 어떻게 문맥에서 확장되어 사용될 수 있는가는 세계 지식을 반영해야 한다. 커피 가루, 캔커피, 병커피 등 커피 가공물이 새롭게 등장한 경우 등, '커피'가 지시하는 대상이 문맥에 따라 달라진다. 이와 같은 예는 '담배'에도 적용된다. 식물인 담배와 그 식물을 가공하여 만든 담배를 지칭하는 것으로서 세계 지식이 확장됨에 따라 언어 지식도 확장되어 간다.

이와 같이 어휘 자료를 수집하고 다의성들 간의 규칙을 세우는 것은 이미 확정된 의미들 간의 체계성을 세우는 것에 불과할 뿐 해당 단어가 앞으로의 규칙의 생산성 및 생산적인 확장을 예측하는 데는 한계가 있다. 그러나 부류적인 관점에서 해당 부류에 속하는 단어가 새롭게 등장한다면 그 단어의 의미 확장 양상을 다른 단어들의 전이 양상에 비추어 예측할 수 있을 것이다.

4.2.4. 사물

사물은 부분들로 이루어진 전체이며 각각의 부분을 가리킬 때는 정확한 부분어를 사용하기 보다는 전체어로 부분을 지시한다. 이 때, 전체어가 지시하여 강조하는 부분은 문맥에 따라 다르다.[16]

일반적으로 어떤 대상을 지시할 때, 사물 부분의 이름을 정확히 지칭하지 않는다. 명사는 사물의 부류를 지시하지만, 개개의 사물에

---

16) 부분을 지시하는 단어와 이에 대응하는 전체를 지시하는 단어와의 관계를 부분 전체의 관계(part-whole relation)라고 한다. 어휘 관계는 사물의 계층 구조와 밀접한 관련을 맺지만 완전히 일치하는 것은 아니다. 크루스 (1986: 7장)에서는 부분(part)과 조각(piece)을 구별하여 전형적인 부분의 특성을 제시하였다. 부분은 그 각각이 전체에 대하여 자율적으로 존재하고, 경계를 구분할 수 있으며 명확한 기능을 가진다. 부분으로서의 자율성은 특정 전체에만 속할 필요가 없으며 다른 전체물에도 속할 수 있다. 예를 들어 '창문'은 '집'의 일부분이지만, '자동차'의 일부분이기도 하다. 부분은 전체에 대해서 상대적으로 명확한 기능을 가지고 있으며 계층 구조를 보일 수 있다.

대한 이름을 모두 가지고 있는 것은 아니다. 고유 명사도 사람의 이름이나 장소를 지시하는 것이 대부분이다. 사물의 이름은 사물 부류의 이름이며 사물의 부분에 대한 명칭을 가지고 있다 해도 사람들이 그 부분의 명칭을 정확히 지시하는 것은 아니다.

우리는 명사로 지시 대상과 지시 대상의 부분, 지시 대상과 관련된 것을 지칭한다. 특히 사물 명사에서 지시하는 대상의 전체와 부분의 구별은 발화 상황에서 그리 명확하지만은 않다.

(29) ㄱ. 자동차 정비에 자신이 있다면 <u>자동차</u>가 고장 났을 때 직접 수리할 수도 있다.
　　ㄴ. 앞으로 일주일 간 비가 올 가능성이 없으니 마음 놓고 <u>자동차</u>를 세차하십시오.
　　ㄷ. 영희는 <u>소라</u>를 불어 휘휘 소리를 내었다.
　　ㄹ. 철수는 <u>소라</u>를 불에 구워 먹었다.

(29ㄱ)와 (29ㄴ)에서 '자동차'가 지시하는 부분이 다르다. (29ㄱ)는 자동차의 한 부분, 예를 들어 엔진 기관 따위를 지시하고 (29ㄴ)는 전체로서의 자동차를 지시한다. 이와 같이 '자동차'의 지시 대상이 문맥에 따라 다르게 나타나는 것을 볼 수 있다. (29ㄷ)의 '소라'는 소라의 껍데기를 지시하며, (29ㄹ)는 소라의 식용 부분을 지시한다. 이와 같이 소라는 동물이며, 소라의 껍데기로 악기를 만들 수 있다는 백과사전적 지식이 언어 지식에 더해져서 (29ㄷ)의 '소라'의 의미에 '그 껍데기로 만든 악기'의 의미가 포함된 것이다.

사물을 지칭할 때에는 명사와 지시 대상과의 경계가 명확한 것이 아니므로 관련된 것, 특히 부분 전체의 관계에 있는 것을 지시한다. 이것은 특정 의미 부류에만 해당하는 것이 아니라 명사 전반에 걸친 현상이라고 볼 수 있다. 특히 사물 명사의 의미 전이에서, 부분-전체의 관계는 가장 많이 찾아 볼 수 있으며, 일반적인 현상이라고 할 수 있다[17].

(30) 골목(골목길), 그물(그물망), 철봉(철봉대/철봉틀), 현관(현관 문), 호롱(호롱불), 가재(도구), 비닐(봉투), 살림(살이)

'골목'과 '골목길'은 동의 관계에 있지만 '골목'은 길을 포함한 공간적인 부분을 나타내며, '골목길'은 상위 개념어 '길'을 더함으로써 그 지시 의미를 명시적으로 나타냈다. 또한 '철봉'과 '철봉대/틀', '현관'과 '현관문'은 전체와 부분의 관계에 있다. '호롱'과 '호롱불'은 그릇과 내용, '비닐'과 '비닐봉투'는 재료와 생산물, '살림'과 '살림살이'[18]는 일과 도구의 관계에 있다.

---

17) 부분 전체의 관계는 여러 관계들의 집합으로 볼 수 있다. 유로 워드넷에 서는 부분 전체의 어휘 관계를 다음의 5종으로 제한하여 기술하였다 (Vossen 1998: 26).
① 전체와 부분(part, 손 - 손가락)
② 전체 물질과 분량(portion, 케이크 - 조각)
③ 장소와 지역(location, 사막 - 오아시스)
④ 집합과 구성원(함대 - 군함)
⑤ 물체와 재료(made of, 책 - 종이)
18) '살림'과 '살림살이'의 의미 관계는 국어사전의 뜻풀이에서 ①, ③, ①, ② 의 관계를 나타낸 것이다.
- 살림 ① 한집안을 이루어 살아가는 일. ② 살아가는 형편이나 정도. ③ 집 안에서 주로 쓰는 세간. ④ 국가나 집단의 재산을 관리하고 경영하는 일
- 살림살이 ① 살림을 차려서 사는 일.

(31) ㄱ. 나는 아내와 인사를 나누고 <u>현관</u>을 나섰다

ㄴ. <u>현관</u>이 열리며 종소리가 들렸다.

현관문은 현관의 부분이지만 전체어인 '현관'으로 현관문을 지시할 수 있다. (31ㄱ)은 집의 일부분인 장소로서의 현관을 뜻하지만, (31ㄴ)는 장소인 현관의 일부분으로서 현관문으로 해석된다. 현관문은 현관의 일부분이지만 전체어인 '현관'으로 현관문을 지시한 것이다. 즉, 부분에 해당하는 의미가 문맥에서 활성화되었다.

특히 언어 사용에 있어서 전체어로 부분을 지시하는 것은 매우 활발하며, 이때 전체어와 부분어는 동의 관계에 있다. 위의 '현관과 현관문, 호롱과 호롱불' 등은 특정 문맥에서 동의어로 사용될 수 있다. 전체어와 부분어가 서로 동의 관계를 이루는 경우 중의성을 해소하기 위해서 합성어를 형성하는 것으로 볼 수 있다. 즉, '현관'은 현관문을 포함하는 집의 일부분의 의미를 갖지만 특정 문맥에서는 현관문의 의미로 쓰이며 이때, '현관'과 '현관문'은 동의 관계에 있다. '현관'과 결합하는 동사에 따라 각각 현관, 현관문의 의미가 실현된다. '현관을 나서다', '현관이 열리다'에서 결합하는 동사는 현관의 여러 의미 중 어떤 의미를 문맥에서 부각시키고 실현시키는가를 결정한다.

이와 같은 부분 전체의 관계는 <사람>, <동물>, <식물>, <사물> 부류에서 의미 전이의 일정한 부분을 담당하고 있다. 사람의 신체 부분의 특성으로 그러한 특성을 가진 사람을 지시하는 것, 동물명으로 동물의 고기를 지시하는 것, 식물 부분으로 식물 전체를 지

---

② 숟가락, 밥그릇, 이불 따위의 살림에 쓰는 세간. ¶부엌 살림살이

시하는 등의 의미 전이는 실체 명사에서의 전체와 부분의 의미 전이
원리로 다루어질 수 있다.

다음은 사물 명사 중 기능의 관점에서 <용기(容器)>, <표상>, <교
통기관>, <도구>, <장소> 부류에서의 체계적 다의성을 기술한다.

〈1〉 **용기**(容器)

용기와 내용물은 밀접히 연관된 개념이므로 용기 명사로 용기에
담긴 내용물을 지시할 수 있다.

> (32) ㄱ. 영희는 철수가 내민 잔을 단숨에 받아 마셨다.
> ㄴ. 가스렌지 위의 주전자가 팔팔 끓고 있었다.
> ㄷ. 그는 벌써 한 병을 다 마셨다.
> ㄹ. *그는 벌써 병을 다 마셨다.
> ㅁ. 테이블 위에 올려놓은 도시락을 열었다.
> ㅂ. 영희는 쉬는 시간마다 도시락을 먹던 일이 생각났다.

(32)의 '잔, 주전자, 병, 도시락' 등이 그 내용물인 술 또는 물, 밥을
지시한다. '술잔과 술, 주전자와 주전자의 물, 도시락과 도시락 속의
밥'과 같이 용기에 담긴 내용물이 일정할 때 용기에서 내용물로의
의미 전이가 일어난다. (32ㄷ, ㄹ)와 같이 내용물이 명시적으로 나타
나지 않아도 그 내용물을 예측할 수 있다. 용기와 내용물과의 관계
가 고정적이기 때문이다. 용기는 내용물을 담는 기능을 하기 때문에
이러한 의미 전이 현상이 일어난 것이다.

　반면, (32ㄹ)와 같이 수관형사가 생략되면 내용물로의 의미는 실현되지 못한다. 용기 명사로 밀접히 관련된 내용물을 지시할 수 있지만, 특정 용기 명사는 수관형사와 결합하여 단위 명사로서 내용물을 지시하기 때문이다. 또, 용기류와 내용물과의 관계는 용기 명사가 단위 명사로 사용되어서 수관형사와 결합할 때에 좀 더 자연스럽다. 이것은 용기와 내용물의 의미 전이에서의 일정한 제약으로 볼 수 있을 것이다.

　(32ㄹ)와는 달리 (32ㅂ)는 도시락의 내용물을 지시한다. 이것은 용기로 내용물을 지시하는 예가 확장되어 개별 단어의 의미로 굳어진 것이다. '도시락', '신선로', '구절판' 등은 용기명이 음식명으로 굳어진 것이다. 용기에 담긴 내용물이 고정적인 경우는 용기의 의미에 내용물의 의미가 실현될 수 있도록 어휘 의미 구조에 표상되어야 한다.

(33)

$$
\begin{bmatrix}
\text{도시락} \\
\quad \text{논항구조} \quad \text{논항1} = x : \text{용기} \\
\qquad\qquad\qquad \text{논항2} = y : \text{내용물} \\
\quad \text{특질구조} \quad \text{기원역} = \text{제조물}(x) \\
\qquad\qquad\qquad\qquad \text{음식물}(y) \\
\qquad\qquad\quad \text{형상역} = \text{담겨 있다}(e_2, y, x) \\
\qquad\qquad\quad \text{기능역} = \text{담다}(e_1, w, y, x) \\
\qquad\qquad\qquad\qquad \text{먹다}(e_3, w, y)
\end{bmatrix}
$$

'도시락'의 두 의미는 기원적 측면에 따라 제조물과 음식물로 나눌 수 있다. 형상의 측면에서 보면, 용기에 내용물이 담겨 있는 모양에서 용기와 내용물의 관계를 포착할 수 있다. 용기는 내용물을 담는 기능을 하지만, '도시락'이 '먹다'와 결합하였을 때는 음식물의 의미가 실현된다. 이것은 기능역에서 음식물의 의미가 실현된 것으로 볼 수 있다.

용기와 내용물의 관계는 용기 명사에만 해당하는 것이 아니라 다른 명사로도 확장될 수 있다. 명사의 의미가 어떤 내용물을 담고 있는 경우, 예를 들어, '가방, 계곡, 혈관, 정맥' 등도 해당된다. 즉, 어떤 물질을 담을 수 있는 것은 모두 용기에 해당한다. 공간적으로 인접된 대상물로 그 의미가 전이되었기 때문이다.

(34) ㄱ. <u>계곡물</u>이 넘쳤다/<u>계곡</u>이 넘쳤다. <u>시냇물</u>이 넘쳤다/<u>시내가</u> 불었다.
     ㄴ. <u>혈관</u>이 터져서 출혈이 있다는 것은 큰 질병의 전주곡일 경우가 많다.

이것은 용기 명사가 인접한 대상과의 관련성에 근거하여 의미의 전이가 일어나는 것이지만 여기서 용기 명사의 기능적 측면도 고려할 수 있다. 용기는 어떤 내용물을 담는 기능을 하는 것이며, '가방'도 내용물을 담기 위한 기능을 하고, '혈관'이나 '정맥'도 혈류가 통하는 기능을 하고 있기 때문이다. (34ㄴ)에서 엄밀히 말하면, 혈관에서 피가 나오는 것이지만 '정맥이 터졌다. 혈관이 터졌다'라고 말한다. 이와 같이 용기로 내용물을 지시하는 경우 용기 의미로 해석될 수 있는 대상으로 범위로 넓혀 나갈 수 있다.

⟨2⟩ 표상

텍스트, 이미지, 돈에 관한 표현들은 추상적 내용이 일정한 형상을 갖춘 구체물로 표상된다.

(35) ㄱ. 윤석이는 헛기침을 하고 난 후 편지를 읽었습니다.
ㄴ. 윤석이는 놀란 토끼 모양으로 눈을 동그랗게 뜨고는 편지를 급히 뜯었습니다.

먼저, (35)는 편지 내용과 대상으로의 편지 의미로 각각 해석된다. 언어와 관련된 '문자, 숫자, 문서, 편지, 시, 텍스트, 책' 등은 언어에 의해 그 내용이 전달된다. 이것은 개념적 내용이 구체적인 형태로 표상된 것으로 볼 수 있다. '책, 편지' 등에 나타난 정보 내용과 물리적 대상의 다의는 이와 같은 텍스트 부류에서는 매우 보편적이다. 정보 내용과 물리적 대상이라는 두 의미 관계는 매우 밀접히 연관되어 있어 이들이 따로 독립적으로 존재하는 것이 아니라 하나의 대상에서 국면(facet)을 이루기 때문이다.

(36) ㄱ. 사람이 사는 것이 반드시 대학을 나와서 돈을 버는 것만은 아니다
ㄴ. 돈을 영치했다는 증서도 없이 직원이 돈을 호주머니에다 구겨 넣었다.

(36ㄱ)의 '돈'은 추상적인 개념으로 해석되며, (36ㄴ)는 구겨 넣을 수 있는 대상이므로 구체물로 해석된다. 이와 같이 돈과 관련된 표현들인 '돈, 동전, 지폐, 수표' 등은 추상적인 가치가 구체물의 형태로 표상된다. 돈의 액수를 나타내는 '거액, 금액, 소액, 정액, 차액' 등과 같은 표현과 '벌금, 헌금, 요금' 등 특정한 용도에 지불하는 돈 등은 개념적 내용을 나타내며 이들은 구체물의 형태로 나타난다.

   (37) ㄱ. 화가는 젊은이의 <u>초상화</u>를 쓱쓱 그리기 시작하였다.
       ㄴ. 거실에는 귀족들의 <u>초상화</u> 7, 8점이 걸려 있었다.

(37)과 같이 이미지와 관련된 '그림, 만화, 도안, 사진, 회화, 신호등, 수화' 등도 개념적인 내용이 구체적인 시각 매체로 전달된다. 우리는 그 의미를 예문에서와 같이 내용과 대상으로 구별해 볼 수 있다.

이와 같이 언어, 돈, 이미지 등은 모두 추상적인 내용을 물리적인 대상으로 나타낸다. '책'도 정보 내용과 물리적 대상으로 이루어져 있으며 '돈'도 인공물(동전/지폐)과 내용(가치)으로 이루어져 있다. '교통 표지판'도 전달하려는 내용을 일정한 구체 기호로 형상화한다. 각각의 의미는 서로 독립된 것이 아니라 하나의 전체 개념을 이룬다. 각각의 의미는 문맥에서 강조될 수 있으나 분리되어 개별 의미를 형성하지 않는다. 이러한 의미는 문맥에서 서로 배타적(antagonistic)으로 사용되지 않으므로 하나의 전체 개념을 이루는 것으로 보아야 한다. 이와 같이 추상적인 내용과 구체물의 개념은 <표상>에 해당하는 텍스트, 이미지, 돈 등의 체계적 다의성으로 볼 수 있다.

(38)

$$
\begin{bmatrix}
\text{책} & & \\
\text{논항구조} & \text{논항1} = x : \text{내용} & \\
& \text{논항2} = y : \text{형태} & \\
\text{특질구조} & \text{형상역} = \text{담겨 있다}(e_1,\ x,\ y) & \\
& \text{기능역} = \text{읽다}(e_2,\ w,\ x) & \\
& \qquad\qquad \text{제본하다}(e_3,\ w,\ y) &
\end{bmatrix}
$$

〈3〉 교통 기관

교통 기관은 기원적으로는 인공물이고 금속을 재료로 한 여러 부속품으로 이루어져 있다. 기능적으로는 교통 수단이지만 일정한 공간을 가진 인공물이라는 특성 때문에 타고 내리는 공간으로도 해석되며 교통 기관을 움직이는 주체의 의미로도 해석된다.

(39) ㄱ. 덜컹거리며 달리는 버스 속에 앉아서 나는 길가에 세워진 하얀 팻말을 보았다.

ㄴ. 사원들을 가득 태운 출근 버스가 안개등을 켜고 방송국으로 향하고 있었다.

ㄷ. 서울 시내에서 가장 먼 종점이었던 영등포까지는 버스를 타고 가기로 했다.

ㄹ. 영등포 역전에서 우르르 버스를 내린 우리들은 안양을 향해서 걷기 시작했다.

(39ㄱ)의 '버스'는 앉을 수 있는 일정한 공간으로 해석된다. '버스'가 일정한 공간을 가진 물체라는 것에 기인한다. (39ㄴ)는 '버스'가 술어에 대한 행위주의 역할을 하며, (39ㄷ, ㄹ)는 타고 내릴 수 있는 교통 수단으로의 기능으로 해석된다.

기능적으로 교통 수단에 속하는 명사들은 기원적으로는 인공물에 속하며, 교통 기관을 운행할 수 있는 행위주의 기능을 한다. '컴퓨터, 냉장고, 세탁기' 등과 같이 일정한 동력을 가지고 행위를 수행하는 도구들도 문장에서 행위주의 역할을 할 수 있다. 스스로 움직일 수 있는 인공물에 대해서는 행위주의 기능을 부여하는 것으로 볼 수 있다.

'지하철'을 <교통 기관>부류만으로 설정한다면, '파업하다'와 같이 인물 논항을 취하는 동사와 결합 의미를 설명하지 못할 것이다 (홍재성외 1999). '{택시/지하철}가/이 파업하다'라는 문장에서 '택시'나 '지하철'이 지시하는 것은 '택시 운전사/노조' 또는 '지하철 노조' 등이다. '택시'나 '지하철' 등 교통 기관은 사람에 의해서 운행이 되므로 '택시', '지하철'만으로도 '택시 운전사', '지하철 기관사' 등으로 해석될 수 있다. 이와 같이 일정한 동력원에 의해서 움직일 수 있는 인공물에 대해서 행위주의 기능을 부여할 수 있다.

교통 기관에 속하는 명사들이 장소나 행위주로 해석되는 것을 의미 구조로 나타내면 다음과 같다.

(40)

```
┌                                          ┐
│  버스                                     │
│      논항구조 논항1 = x : 버스             │
│             논항2 = y : 사람              │
│      특질구조                             │
│           기원역 = 인공물                  │
│           형상역 = 있다(e₂, y, x)          │
│           기능역 = 타고 가다(e₁, y, x)      │
│                    움직이다(e₃, y, x)       │
└                                          ┘
```

'버스'는 기원적으로 인공물이며, 형상적으로 일정한 공간을 가지
고 있으며, 기능적으로 이동의 수단이 된다. 여기서 형상적인 측면
이 부각되면 공간의 의미로 해석되며, 기능의 의미가 부각되면 교통
수단의 의미, 일정한 동력원에 의해서 작동할 수 있는 인공물이라는
관점에서 행위주의 의미가 부각될 수 있다.

〈4〉 장소

장소 표현은 문맥에서 사람이나 정부, 국민 등으로 해석되며, 조
직이나 단체, 건물을 지시하는 표현들도 문맥에서 장소나 사람 등으
로 해석될 수 있다.

먼저, 장소 표현은 자연 장소와 국가명, 수도명 등의 행정 지명으
로 구분된다. 행정 지명인 국가명, 수도명은 지도상의 지리적 위치
이면서 동시에 정치 사회적 의미를 불러일으킨다. 이들은 문맥에 따
라 지리적인 장소, 정부, 국민 등으로 해석되며, 장소명으로 그 장소

에 사는 사람을 지칭하는 것이다. 특히 국가명은 지리적인 장소인 동시에 그 나라에 사는 사람들, 기후, 농산물 등 다양한 의미로 해석된다. 문맥에서의 실현되는 다양한 해석에 대해서 그 의미를 명확하게 구분하기는 어렵다. 국가와 관련된 의미들을 모두 포함하는 것으로 해석해야 할 것이다.

> (41) ㄱ. 한국과 헝가리가 서울과 부다페스트에 상주대표부를 설치하기로 했다.
>
> ㄴ. 한반도 문제는 남북 당사자가 해결해야 한다는 것이 워싱턴의 입장이다.
>
> ㄷ. 이웃의 도움이 없었더라면 정착하기 쉽지 않았을 것이다.
>
> ㄹ. 예나 지금이나 신작로 가까운 마을은 인심이 사나운 법이다.

(41ㄱ)의 '한국과 헝가리'는 각각 한국 정부, 헝가리 정부로 해석되지만 '서울'과 '부다페스트'는 장소적 의미로 해석된다. (41ㄴ)의 '워싱턴'도 지명이 아닌 미국 정부로 해석된다. 미국의 수도라는 장소적 의미에서 미국 정부라는 의미로 전이가 일어난 것이다. 또한, (41ㄷ)의 '이웃'은 장소가 아니라 이웃 사람으로 해석되고 (41ㄹ)의 '마을'은 장소와 마을 사람의 의미가 동시에 실현되었다. 즉, '신작로가 가까운 마을'에서는 '마을'의 장소적 의미가 실현되었지만, '마을의 인심이 사납다'에서는 마을 사람으로 해석된다. 이와 같이 장소적 표현이 갖는 여러 의미들은 문맥에서 동시에 실현될 수 있다. 이것은 앞서 <표상> 부류와 같이 동일한 문맥에서 구별되는 존재론

적 유형을 가진 의미가 동시에 실현되는 것과 같은 맥락이다.

　일반적으로 장소 표현으로 그 장소에 있는 사람을 지시할 수 있다. 이것은 '마을, 도시, 고향, 이웃, 농촌, 시골' 등의 장소 표현 대부분이 해당한다. 특히 장소로 사람을 지시하는 것이 특수화되어 고유명사인 국가명이나 수도명에서는 정치 사회적인 의미가 환기되어 정부, 국민 등으로 해석된다. 이것은 장소 표현인 '마을'이 형상적 측면에서 사람들이 마을을 이루고 살고 있기 때문이며, 기능적 측면에서 마을은 사람들이 모여 살고 있는 장소라는 해석이 나오기 때문이다. 즉, 마을을 이루는 구성원으로서의 사람들이라는 측면에서 '마을'의 유정물 해석은 마을에서 사는 사람들이라는 집단적인 개념을 도출하는 것이다.

(42)

$$
\begin{bmatrix}
\text{마을} \\
\quad \text{논항 구조}\ \ \text{논항1} = x:\ \text{사람} \\
\qquad\qquad\quad\ \text{논항2} = y:\ \text{장소} \\
\quad \text{특질구조}\ \ \text{구성역} = \text{인간\_집단}(x) \\
\qquad\qquad\quad\ \text{형상역} = \text{이루다}(e_2,\ x,\ y) \\
\qquad\qquad\quad\ \text{기능역} = \text{살다}(e_1,\ x,\ y)
\end{bmatrix}
$$

　아래의 표는 세종 1000만 어절 균형 말뭉치에서 국가명 '이라크'에 대한 용례를 살펴본 것이다[19].

---

19) 차준경(2003)에서 인용.

<표2> 고유명사 '이라크'의 빈도 분포

해석	빈도수	%
국가	486	47.55
정부	292	28.57
지리적 위치	150	14.68
군대	91	8.90
스포츠 팀	3	0.29
합	1022	100.00

총 1022회의 출현 빈도 가운데 국가의 의미로 사용된 것이 약 47.55%이고 정부는 약 28.57%, 지리적 위치는 약 14.68%, 군대는 약 8.90%, 스포츠 팀은 약 0.29%이다. 이러한 의미가 명확하게 구분되는 것은 아니지만 기본 의미에 더하여 문맥에서 사용되는 의미를 기준으로 구분한 것이다.

국가나 지리적 위치 등 국가명이 갖는 기본적인 의미와 더불어 정부나 군대, 스포츠 팀 등의 의미가 맥락에서 사용되었으며, 그 사용 빈도가 꽤 높음을 알 수 있다. 주로 정치적 사회적인 맥락으로 빈번히 사용되고 있으나, 이들의 의미는 어떤 맥락에서 지칭되고 있느냐에 따라서 다양하게 나타날 수 있다.

(43) ㄱ. 지금의 이라크에 있는 '티그리스'와 '유프라테스' 두 강을 끼고 꽃피었던 '메소포타미아' 문명. (지리적 장소)
ㄴ. 이라크가 패배한다 해도 이라크는 다시 아랍 국가군의 하나로 복귀할 것이다. (국가)
ㄷ. 한국은 이라크를 꺾어야 26일 일본과의 예선 마지막 경기

에 대한 부담을 덜 수 있다. (스포츠 팀)

ㄹ. 이라크 외무 장관은 <u>이라크</u>가 미국과 회담을 갖기로 동의
했다고 발표했다. (정부)

(43)에서 '이라크'는 각각 지리적 장소, 국가, 스포츠 팀, 정부 등으로 해석된다. (43ㄱ)에서 '이라크'가 처격 조사 '에', '에서'와 결합하는 경우는 장소의 의미로 사용된다. (43ㄴ, ㄹ)에서 주어 자리에 출현할 때는 경우에 대부분 정부의 의미로 사용되었다. (43ㄹ)의 '이라크'는 동사 '동의하다'의 주어 자리에 나타났으며, 동사 '동의하다'의 격틀에서 N1은 사람 명사에 해당한다. '이라크'를 장소의 의미로만 다루면 이것은 동사의 선택 제약을 위반한 것이다. 그러므로 장소 명사가 주어 자리에 출현할 때는 사람으로 해석되며 특히 국가명은 해당 국가의 정부를 지칭하기도 한다는 정보를 미리 알고 있어야 한다. 모든 장소 명사가 사람이나 조직, 정부를 뜻하는 것은 아니며, 장소의 하위 부류인 지역명이나 국가명 등에서 이와 같이 의미로 해석된다.

다음은 사람이 만든 조직 및 단체를 살펴보자. 여기에는 국제기구, 정당, 연구소, 회사 등이 속한다. 이들은 사람이 만든 조직이라는 기본 유형과 더불어 문맥에서는 조직 및 단체가 위치한 건물, 조직 및 단체에 속한 사람 등의 의미로 해석된다.

(44) ㄱ. 김 선생님은 교직에 몸을 담자마자 <u>전교조</u>에 가입하셨다.

ㄴ. 레온 브리튼 씨(51)는 4일 <u>전경련</u>에서 오찬 간담회를 가
졌다.

ㄷ. 합참이 무기들을 선정하고, <u>국방부</u>가 구매여부를 결정했다.

(44ㄱ)의 '전교조'는 조직체를 지시하며 (44ㄴ)의 '전경련'은 장소로 해석된다. 한편, (44ㄷ)의 '합참, 국방부'는 의사를 결정하는 사람으로 해석된다. 조직 및 단체에 속하는 사람들이 의사 결정을 내리고 일을 수행하는 것을 나타낸다. 즉, 조직 및 단체명으로 조직에 속한 사람을 지칭한 것이다.

이와 같이 '회사', '학교'와 같은 조직/기관은 사람들이 모여서 특정한 기능을 하는 장소의 의미를 갖는다. 즉, 사람들의 조직과 장소적 개념이 복합되어 있는 것이다.

(45)

$$
\begin{array}{|ll}
\text{회사} & \\
\quad \text{논항구조} & \text{논항1} = x\text{: 사람} \\
& \text{논항2} = y\text{: 기관} \\
& \text{논항3} = z\text{: 건물} \\
\quad \text{특질구조} & \text{구성역} = \text{인간\_집단}(x) \\
& \text{형상역} = \text{가다}(e_2,\ x,\ z) \\
& \text{기능역} = \text{일하다}(e_1,\ x,\ y)
\end{array}
$$

'회사'의 조직/기관의 개념과 건물/장소의 개념에서 기능역이 부각되면 조직/기관의 의미가 실현되고, 형상역이 부각되면 건물/장소의 의미가 실현되며 구성역에서 인간/집단의 의미가 실현된다.

다음은 시설 및 건물 표현을 살펴보자. 사람이 만든 구조물인 집, 경기장, 빌딩, 체육관, 공항, 고속도로, 기차역, 다리, 터널 등이 여기에 속한다. 시설 및 건물명이 문맥에 따라 시설을 운영하는 조직이나 그 조직에서 일하는 사람들을 지칭한다.

> (46) ㄱ. 아이들이 방학을 맞아 <u>미술관</u>을 방문했다.
> ㄴ. 김 씨는 <u>미술관</u>에서 큐레이터로 일한다.
> ㄷ. 국립현대<u>미술관</u>이 1년에 00억 원 정도 예술품을 사들인다.

(46)의 '미술관'은 각각 건물, 조직, 집단으로 해석된다. (46ㄱ)에서 '미술관'은 동사 '방문하다'의 논항으로서 장소 개념으로 사용되었다. (46ㄴ)는 "미술관에서 어떤 직업이나 직위를 가지고 일하다"로 해석이 되므로 '미술관'은 회사의 개념으로 사용되었으며 사람들의 모임, 조직으로 해석된다. (46ㄷ)는 시설명인 '국립현대미술관'이 주어 자리에 위치해서 사람과 같이 의지를 가지고 행위를 하는 경우이다. 이때는 특정한 사람이 아니라 시설의 운영 주체로 보아 집단으로 해석해야 한다.

<건물> 부류에서는 장소적 개념이 기본 의미가 되며 조직/기관이나 인간/집단의 개념은 이차적으로 실현된다.

(47)

```
┌                                                        ┐
│  미술관                                                 │
│     논항구조   논항1 = x: 사람                           │
│               논항2 = y: 건물                           │
│               논항3 = z: 조직                           │
│     특질구조   구성역 = 속하다(e₂, x, z)                 │
│               기능역 = 전시하다(e₃, x, w, y) w: 미술품   │
└                                                        ┘
```

논항구조 논항1 = x: 사람

논항2 = y: 건물

논항3 = z: 조직

특질구조 구성역 = 속하다(e_2, x, z)

기능역 = 전시하다(e_3, x, w, y) w: 미술품

'미술관'의 의미는 기능역에 의해 "전시하는 기능을 가진 건물"이라는 의미가 실현되며, 구성역에서 사람들로 이루어진 조직의 개념이 실현될 수 있다.

여기서 조직 및 단체와 시설 및 건축물의 의미를 살펴보자. 조직 및 단체는 사람들의 모임이라는 의미가 가장 기본적인 의미가 될 것이고, 시설 및 건축물은 인간이 만든 구조물이라는 것이 기본 의미가 될 것이다. 또, 시설/건물에는 장소적 개념이 포함되므로 장소 부류에 넣을 수도 있으나 장소명은 지리적, 자연적인 장소가 기본 의미이고 시설 및 건축물은 인간이 만든 구조물이라는 점에서 구별될 수 있을 것이다.

실제로 이들의 기본 의미를 구별하는 것은 그리 쉽지 않다. 특히 조직이나 기관은 사람, 조직, 장소나 건물 등의 의미로 서로 분리되어 사용되지만 각각이 개별 의미로서 인식되지 않으며 하나의 통합된 개념으로 사용되기 때문이다. 즉, 장소 표현에서 사람, 조직, 건물, 장소의 개념은 문맥에서 분리되어 실현될 수 있으나 전체 어휘 의미를 이루는 요소들이다. 특정 의미가 문맥에서 부각되는 양상에 따라서 문맥에서의 구체 의미를 정할 수 있다.

예를 들어, '경찰'은 문맥에 따라 경찰서, 경찰관, 경찰 조직의 의미로 해석이 가능하다.

(48) ㄱ. 3시간 동안 <u>경찰</u>과 대치 끝에 붙잡힌 괴한은 19살 윤 모 군이었습니다.
　　 ㄴ. 최 순경은 <u>경찰</u>에 들어 온 지 5년 10 개월 만에 경장으로 진급했다.

ㄷ. 형기는 석기가 <u>경찰</u>에 끌려가 맞고 나온 일을 쓰기 시작
했다.
ㄹ. 경찰에 신고하다/<u>경찰서</u>에 도난 신고를 하다

(48ㄱ)의 '경찰'은 경찰관, (48ㄴ)은 경찰 조직, (48ㄷ)은 경찰서로
각각 해석된다. (48ㄹ)의 '경찰'은 경찰서인지 경찰 조직인지 구별이
명확하지 않다. 이것은 '조직'에는 사람과 건물 등의 개념이 포함되
어 있어서 통합된 개념으로 사용되기 때문이다.

이와 같이 장소 표현에서 실현되는 사람, 조직, 건물, 장소의 해석
은 서로 분리되는 것이 아니라 전체 특질 구조를 형성하는 한 부분
이다. 특정 의미가 문맥에서 부각되는 양상에 따라서 문맥에서의 구
체 의미를 결정할 수 있다. 조직은 인간들로 구성되므로 전체로서의
조직의 개념인가 전체인 조직을 구성하는 부분으로서의 인간의 개
념인가로 설명될 수 있다. 즉, 전체로서의 조직, 부분으로서의 인간
구성원으로 각각 해석될 수 있다.

4.3. 요약

　지금까지 실체 명사의 다의성을 기원적인 관점에서 <사람>, <동물>, <식물>, <사물> 부류에서 살펴보았으며 <사물>은 다시 기능적인 관점에서 <용기>, <표상>, <교통 기관>, <장소> 등으로 나누어 대표적인 다의성을 살펴보았다. 이를 정리하면 다음과 같다.

　(49) 실체 명사의 다의성

　　<사람>
　·속성 → 사람
　　　물리적(신체) 특성: 짝귀, 애꾸눈, 코맹맹이, 매부리코,　대머리,
　　　　　　　　　　　　단발머리,
　　　신체의 부분: 손, 어깨,
　　　심리저 특성(성격): 악질, 저질, 강심장
　　　나이: 십대, 연상, 연하, 장년, 노년
　　　능력: 실세, 억척, 음치, 바보, 고수, 고단수
　　　직위/직업: 고위층, 식자층, 장성, 원수, 의사, 교사, 경찰관, 공무
　　　　　　　　원, 과학자, 교수
　　<동물>
　·동물 → 고기 및 부산물 : 소, 돼지, 개, 말, 고양이, 닭, 악어, 밍크,
　　　　　　　　　　　　　토끼, 아르마딜로
　　<식물>
　·열매 → 나무 : 사과, 배, 복숭아
　·꽃 → 나무 : 장미, 진달래, 국화, 무궁화, 채송화, 해당화
　·덩이줄기, 뿌리, 잎 → 식물 : 감자, 고구마, 무, 배추. 도라지

· 나무 → 목재 : 미송, 백송, 나왕, 귀목, 마호가니
· 재료 → 가공물 : 담배, 커피
  <사물>
· 용기 → 내용물 : 잔, 병, 주전자, 도시락, 신선로, 구절판
· 표상: 추상적 내용 ↔ 구체물의 형태
  텍스트(언어) : 문자, 숫자, 문서, 편지, 시, 소설, 책
  돈 : 돈, 동전, 지폐, 수표, 거액, 금액, 소액, 벌금, 헌금, 요금
  이미지 : 그림, 교통표지판
· 교통 기관 → 공간, 행위자 : 택시, 지하철, 기차, 자전거
· 장소
  자연장소 → 사람 : 이웃, 마을, 도시, 고향, 농촌, 시골
  국가, 행정지명 → 정부, 국민 : 한국, 미국, 이라크, 워싱턴, 포항
  기관/조직 → 사람, 건물 : 학교, 회사, 정당, 연구소
  건물 → 사람, 조직 : 미술관, 경기장, 체육관, 공항, 터널, 고속도로

사건 명사의 다의성

국어 명사의 다의 현상 연구

제 5 장
사건 명사의 다의성

국어에는 동사와 형용사와 같이 상적(aspect) 특성을 갖는 명사류가 있다. 이들은 상적인 특성만을 갖는 것이 아니라 문장에서 구체물을 지시하는 등의 실체성을 띠기도 한다. 사건 명사는 실체 명사와 구별되는 특성을 갖고 있으나 일부 사건 명사는 실체성의 의미로 실현된다. 이 장에서는 사건 명사[1] 중 실체성으로 의미 유형의 전이가 일어나는 명사의 다의성을 고찰한다.

기존의 연구에서는 주로 사건 명사의 상적 의미에 관심을 가졌으며 사건 명사의 실체성 용법에는 별다른 관심을 보이지 않았다.

---

1) 사건(event)은 상태(state)와 구분되며 '행위, 과정, 사건'을 통칭하는 용어로 사용한다. 비실체성 명사는 실체성 명사와의 대비를 위한 용어이며 술어 명사, 서술성 명사(predicate noun) 등은 명사가 지시하는 사건과 상태를 강조한 용어이다. 술어(predicate)는 상황을 지시하며 이 상황은 정태적(static) 상황과 동태적(dynamic) 상황으로 구분된다. '행위, 상태, 과정, 사건' 등은 상황의 한 유형이다. 여기서 상황은 실제 세계의 사태와 대응하거나 또는 대응하지 않을 수도 있는 인지적 표상이다(Lehman 1994).

(1) ㄱ. 형주는 부장에게 현장 상황에 대한 <u>보고</u>를 하였다.

　　ㄴ. 형주는 부장에게 현장 상황에 대해 <u>보고</u>하였다.

　　ㄷ. 형주는 현장 상황에 대한 <u>보고</u>를 연기하였다.

　　ㄹ. 부장은 형주의 현장 상황에 대한 <u>보고</u>를 묵살했다.

　　ㅁ. 형주는 부장에게 현장 상황에 대한 <u>보고</u>를 올렸다[2].

먼저, (1ㄱ)의 사건 명사 '보고(報告)'는 자신의 논항을 할당하고 또, 기능동사와 결합하므로 (1ㄴ)의 '보고하다'와 같은 의미로 해석된다. 그러나 (1ㄷ)는 보고하는 일, (1ㄹ)은 보고 내용, (1ㅁ)에서는 보고서로 각각 해석된다. 즉, '보고'의 의미는 문맥에 따라 보고 내용, 보고하는 일, 보고서 등으로 해석될 수 있다. 사건 명사의 의미는 동사와 같이 사건을 서술하는 (1ㄱ, ㄴ)과 사건을 실체로서 간주하는 (1ㄷ~ㄹ)으로 분리될 것이다. 이와 같이 사건 명사는 사건의 의미뿐만 아니라 실체성으로 해석될 수 있다.

문맥에서 다양하게 해석되는 사건 명사의 의미는 주로 인지 언어학적인 관점에서 연구되었다. 오예옥(2004)은 세상에 존재하는 여러 유형의 사건을 사건 명사로 표현해 내는 과정에서 다의가 생기는 것이며, 사건명사의 다의는 객관적인 규칙으로는 설명할 수 없으므로 세상 경험과 밀접한 관련 속에서 설명해야 한다고 주장한다. 예를 들어 '마리아의 양복저고리 수선'이라는 사건의 의미는 문장에서 다양하게 해석될 수 있다. 즉, 마리아가 양복을 수선하기 시작해서 끝

---

2) 홍재성(1999: 138)에서 인용한 것이다. (1ㄱ)의 '보고를 하다'와 (1ㅁ)의 '보고를 올리다'는 구문 구조가 동일하기 때문에 '올리다'를 기능동사로 보기도 한다. 그러나 (1ㅁ)의 '올리다'는 '서류 따위를 윗사람이나 상급 기관에 제출하다'라는 어휘 의미로 해석되므로 본고에서는 기능동사로 간주하지 않는다.

날 때까지의 사건, 그러한 사건의 결과, 마리아가 양복을 수선했다
는 사실, 마리아가 수선한 양복 등 각각 사건, 결과, 사실, 실체의 의
미로 해석된다.

실제로 문맥에서 다양하게 해석되는 모든 의미를 의미 규칙으로
설명할 수는 없을 것이다. 사건 명사는 세계의 다양한 사건과 관계
를 맺으며 그 속에서 다양한 의미로 해석되기 때문이다. 그러나 사
건 명사의 다의 중에는 심리적으로 현저하거나 지배적인 특성을 나
타내는 것이 있으며 이를 의미 규칙으로 설명할 수 있을 것이다.

Nikiforidou(1999)는 영어의 명사화 구문(Nominalization)을 분석
하여 사건 명사의 의미 확장을 논의하였다. 사건 명사의 기본 의미를
행위, 사건, 상태로 보고 이 기본 의미들이 화자의 일반적인 세상 지
식과 동사나 형용사의 의미에 의해서 환유적으로 생산물, 방법, 정도,
결과, 사실 등의 여러 의미로 사상(mapping)되는 것을 보여주었다.

(2) ㄱ. ACTION (stands) for the PRODUCT of the action
ㄴ. ACTION for the MANNER in which the action is
performed
ㄷ. STATE for the DEGREE to which the state holds
ㄹ. ACTION/EVENT for the RESULT(S) of the
action/event
ㅁ. ACTION/STATE/EVENT for the FACT that action/
sate/ event occurred (Nikiforidou 1999: 147)

환유적 사상이 명사화 구문에서는 형태론적으로 직접적인 연관을
맺기 때문에 명사의 문맥 의미가 자의적으로 확장되는 것이 아니라

생산적이고 체계적인 의미로 확장된다. 이와 같이 모든 사건 명사의
다의성이 위에 제시된 유형으로 제한되는 것은 아니지만 대표적인
유형으로 일반화 및 규칙화를 할 수 있을 것이다. 이 장에서는 국어
의 사건 명사를 대상으로 체계적 다의성의 일반화 및 유형화를 시도
한다. 사건 명사의 다의 중 의미의 구별이 뚜렷한 경우인 의미 유형
이 사건에서 실체로 전이되는 현상을 주로 다루고 유형화하여 설명
한다. 또, 사건 명사가 문맥에서 실현되는 사건과 실체와의 의미 관
계를 포착하여 설명한다.

5.1. 사건 명사의 의미 특성

  사건 명사의 실체성 용법을 살펴보고 이를 유형화하기 위해서는
먼저, 실체성 명사와 사건 명사를 구별해야 한다. 실체성 명사와 비
실체성명사를 구별하는 기준은 상적(aspect) 특성의 유무이다. 비실
체성 명사는 동사나 형용사와 같이 상적 특성이 있어서 시간에 따른
변화를 나타내며, 실체성 명사는 시간의 변화와 관련 없이 고정적이
라는 특성을 갖고 있다.
  기존의 연구에서는 ‘하다’와의 결합 여부로 실체성 명사와 비실체
성 명사를 구별하였다(원대성 1986). 실체성 명사는 상적인 특성이
없기 때문에 ‘하다’와는 결합할 수 없으며 비실체성 명사만이 ‘하다’
와 결합한다는 주장이다. 그러나 일부 실체성 명사는 ‘하다’와 결합
하기도 한다.

(3) ㄱ. 밥, 나무, 가게, 대통령, 가수 …
　　ㄴ. 빨래, 전화, 요리, 노래, 선물, 편지 …
　　ㄷ. 담임, 보고, 회담, 주사, 평화 …
　　ㄹ. 진출, 교류, 제공, 왜곡, 입학 …

(3ㄱ)는 실체성 명사이나 '밥하다, 나무하다, 가게 하다' 등 '하다'
와 결합이 가능하며, (3ㄴ)는 주로 실체성으로 사용되나 특정 문맥
에서는 비실체성(사건)으로도 사용된다. (3ㄷ)는 주로 비실체성으로
사용되나 특정 문맥에서 구체물을 지시하기도 한다. 또, (3ㄹ)는 명
사가 자신의 논항을 선택할 수 있으며 동사와 같은 상적 특성을 보
인다. 즉, (2ㄴ~ㄹ)는 명사가 동사처럼 자신의 논항을 가질 수 있으
며 의미역을 할당한다는 공통점이 있으나 (2ㄴ, ㄷ)는 실체성과 비
실체성의 중의적인 용법으로 사용될 수 있다는 점이 (2ㄹ)와 다르다.
이와 같이 '하다'와 결합할 수 있는 명사들은 비실체성 명사만 해당
하는 것이 아니라 실체성 명사에서 비실체성 명사까지 망라한다.

먼저, (2ㄱ)와 같이 실체성 명사에 '하다'가 결합하는 경우를 살펴
보자. 대부분의 실체성 명사는 상적 특성이 없기 때문에 '하다'와 결
합할 수 없다. 일부 '하다'와 결합하는 실체성 명사(밥, 나무 등)는
'하다'의 대동사적 용법이거나 본동사적 용법으로 간주되었다.

원대성(1985)에서는 특히 '빨래', '노래' 등의 명사는 그 자체로 상
적 특성을 지니는 것이 아니라 언어 사회에 내재하는 규약에 따라
상적 특성이 부여된다고 주장하였다. 사건 명사는 명사 자체에 상적
특성을 띠고 있으나 실체성 명사는 상적 특성이 없으며 단지 '하다'
와 결합한 'N하다'에 상적 특성이 부여되는 것으로 보았다.

한편, 최경봉(1997)에서는 '하다'와 결합할 수 있는 실체성 명사는
그 특질 구조에서 '어떤 실체에서 다른 실체로의 변화'를 부각시킬
수 있기 때문에 '하다'와 결합할 수 있다고 설명하였다. 즉, '나무'는
'나무'의 기능상 변화체(땔감)로서의 의미가 부각된 것이며, '밥'은
'쌀'의 변화체로서의 성격이 강조된 것이며, '빨래'는 옷의 변화체로
서의 성격이 강조되었다.

본고에서는 '밥, 나무, 머리' 등과 같이 실체성 의미로만 해석되는
경우와 '빨래, 노래, 편지, 선물' 등과 같이 실체성과 비실체성의 의
미가 복합적으로 해석되는 경우를 분리하고자 한다. 먼저, '밥, 나무,
떡'은 실체성만으로 해석되기 때문에 '하다'와 결합하여 '밥하다, 나
무하다'와 같이 의미적인 특수화가 일어난 것이다. 또, '가게, 가수,
대통령' 등은 '하다'와 결합할 수 있는 실체성 명사이지만 의미의 특
수화는 일어나지 않는다.

'밥, 떡, 나무' 등 실체성 명사에 '하다'가 결합한 것은 최경봉
(1997)에서 제시한 특질 구조3)와 같이 기원적인 측면(작인역)이 부
각된 경우로 볼 수 있다. 한편 '가게, 미용실, 대통령' 등도 '하다'와
결합하지만 [어떠한 일을 하다]라는 기능적인 측면으로 해석된다.

---

3) 최경봉(1997: 90)에서 '밥'의 특질구조(Q-구조)를 다음과 같이 표상한다.
   밥(*x*)
   [(속성
   [구성역, 쌀, 물(*x*)]
   [기능역, 먹다(y, *x*)]
   [작인역, 가공물(*x*), 끓이다(y, 쌀)]]
   Q-구조의 작인역을 볼 때, '밥'이라는 명사는 어떤 인위적인 조작에 의한
   과정을 거치면서 성질이 바뀌어 이루어지는 결과물이라는 특성을 가지고
   있다. '나무'의 경우도 생물의 특성을 가지는 나무가 인위적인 조작에 의해
   일정한 과정을 거치면서 성질이 바뀌어 땔감이라는 결과물로 나타난다.

즉, '가게를 운영하다. 미용실을 운영하다. 대통령 노릇하다'에서는 명사의 기능적인 측면이 부각된 것이다.

모든 실체성 명사와 '하다'가 결합할 수 없다는 점을 고려한다면 '하다'와 결합할 수 있는 실체성 명사에는 고유한 의미 특성이 있을 것이다. 특히 실체성 명사와 '하다'가 결합하려면 기능적인 측면에서 실체성 명사를 대상으로 어떠한 일을 수행한다는 의미가 전제되어야 한다.

즉, 실체성 명사와 '하다'의 결합을 통해서 명사의 기능역이 부각되어야 하고, 명사의 의미구조에서 이미 그 명사를 대상으로 어떠한 일을 수행한다는 의미가 포함되어야 한다. 그러므로 '밥하다, 나무하다'에서는 '밥'과 '나무'의 기원적인 의미가 부각될 때에 의미적으로 특수화되어 어휘화가 일어난 것이며, '가게하다, 미용실하다, 대통령하다'에서는 '가게, 미용실, 대통령'의 기능적인 속성이 부각된 것이다.

둘째, 실체성과 사건성의 의미가 복합된 명사들을 살펴보자. '노래, 빨래'와 같은 파생 명사는 '하다'와 결합함으로써 이들 명사의 의미에 이미 내포되어 있는 사건성을 부각시킨다. '빨래, 요리, 노래' 등에 '하다'가 결합하여 기능의 측면이 부각되는 것은 다른 실체성 명사와 동일하다. 그러나 '하다' 이외의 동사, 특히 상적인 동사(시작하다, 끝나다 등)와 결합하여 사건성으로 해석되며, 시간 표현인 '중(中), 후(後), 전(前)'과도 결합할 수 있기 때문에 사건성 및 실체성의 중의적인 양상을 띤다고 볼 수 있다[4].

---

4) 서정수(1996: 238)에서는 '하다'와의 결합가능성, 시간어와의 결합유무, '되다'와의 어울림, '~을/를 오다/가다'와의 결합 및 접미사 '-질', '-화'와의 결합 가능성 여부로 실체성 명사와 비실체성 명사를 구분하였다. 한편 강범모(2001)에서는 술어 명사가 '-케, -토록'과 결합 가능하고, '하다' 기능

(4) ㄱ. 작곡가 윤석중 선생님은 수많은 어린이 <u>노래</u>를 쓰셨다.

ㄴ. 그는 <u>노래</u>를 시작한 후에는 다른 것에 관심을 두지 않았다.

(5) ㄱ. 어머니는 빨랫줄에서 마른 <u>빨래</u>를 걷고 계셨다.

ㄴ. 소비자들은 세탁기가 클수록 <u>빨래</u>도 잘 된다고 생각한다.

(4ㄱ)의 '노래'는 '쓰다, 작곡하다'와 결합하여 악곡으로 해석되어 기원적인 측면을 나타내며, (4ㄴ)의 '노래'는 노래를 부르는 것이라는 사건의 의미로 해석된다. 이것은 '시작하다'가 사건 명사를 논항으로 취하기 때문에 '노래'의 기능역이 부각된 것이다[5]. 또, (5ㄱ)의 '빨래'는 관형어의 수식을 받는 실체 명사이지만, (5ㄴ)은 빨래하는 일이라는 사건의 의미로 해석된다. 이와 같이 일반 동사와 결합하는 '빨래, 노래' 등은 실체성으로 해석되는 반면, '하다', '되다' 등 기능 동사나 '시작하다, 끝나다' 등의 상적인 동사와 결합하는 경우는 사건의 의미로 실현된다.[6]

동사와 결합되며, 명사문이 가능하고 '중' 구문 및 '언제나 ~이다'와 같은 시간 표현이 가능하다는 특성을 들어 술어 명사를 판별하는 기준으로 삼았다.

5) '노래를 시작하다'와 '책을 시작하다'에서는 '노래'의 기능역과 '책'의 기능역 또는 작인역을 부각시켜서 사건 해석을 가능하게 한다. 즉, '노래 부르는 것, 책을 읽기 시작하는 것' 등은 '노래'와 '책'의 기능적인 측면을 강조하여 사건 유형으로 해석된다. 이런 측면에서 '책'과 '노래'가 동일한 개체(entity)유형이고 '시작하다'와 결합하여, 유형을 강제하는 것으로도 볼 수 있다. 그러나 '노래가 지속되었다/끝났다. 노래 중이다' 등에서의 '노래'는 상적인 동사와 결합하는 사건 유형이므로, '노래'는 실체 유형과 사건 유형의 복합적인 구조로 이루어졌으며 '책'은 실체 유형만으로 실현된다.

6) 고유어 파생 명사는 한자어 사건 명사 보다 실체성을 띠는 정도가 심리적으로 현저하지만 동사에서 파생된 명사이기 때문에 사건의 의미를 내포하는 것으로 본다.

셋째, 사건성과 실체성이 복합된 명사에서 '하다' 기능동사나 '시작하다, 끝나다' 등 상적인 동사와 결합하지 않을 때 실체성이 부각되기도 한다. 주로 사건의 의미로 실현되나 특정 문맥에서는 실체성을 띠고 사람이나 사물을 지시한다.

> (6) ㄱ. 몰려드는 성난 인파에 겁먹은 <u>경비</u>는 경비실에서 나오지도 못하고 있었다.
> ㄴ. 경찰청은 유세장과 각 후보의 경호 <u>경비</u>를 강화하기 위해 인력을 증강시켰다.

(6ㄱ)의 '경비(警備)'는 경비를 맡은 사람인 경비원으로 해석되고 (6ㄴ)는 '사고가 나지 않게 지키는 일'로 해석된다. (6ㄴ)에서는 사건의 의미로 해석이 되나 (6ㄱ)에서는 행위자인 실체를 지시한다. 즉, 사건성에서 실체성으로 의미가 전이된 것이다.

이것은 명사의 의미 구조에 이미 실체성과 사건성이 복합되어 있기 때문에 문맥에 따라서 실체성으로 실현되거나 또는 사건성으로 실현되는 것으로 볼 수 있다. 실체성으로 해석될 때에는 해당 명사의 의미 특성에 따라 행위자, 대상, 도구, 방법, 시간, 장소 등으로 각각 실현된다.

넷째는 실체성의 의미는 나타나지 않고 사건성으로만 실현되는 명사이다. 이들은 동사와 같이 상적인 특성에 따라 분류된다.

> (7) ㄱ. 방 박사는 [한국 기업의 러시아 진출]을 돕는 막후 인물로 알려져 있다.

ㄴ. 미국은 1898년의 美 스페인 전쟁을 통하여 [태평양으로의
진출]을 시도하였다.

ㄷ. 곽 목사는 북한에 머무르며 [남북한 교역자의 교류]를 협
의할 예정이다.

ㄹ. 토론의 많은 장면에서 우리는 진실성의 결여나 [사실의 왜
곡]이 서슴없이 자행되는데 큰 충격을 받았다.

(7ㄱ)의 '진출'은 '한국 기업의 러시아 진출'이라는 명사구의 핵이
며 자신의 논항을 직접 취하고 있다. '진출'과 '진출하다'의 의미 차
이는 거의 없으나 명사형으로 쓰였을 때는 사건을 실체화하여 지시
하는 기능을 한다. 이와 같이 '진출, 교류, 왜곡' 등은 전형적인 사건
명사의 특성을 따르지만 명사구로 쓰였을 때는 사건을 실체화하여
사건 자체를 지시하며, 사건 구조내의 구체적인 대상인 행위자나 결
과물을 지시하지 않는다.

지금까지 '하다' 결합의 관점에서 실체성과 사건성의 의미 특성을
구별해 보았다. 또, 실체성과 사건성의 의미가 복합되어 있지만, 실
체성이 현저한 경우와 사건성이 현저한 경우로 나눌 수 있다. 의미
전이의 방향성은 그리 명확한 것은 아니나 빈도수 및 심리적 현저성
등에 의해 이와 같이 구분할 수 있을 것이다. 실체성과 사건성의 의
미 유형이 고정된 것이 아니라 문맥에 따라 넘나들 수 있으며 이것
은 사건 명사의 의미 확장 및 다의 형성에 주요 원인이 된다.

한편, '빨래, 노래'와 같은 고유어 파생 명사에도 한자어 사건 명사
와 유사한 의미 전이 현상이 나타난다.[7]

---

7) 파생 명사가 행위 명사이면서 도구나 사람, 결과물 등의 구체 명사로도
사용된다. 시정곤(1993: 105)에서는 행위에서 도구/사람으로의 의미 전이

(8) ㄱ. 요즘 백화점 세일 중에 <u>소매치기</u>들이 극성을 부리고 있다.

  ㄴ. 어제는 언니와 동생이 함께 <u>소매치기</u>를 하다가 붙잡혔다.

  ㄷ. <u>줄넘기</u>로 땀을 내고 샤워를 하고 나니 아침밥이 꿀맛 같았다.

  ㄹ. 체육시간에 쓸 <u>줄넘기</u>를 사러 문방구에 갔다.

(9) ㄱ. 집안에 <u>꽃꽂이</u>를 하더라도 유리병보다는 도자기, 토기가 차분해 보인다.

  ㄴ. 영희는 언니들과 함께 <u>꽃꽂이</u>를 배우러 다녔다.

  ㄷ. <u>꽃꽂이</u>를 거실 선반 위 적당한 곳에 올려놓았다.

(10) ㄱ. 재봉틀이 대물림이 되는 게 자연스러운 것은 이런 어머니의 손재주가 내게 <u>대물림</u>이 되었기 때문일는지 모른다.

  ㄴ. 골방에는 <u>대물림</u>으로 보이는 묵직한 바둑판이 놓여 있었다.

위의 예문은 명사 파생 접사 '-기, -이, -음'에 의해서 동사에서

로 다루었다.

ㄱ. 소매치기(행위) → 소매치기(행위자)
  보기(행위) → 보기(예)
  줄넘기(행위) → 줄넘기(도구)
  집짓기(행위) → 집짓기(재료)(장난감)

ㄴ. 튀김(행위) → 튀김(물건)
  속가름(행위) → 속가름(결과)(명세서)
  술적심(행위) → 술적심(대상)(국물 있는 음식)
  대물림(행위) → 대물림(대상)(물려받은 물건)

ㄷ. 살림살이(행위) → 살림살이(도구)
  소금절이(행위) → 소금절이(결과)(음식)
  꽃꽂이(행위) → 꽃꽂이(결과)(작품)
  판박이(행위) → 판박이(결과)(책)
    판박이(재료)(인쇄된 그림을 박아내는 종이)
  하루살이(행위) → 하루살이(생물)
  입씻이(행위) → 입씻이(수단)(금품)

명사로 파생된 것이다. 각각 행위, 행위자, 도구, 방법, 결과물 등으로 해석된다. 일반적으로 (8ㄱ, ㄷ)와 같이 접사 '-기'가 동사와 결합하여 행위나 사건 명사를 파생하나 (8 ㄴ, ㄹ)와 같이 행위자나 도구의 의미로도 해석된다. (9)도 접사 '-이'가 '명사+동사'에 결합하여 행위 명사를 파생한 뒤, 행위, 방법, 결과물로 각각 해석된다. (10ㄱ)의 '대물림'은 접사 '-음'이 결합하여 명사형으로 쓰였으며 (10ㄴ)는 그러한 물건을 지시한다.

이와 같이 파생 명사의 의미가 행위에서 행위자, 도구, 물건, 대상, 결과 등의 의미로 전이되는 것은 사건 명사의 의미 전이 양상과 유사하다. 이것은 비실체성 명사의 의미 전이는 한자어 사건 명사에만 해당하는 것이 아니라 고유어 파생 명사에도 해당하며, 파생 명사의 의미 전이로부터 우리는 한자어 사건 명사의 지위에 대해서 생각해 볼 수 있다.

국어의 비실체성 명사에는 어원적으로 고유어 파생 명사와 한자어원 서술성 명사가 존재한다. 국어에서 외래어는 명사로 차용되며 '~을 하다'와 같이 조사 '을/를'이 개입할 수 있으며, 또는 '하다'와 직접 결합한다. 그러나 명사만으로 사용될 때는 그 의미가 중의적이다. 동사와 같이 자신의 논항에 의미역을 할당하는 경우와 그렇지 않은 경우가 있다.

이와 같이 비실체성과 실체성이 복합된 명사들은 대부분 동사에서 파생된 파생명사이거나 한자어 명사들이다. 고유어 파생명사들은 실체성과 사건성을 띠는 다의어로서, 기존에 '의미 파생(전이)'로 설명되었다. 주로 동사의 행위를 통해서 만들어진 결과나 관련된 행위자 등을 파생 명사로 지시한다. 한자어 사건 명사는 한문 문법에

서 동사로 사용되던 것이 국어에서 명사로 차용되었고, 술어적 기능
을 나타내기 위하여 '하다'와 결합하였다. 파생 명사는 사건성 보다
는 실체성을 띠는 경향이 있으나, 한자어 명사들은 대부분 실체성보
다는 사건성을 띠지만 개별 단어마다 그 정도는 다르다.

　이상과 같은 논의에서 파생 명사는 동사나 형용사 어기에 접사의
결합이라는 형태 변화를 거쳐 의미 전이가 일어났으며, 한자어 명사
는 형태의 변화 없이 의미의 전이가 일어난 것으로 본다. 이와 같이
파생 명사의 의미 전이 뿐 아니라 한자어 사건 명사에도 의미 전이
가 존재하며 이것을 사건 명사의 의미 전이로 포괄할 수 있을 것이
다. 즉, 한자어 사건 명사도 일종의 명사화(Nominalization)로 보고
자 한다. 명사화(Nominalization)는 사건을 실체로 지시하기 위한 과
정이며 명사화된 고유어는 서술성을 나타내기보다는 일반적인 사건
을 지시하는 것으로 의미 특성이 바뀐다.

　이에 대해 이병규(2001)는 고유어의 파생명사화 과정은 실체로
간주되는 사태를 지시하기 위한 것이지만 한자어 사건 명사는 그와
같은 과정을 통해 도출된 것이 아니라 한문 문법에서 동사로 사용되
는 단어를 명사로 차용한 뒤 활용을 위해서 '하다'와 결합하는 것으
로 본다. 본고에서는 한자어 사건 명사가 위의 과정을 거쳐 국어의
어휘로 정착한 것에는 동의한다. 그러나 사건 명사가 서술성으로만
실현되는 것이 아니며 구체물로 해석될 수 있고, 또, 한자어 사건 명
사가 실체성으로 해석될 때에는 파생 명사의 의미 전이 현상과 유사
하다는 점에서 한자어 사건 명사도 의미적으로 사건을 실체화한다
고 볼 수 있다.

　통시적으로 한문 문법에서 동사로 사용되는 단어를 명사로 차용

하였지만, 국어의 어휘로 정착한 뒤에는 공시적으로 파생 명사와 같
이 사건이나 구체물을 지시하는 기능을 수행한다고 본다. 공시적인
관점에서 사건 명사의 의미를 살펴보면, 사건 명사의 어휘 의미 구
조에 실체성과 비실체성의 의미가 잠재되어 있고 문맥적인 영향에
의해 그 의미가 실현되는 것으로 본다.

사건 명사의 의미 전이는, 명사의 의미 구조에 서로 다른 의미 유
형이 복합되어 있으며 이 두 의미가 서로 밀접히 연관될 때 일어난
다. 명사 '요리(料理)'는 사건의 의미로는 "일정한 방법으로 음식을
만듦"을 뜻하지만 실체의 의미로는 "만들어진 음식"을 뜻한다. 사건
과 실체라는 의미 유형의 차이는 있으나 명사 '요리'의 두 의미는 서
로 연관되어 있다.

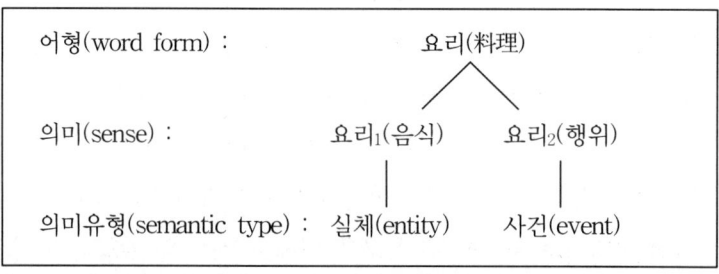

<그림4> '요리'의 의미

명사 '요리'는 구체물인 "음식"과 음식을 만드는 "사건(행위)"의
의미로 사용될 수 있으며, 이들의 의미는 서로 연관되어 있다. 먼저,
사건과 실체의 개념으로 구분하면, '요리1'은 <음식>에 속하며, '요
리2'는 <사건>에 일단 개념을 분리하여 분류한 뒤, 의미적 관련성
은 특질 구조 및 논항 구조를 통해서 설명할 수 있다. 본고에서는 동

일한 어형에서 관련된 여러 의미(sense)를 표상하기 위해서는 푸스
테욥스키(1995)의 의미 표상 방식을 이용하여 설명한다.

(11)

요리

사건 구조	사건1 = e1 : 과정	
	사건2 = e2 : 상태	
논항 구조	논항1 = x: 행위자	
	논항2 = y: 대상	
	논항3 = z: 결과물	
특질구조	작인역 = 존재하다 (e2, z)	
	기능역 = 요리_행위 (e1, x, y, (z))	

'요리하다'의 격틀을 'X가 Y로 (Z)를 요리하다'로 상정한다면, 여
기서 Z는 요리 행위의 결과로 나온 산물이다. 그러나 사건 명사는
과정 사건만을 지시하므로 결과물의 의미는 나타나지 않는다. 이것
은 도구 명사와 유사하게 과정 사건의 의미에서는 실현되지 않지만
결과물을 지시할 때 나오는 의미이다. 이와 같은 의미 구조는 결과
물을 지시하는 다른 사건 명사에서도 유효하다.

5.2. 사건 명사의 의미 전이

사건 명사의 의미전이를 살펴보기 위해, 국립국어연구원(2003)의
'현대 국어 사용 빈도 조사'에서 '-하다'와 결합할 수 있는 빈도 10

이상의 명사, 약 1000여 종을 사전의 뜻풀이와 참조하여 분석하였
다. 그 중 약 110여 종의 명사가 비실체성과 실체성의 의미를 넘나
드는 것으로 관찰되었다. 이들 명사는 행위, 사건, 상태를 나타내며
특정 문맥에서 '행위자, 결과물, 대상, 내용, 도구, 방법, 장소, 시간'
등으로 해석된다. 이것을 사건 구조에서 사건과 실체와의 의미 관
계, 실체가 지시하는 대상을 중심으로 분류하여 설명한다.

〈1〉 행위자 사건

  사건 명사로 문맥에서 행위 또는 행위자를 지시할 수 있다. 실체인
행위자를 지시하는 경우는 사건 구조에서 행위자가 부각된 것이다.

> (12) ㄱ. 담임은 나를 데리고 근처의 중국집으로 갔다.
>   ㄴ. 김 교사는 올해로 교단 경력 7년에 여섯 번째 담임을 맡
>   고 있다.
>   ㄷ. 몰려드는 인파에 경비는 경비실에서 나오지도 못했다.
>   ㄹ. 경찰청은 각 후보의 경호 경비를 강화하기 위해 인력을
>   증강시켰다.

  (12ㄱ)의 '담임'은 주어 자리에서 행위자로서 의지를 갖고 행동을
하는 실체 명사이다. (12ㄴ)는 '담임'이라는 일을 하는 것으로, 사건
으로 해석된다.[8] (12ㄷ)의 '경비(警備)'도 주어 자리에 위치하여 경

---

8) 담임(擔任) 圀 어떤 학급이나 학년 따위를 책임지고 맡아봄. 또는 그런 사
   람. ¶1학년 담임을 맡다/올 스승의 날에는 중학교 3학년 때 담임이셨
   던 박 선생님을 찾아뵙기로 했다.

비를 맡은 사람인 경비원을 지시한다. (12ㄹ)의 '강화하다'는 사건의 질적인 변화를 초래하는 동사이기 때문에 그 대상인 '경비'는 사건으로 해석된다. 이와 같이 기능동사와 결합하지 않아도 사건을 지시할 수 있으며 문맥에 따라 주어 자리에 위치하여 행위자인 사람을 지시하기도 한다. 이와 같은 유형에는 '감독, 경비, 보조, 보초, 담임, 교환, 사회, 주례, 통역, 경리' 등이 속한다.

이들은 '감독자, 경비원, 보조원, 보초병, 담임선생님, 전화교환원' 등의 단어를 사용하여 그 의미를 명시적으로 나타낼 수 있음에도 불구하고 사건 명사로 사건의 행위자인 실체를 지시한다.[9] 사건의 의미로 사용될 때에는 'X의 Y 경비/X가 Y를 경비하다'의 구문과 동일한 개념으로 사용된다. 이것은 사건을 수행하는 행위자의 의미를 부각시킬 필요성이 증대되어 행위자를 지칭하게 되었다.

다음은 <표준국어대사전>에서 찾아본 명사 '교환'의 뜻풀이이다.

(13) 교환1(交換)
① 서로 바꿈. ¶우리 측에서는 포로들의 일대일 교환을 주장하였다.

경비4(警備)[경 : -] 图 ①도난, 재난, 침략 따위를 염려하여 사고가 나지 않도록 미리 살피고 지키는 일. ¶경비 초소/야간 경비/경비를 강화하다/경비를 서다/경비가 허술하다/삼엄한 경비를 펴다.
②=경비원. ¶그는 경비 특유의 감각으로 침입자가 숨어 있는 곳을 알아냈다./잠깐 경비가 한눈파는 사이에 우리는 서로 어깨를 탁탁 치고는 동시에 인왕산 쪽으로 튀기 시작했다.≪황석영, 어둠의 자식들≫

9) 사건에서 실체로의 의미 전이는 생략에 의한 것일 수도 있다. '감독자, 경비원, 보조원, 보초병' 등에서 '-자(子), -원(圓), -병(兵)'이 생략되어 실체의 의미가 획득된 것일 수도 있다. 비록 생략에 의해 의미가 획득되었을지라도 공시적으로는 동일한 어형에 사건의 의미와 실체의 의미가 복합된 것으로 보고자 한다. 사건성에서 실체성으로의 의미 전이는 하나의 어형에 사건성과 실체성이 복합되어 일어나는 것으로 본다.

② 서로 주고받고 함. ¶의견 교환/선물 교환/예물 교환.

③ <u>전화나 전신을 통할 수 있도록 사이에서 선로를 연결해 줌. ¶</u>
<u>교환 설비.</u>

④ <경제>어떤 재화나 용역을 다른 사람에게 주고, 그 가격만큼
다른 재화나 용역 또는 화폐를 얻는 일.

⑤ <u><통신>=전화 교환원.</u> ¶그는 교환에게 총무부를 대 달라고 했다.

⑥ <통신>우체국에서 발송인이 위탁한 물건을 수취인에게 전해 주
고 그 물건값을 받아서 발송인에게 보내는 일. ≒인환02(引換)②.

사전에 수록된 '교환'의 뜻풀이를 살펴보면, ③의 사건 의미에서
⑤의 "전화나 전신을 통할 수 있도록 선로를 연결해 주는 사람"으로
서의 의미가 도출되었다. '교환'의 다른 의미에서도 행위자인 사람을
지칭할 수 있을 것이나 특히 ③의 행위자를 지칭해야할 필요성이 증
대되어 의미 전이가 일어난 것이다.

한편 '대통령, 장관, 목수' 등의 실체 명사와 '사회, 담임, 교환' 등
과 같이 사건성에서 실체성으로 전이가 일어나는 경우를 살펴보자.
'대통령, 장관, 목수' 등은 [어떠한 일을 하는 사람]이라는 실체의 의
미가 기본 의미가 되며 여기에 행위자의 기능적 측면이 부각되고,
'하다'와 결합하면 [그 일을 수행하다]라는 의미로 실현된다. 한편,
사건 명사에서 [어떤 일을 하다]라는 의미는 사건 명사의 의미 구조
에서 기능역이 부각된 것이며, 행위자의 의미는 작인역이 부각된 것
으로 본다. 이와 같은 관계에서 행위(사건) → 행위자로 의미가 전
이되며 행위자는 사건 구조의 참여자인 것이다.

(14)

```
┌─                                                      ─┐
│   대표                                                 │
│       사건구조   사건 = e₁: 상태                        │
│                       e₂ : 과정                        │
│       논항구조   논항1 = x: 인간, 행위자                │
│                 논항2 = y: 대상                        │
│       특질구조   작인역 = 대표_맡다(e₁, x)              │
│                 기능역 = 대표_행위(e₂, x, y)            │
└─                                                      ─┘
```

즉, '대표, 감독, 담임, 담당, 보조' 등은 [행위자가 어떠한 일을 하다]의 의미를 내포한다. 사건의 의미로 사용되면 'X가 Y를 대표, 감독, 담임, 담당, 보조하다'의 의미로 실현되며 이때는 사건 구조에서 과정(사건)의 의미가 부각된다. 실체성으로 '대표. 감독, 담임, 담당, 보조'가 실현되는 것은 특질 구조에서 작인역이 부각될 때이다. [어띠한 직분 또는 일을 맡다]라는 의미는 직인역에서 나온 것이며 [그 일을 수행하다]라는 의미는 기능역으로 설명할 수 있다. 이와 같이 과정(사건)의 의미가 실현될 때에는 특질 구조에서 기능역이 강조되며 행위자의 의미가 부각되면 작인역이 강조되는 것으로 볼 수 있다.

〈2〉 대상 사건

특정한 대상을 가지고 일을 하거나 대상의 의미를 부각시키기 위해서 사건 명사로 행위의 대상을 지시할 수 있다. '빨래, 선물, 설계, 소유, 수집, 은폐' 등은 문맥에 따라 행위나 행위의 대상을 지시한다.

(15) ㄱ. 어머니는 빨랫줄에서 마른 빨래를 걷고 계셨다.

ㄴ. 소비자들은 세탁기가 클수록 빨래도 잘 된다고 생각한다.

ㄷ. 명색이 친구라면서 부조나 몇 푼 전달하고 모른 체 하기 곤란했다.

ㄹ. 카드회사는 최고 3천만 원까지 대출을 받을 수 있는 '카드론' 서비스를 확대 실시하고 있다.

(15ㄱ)의 '빨래'는 구체물을 지시하며, (15ㄴ)는 사건을 지시한다. 또, (15ㄷ)의 '부조'는 부조금, (15ㄹ)의 '대출'은 대출금으로도 해석되기 때문에 행위의 대상을 지시하는 경우이다.

이와 같이 사건(행위)과 사건의 대상물의 의미로 실현되는 명사의 구조를 살펴보면, 이들은 행위의 대상이 목적어 자리에 나오는 격틀 구조를 가졌다. 즉, '담보, 빨래, 노래, 선물, 녹음, 신음, 저축, 부조, 저축, 지출, 대출, 보상, 사례' 등에서는 행위의 대상이 사건 구조에서 직접 실현된다.

(16)

$$
\begin{bmatrix}
\text{빨래} \\
\quad \text{사건구조} \quad \text{사건1} = e_1 : \text{과정} \\
\quad \text{논항구조} \quad \text{논항1} = X : \text{인간} \\
\qquad\qquad\qquad \text{논항2} = Y : \text{대상} \\
\quad \text{특질구조} \quad \text{형상역} = \text{더러운\_상태}(y) \\
\qquad\qquad\qquad \text{기능역} = \text{빨래\_행위}(e_1, x, y)]
\end{bmatrix}
$$

형상역이 부각되었을 때의 '빨래'는 [빨랫감]의 의미로 해석되며 기능역이 부각되면 사건의 의미로 해석된다. 과정 사건이 수행되면 사건의 대상은 사건 구조에 직접적으로 실현된다. 예를 들어 '수집, 수확'을 살펴보면, 'X가 Y를 수확, 수집하다'에서의 행위의 대상인 Y가 바로 수확물, 수집품이며, '수확', '수집'이라는 사건 명사로 그 대상을 지시한다. 또, '갹출, 부조, 저축' 등도 행위의 대상인 돈을 지시한다. 이와 같이 사건 구조에서 사건의 대상물이 부각되는 경우에 사건 명사로 구체물인 대상을 지시하는 것이다.

〈3〉 **결과 사건**

사건 명사로 사건(행위)과 사건의 결과인 구체물을 지시할 수 있다. 이때는 구체 결과물과 언어 행위로 구분할 수 있다.

① **결과물**

(17) ㄱ. '회화와 <u>조각</u>은 예술이지만 그것은 동시에 하나의 사물'이다.
　　 ㄴ. 전통 다원은 그림을 주로 전시하고, 토탈 미술관은 <u>조각</u>을 주로 전시한다.
　　 ㄷ. 물고기 모양의 <u>장식</u>이 달린 6세기 초의 금동제 신발이 처음으로 발굴 공개되었다.
　　 ㄹ. 창가 너머로 보이는 물에 젖은 나무, 비 오는 풍경이 실내 <u>장식</u>의 요소가 될 수 있다.

(17ㄱ)의 '조각(彫刻)'은 '조각하는 일'이라는 사건을 지시하며 (17ㄴ)는 '조각품'이라는 구체물을 지시한다. (17ㄷ)의 '장식(裝飾)'은 '장식품/물'이라는 구체물을 지시하며 (17ㄹ)는 '장식을 하는 일'이라는 사건을 지시한다. 이와 같이 '조각', '장식'은 문맥에 따라 구체물 또는 사건의 의미로 해석될 수 있다.

여기서 행위 과정인 사건과 사건의 결과인 구체물과의 관계를 살펴 볼 수 있다. '조각/조각품, 장식/장식품, 조립/조립품' 등과 같이 사건의 결과로 나타난 결과물을 사건 명사로 지시한다.

명사 '복제'는 문맥에 따라 사건과 사물의 의미로 각각 해석되지만 행위와 그 결과물이라는 의미 관계를 이루고 있기 때문에 '복제하다'와 '복제품'의 의미는 명사 '복제'의 의미 구조에서 설명되어야 한다.

(18) ㄱ. 영희의 프라다 가방 복제/영희가 프라다 가방을 복제했다.
ㄴ. 영희가 이태원에서 프라다 가방 복제를 샀다.

(18ㄱ)에서의 '복제'는 어떠한 과정 사건만을 지시하며 (18ㄴ)에서는 과정 사건의 결과물인 복제품을 지시한다. (18ㄱ)의 사건의 의미에서는 결과물의 의미가 실현되지 않지만 (18ㄴ)에서는 결과물의 의미를 실현되었다. 이것은 '복제'에만 해당되는 것이 아니라 다른 복합 사건 명사에도 해당될 것이다.

(19)

```
┌                                                             ┐
│   복제                                                      │
│       사건구조   사건1 = e₁ : 과정                          │
│                 사건2 = e₂ : 상태                           │
│       논항구조   논항1 = x: 인간                            │
│                 논항2 = y: 사물                             │
│                 논항3 = z: 사물                             │
│       특질구조   형상역 = 존재하다(e₂, z)                   │
│                 기능역 = 복제_행위(e₁, x, y)                │
└                                                             ┘
```

'X가 Y를 (Z)로 가공, 모조, 복제하다'라는 동사의 의미 구조에서 실체의 유형인 가공품, 모조품, 복제품의 의미는 직접적으로 실현되는 것이 아니라 과정 사건과 결과 사건 속에서 과정의 결과로 이러한 결과물이 나오는 것이다. 즉, 사건의 의미 구조에서는 직접적으로 나타나시 않으나 실체 유형으로 실현되었을 때는 이러한 결과물의 의미로 해석된다.

이와 같이 사건 구조에서 행위의 결과물이 부각되는 경우는 복합 사건이며 과정 사건과 결과 사건으로 이루어진다. 여기서 과정 사건의 결과물이 어떠한 것이냐에 따라서 사건 명사의 의미가 분류될 수 있다. '가공, 모조, 모방, 복제, 조각' 등은 모두 결과물인 사물(인공물)을 지시하며 '미식, 화식, 식사, 요리' 등은 행위의 결과물인 음식을 지시한다. 이와 같이 결과물의 존재론적 범주에 따라서 분류가 가능하다.

② 언어 행위

주로 의사소통 행위와 관련된 경우, 사건 명사로 행위의 내용인 글, 말, 명제 내용을 지시할 수 있다.

(20) ㄱ. 서류에 <u>기록</u>을 다 한 후에 알코올 같은 것으로 지우기 시
　　　 작했다.
　　 ㄴ. 그는 방대한 <u>기록</u>(=기록문)을 읽기 시작했다
　　 ㄷ. 불이 나서 옛 <u>기록</u>들이 소실된 것이 많다
　　 ㄹ. 은철의 귀에는 정 사장의 말은 전혀 <u>변명</u>처럼 들리지 않
　　　 았다.
　　 ㅁ. 예산이 없어 배차간격을 좁힐만한 충분한 전동차를 확보
　　　 하지 못했다는 철도청의 <u>변명</u>도 무책임하기 짝이 없다.

(20ㄱ)의 '기록'은 서류에 기록하는 사건을 지시하며 (20ㄴ)는 기록된 내용, (20ㄷ)은 사건의 결과인 물리적 대상인 기록물을 지시한다. (20ㄹ)의 '변명'은 '듣다'와 결합하여 말의 형태를 띠는 것이며, (20ㅁ)의 '변명'은 명제 내용을 지시한다.

　의사소통과 관련된 명사들은 대부분 행위와 그 행위의 내용 및 결과물을 지시한다. 의사소통은 말이나 글의 형식을 띠게 되고 그 내용은 명제로 전달된다. 그러므로 형식상 말과 관련된 '이야기, 소문' 등의 명사는 행위와 내용을 지시하게 된다. 사건 명사의 의미 특성상 말로 전달하는 행위인가 글을 쓰는 행위인가에 따라서 사건 명사가 실체로서의 행위의 내용과 결과물인 글을 지시하게 된다.

　말을 하는 행위는 행위에서 전달된 내용을 지칭하게 되며, 글을

쓰는 행위에서는 행위가 종료된 후에 나타난 결과물을 지칭한다. '발표, 보도, 보고, 기록, 제안, 발췌, 투서, 판서, 평론, 속기, 공고, 통지' 등은 각각 '발표문, 보도문, 보고서, 기록문, 제안서'와 같이 말로 표현한 내용물을 글로 남긴 것을 지시한다. 이것은 텍스트의 다면적 성격을 반영한 것으로 볼 수 있다.

또, '주장, 변명, 맹세'는 의미 구조에 직접 명제 내용이 실현되며 이것은 사건에서 명제 내용으로의 의미 전이로 볼 수 있다[10]. 즉, 의사소통과 관련된 명사들은 행위와 행위 내용인 명제를 지시할 수 있다. '주장, 생각' 등 전달 동사 및 명제적 태도 명사는 서술적인 의미로서 사건을 나타내며, 주장 또는 생각의 대상인 명제를 의미하기도 한다. 이에 대해 강범모(1999)에서는 다음과 같이 의미 구조를 상정하고 있다.

(21)

$$
\begin{array}{llll}
\text{주장(사건)} & & & \\
\quad \text{사건구조} & \text{사건1} = e_1\text{: 과정} & \\
& \text{사건2} = e_2\text{: 상태} & \\
\quad \text{논항구조} & \text{당연논항1} = x1\text{: 사람} & \\
& \text{당연논항2} = y\text{: 명제} & \\
\quad \text{특질구조} & \text{형상역} = \text{주장결과}(e_2, y) & \\
& \text{작인역} = \text{주장행위}(e_1, x, y) &
\end{array}
$$

---

10) 언어 행위 명사가 명제 내용을 지시할 때에는 사건 유형이 아닌 명제 유형으로 의미 유형의 전이가 일어난다. 자세한 내용은 7장의 추상 명사의 다의성에서 다룬다.

(22)

```
┌                                                          ┐
│   주장(명제)                                              │
│        사건구조      사건1 = e₁: 과정                     │
│                     사건2 = e₂: 상태                      │
│        논항구조      논항1 = y: 명제                      │
│                     당연논항2 = x: 사람                   │
│        특질구조      형상역 = 주장결과(e₂, y)             │
│                     작인역 = 주장행위(e₁, x, y)          │
└                                                          ┘
```

(21)은 사건 명사인 '주장'의 의미이며 과정 사건에 중점을 둔 것이다. (22)는 '주장'이 명제의 의미로 실현된 경우에는 명제가 당연논항에서 일반 논항으로 자격이 전환된 것으로 보고 있다.

우리는 의사소통과 관련된 표현이 행위와 실체로, 즉, 의사소통의 전달 형식인 말과 글, 그 내용으로 문맥에서 실현되는 것을 보았다. 이것은 해당 사건 명사의 의미적 특성을 반영한 것이다. 사건 명사 '기록'이 '기록 사건, 기록 내용, 기록문'의 의미로 문맥에서 실현되는 것을 다음의 의미구조로 표상할 수 있다.

(23)

```
┌ 기록
│    사건구조      사건1 = e₁: 과정
│                 사건2 = e₂: 상태
│    논항구조      당연논항1 = x: 사람
│                 당연논항2 = y: 내용
│    특질구조      형상역 = 기록_결과(e₂, y)
└                 작인역 = 기록_행위(e₁, x, y)
```

'기록'은 과정 사건과 결과 상태로 이루어진 복합 사건구조를 이루고 있기 때문에 과정 사건이 일어난 뒤의 결과 상태의 의미까지 '기록'의 의미 구조에 표상해야 할 것이다.

〈4〉 도구 사건

사건 명사로 행위와 행위의 도구를 지시할 수 있다.

(24) ㄱ. 아버지는 우리를 하나씩 이발소로 데려다 <u>면도</u>를 시키기도 했다.

ㄴ. 우리 동네 목욕탕에도 집에서 칫솔과 <u>면도</u>를 가져다 쓰는 사람이 훨씬 많아졌다.

ㄷ. 열흘 동안 심하게 앓던 미현이는 <u>주사</u> 한 대 맞아 보지 못하고 결국 숨져 버렸다.

ㄹ. 아이들에게 놓는 <u>주사</u>에 미키마우스 그림이 그려져 있다.

(24ㄱ)의 '면도(面刀)'는 '시키다'와 결합하여 사건을 지시하며, (24
ㄴ)는 도구인 '면도칼'로 해석된다. (24ㄷ)의 '주사(注射)'는 횟수를
나타내는 명사와 결합하여 사건을 나타내며, (24ㄹ)는 사건의 도구
인 주사기를 지시한다. 이와 같이 사건 명사로 사건에 참여하는 도
구를 지시할 수 있다.

여기서 도구를 가지고 사건을 수행하는 사건 명사들의 특성을 살
펴보자. 대부분의 고유어 도구 명사들은 그 자체로는 서술성이 없기
때문에 접사 '-질'과 결합하여 반복적인 행위를 나타낸다. 그러나
'주사질, 전화질'과 같이 사건 명사에 '-질'이 붙는 경우 단순히 도구
명사에 행위성을 부여하는 것이 아니라 반복적 행위와 비하적인 개
념을 나타낸다. '주사'나 '전화'에 이미 도구의 개념이 포함되었기 때
문에 *주사기질, *전화기질'과 같은 단어는 저지(blocking)되는 것이
다. 이와 같이 사건 명사로 도구를 지시하는 경우는 사건 명사의 의
미구조에 도구를 가지고 사건을 수행한다는 의미가 포함된 것으로
본다.

(25)

$$
\begin{array}{lll}
\text{주사하다} & & \\
\quad \text{사건구조} & \text{사건1} = e_1\text{: 과정} \\
\quad \text{논항구조} & \text{논항1} = x\text{: 인간} \\
& \text{논항2} = y\text{: 인간, 대상} \\
& \text{논항3} = z\text{: 도구} \\
\quad \text{특질구조} & \text{기능역} = \text{주사\_행위}(e_2, x, y, (z))
\end{array}
$$

동사 '주사하다'의 의미 구조를 살펴보면, 하나의 과정 사건만 있으며 'X가 Y에게 주사하다'의 의미가 실현된다. 여기서 도구의 의미는 직접적으로 실현되지 않는다. 사건 명사 '주사'의 의미에 도구가 포함되기 때문에 구체적인 논항으로 실현되지 않은 것이다. 사건 유형으로 실현되지 않으면 명사 '주사(注射)'는 실체(구체물)인 도구의 의미로 실현된다. '주사, 면도' 등이 과정 사건과 대상(실체)의 의미를 갖는다고 보면 하나의 의미 구조에서 실현되어야 할 것이나 사건의 의미에서는 도구가 구체적으로 실현되지 않는다.

(26)

$$
\begin{bmatrix}
\text{주사기} \\
\quad \text{논항구조} \quad \text{논항1} = x\text{: 인공물\_도구} \\
\quad \text{사건구조} \quad \text{사건1} = e_1 \\
\quad \text{특질구조} \quad \text{형상역} = \text{인공물\_도구}(x) \\
\qquad\qquad\quad \text{기능역} = \text{주사\_ 행위}(e_1,\ w,\ y,\ z) \\
\qquad\qquad\quad \text{작인역} = \text{인공물}
\end{bmatrix}
$$

〈5〉 시간 사건

사건이 특정시간에 일어나는 경우 사건 명사로 그 시간을 지시할 수 있다.

(27) ㄱ. 마감이 다가오자 그는 끼니조차 걸렀다. (시간)

　　 ㄴ. 이왕 시작한 일이니 마감까지 잘해야 한다. (일)

　　ㄷ. 장이 거의 <u>파장</u>이 될 무렵에 가까스로 도착했다.

　　ㄹ. 술판도 <u>파장</u>에 이르고 사람들은 모두 술에 취해 있었다.

　행위 과정이 시간과 관련된 표현들이다. 즉, 사건이 벌어진 시간으로 사건을 지시하는 것이다(예: 마감, 파장(罷場), 유예(猶豫) 등). 대부분 시간 명사와 결합하여 합성어 또는 명사구를 형성한다(예: 마감일, 마감 시간, 유예 기간 등). 사건 명사의 의미에 사건(행위 과정)과 시간의 의미가 복합되어 있기 때문에 이러한 의미 전이가 일어난다. 또, '아침', '저녁' 등은 문맥에 따라 시간, 그 시간에 먹는 음식으로 해석된다. 이것은 일정한 시간에 행해지는 사건과 사건의 대상인 음식의 의미로 볼 수 있다. '아침'과 같은 시간 명사들은 시간, 사건, 대상의 의미로도 구성될 수 있다.

⟨6⟩ 방법 사건

　　(28) ㄱ. 검열의 지배가 엄하면 엄할수록 <u>위장</u>은 그만큼 더 교묘해졌다.

　　　　ㄴ. 일본인으로 <u>위장</u>을 하기 위한 공작 장비로는 모두 일본 제품이 지급되었다

　　　　ㄷ. 이것이 바로 우리 조상 대대로 내려오는 <u>비전</u>이다.

　　　　ㄹ. 할머니께서는 조상 대대로 <u>비전</u>이 된 방법으로 음식을 차리셨다.

　(28ㄱ)의 '위장(僞裝)'은 '교묘해지다'라는 서술어와 결합하여 위장의 수단이나 방법으로 해석되며, (28ㄴ)는 '거짓으로 꾸미다'라는 사

건의 의미로 해석된다. (23ㄷ)의 '비전'은 방법을 뜻하며, (28ㄹ)는 사건의 의미로 쓰였다[11].

그 외에도 양을 나타내는 표현과 결합하여 '수출이 늘다. 공급이 줄다'와 같은 구문에서는 수출량, 공급량으로 해석이 될 수 있다. '모임, 좌담, 토론, 회담, 회식' 등은 사건이 일어나는 장소를 지시한다.

지금까지 사건 명사의 의미가 문맥에서 실체성으로 전이되는 경우를 사건과 실체와의 의미 관계로 분류하여 살펴보았다. 실체가 지시하는 대상은 바로 사건 구조의 참여자이다. 이러한 사건 명사의 다의는 일시적 임시적인 의미가 아니라 어휘 의미 구조에서 충분히 예측될 수 있는 의미이다. 사건 명사가 문맥에서 행위자, 대상, 방법, 도구, 장소, 시간 등의 실체를 지시하는 것은 바로 사건 명사의 어휘 의미 구조 안에 사건의 참여자로 그 의미가 잠재(undespecification: 미명세)되어 있기 때문이다. 이것은 화자의 의도와 문맥적인 필요성에 의해 그 의미가 부각된다.

특정 사건 명사가 행위자를 지시하거나 또는 도구를 지시하는 것은 바로 사건 명사의 의미 특성에 기인한다. 즉, 사건 명사의 의미 특성 때문에 특정 사건 명사는 행위자를 부각하고, 또 다른 사건 명사에서는 도구의 의미가 부각되는 것이다. 예를 들어, '전화와 전화기, 주

---

11)   위장7(僞裝) 명 ①본래의 정체나 모습이 드러나지 않도록 거짓으로 꾸밈. 또는 그런 수단이나 방법. ¶위장 결혼/그건 어디까지나 그의 무의식적이면서도 교묘한 위장이었을 뿐 그의 속에선 하나의 다부진 음모가 완성되고 있었다.≪박완서, 오만과 몽상≫
비전8(祕傳)[비 : -] 명 비밀히 전하여 내려옴. 또는 그런 방법. ¶조상 대대로 물려받은 비전/그것도 당신이 조상들로부터 물려받은 비전으로 이미 거의 다 해 놓은 일을 마무리나 해 달라는 정도였지.≪이문열, 사람의 아들≫

사와 주사기'의 어휘 의미는 서로 연관되어 있다. 사건 명사 '주사
(注射)'는 [약액을 일정한 도구(주사기)에 넣어서 혈관에 삽입하는
일]이라는 의미로 풀이된다. '주사'의 의미에는 어떠한 도구를 가지
고 일을 수행한다는 [도구]의 의미가 전제되기 때문에 문맥에서 사
건의 의미뿐만 아니라 도구의 의미로도 실현될 수 있는 것이다.

(29) ㄱ. 무자격 약사 유흥업 종업원에 환각 진통제 주사
ㄴ. ?무자격 약사 유흥업 종업원에 환각 진통제 (주사기로)
주사
ㄷ. 전화질/주사질, *전화기질/*주사기질

위의 (29ㄴ)와 같이 사건의 의미로 쓰였을 때는 도구의 의미가 잉
여적이다. 이것은 '주사'의 의미 구조에 도구의 개념이 전제되었다는
것을 내포한다. 또, 도구 명사와 결합하여 행위를 뜻하는 접사 '-질'
과의 결합에서도 '전화질, 주사질'은 허용되지만 '*전화기질/*주사기
질'은 어색하다. 이와 같은 특성에서 사건 명사의 의미 전이를 일시
적 문맥적인 현상보다는 어휘 의미적인 특성으로 파악되어야 한다.
이와 같이 동일한 의미 전이 속성을 갖는 명사들은 그들의 고유한
의미 특성을 갖고 있을 것이다. 행위자의 의미를 부과하는 사건 명
사는 'X가 어떤 일을 하다'라는 의미를 갖고 있기 때문에 행위자의
의미를 부각시킬 수 있으며 이러한 의미를 갖고 있는 사건 명사가
특정 문맥에서 행위자를 지시하는 것을 예측할 수 있다.

5.3. 요약

하나의 어형에는 여러 의미 유형이 복합될 수 있으며 이러한 특성으로 다의가 발생하게 된다. 실체성과 사건성이 복합된 명사들은 어형에 따라 의미 유형이 고정된 것이 아니라 문맥에서 의미가 전이되어 실현되는 것이다.

특히 사건 명사 중에는 문맥에서 사건성 뿐만 아니라 실체성으로도 실현되는 경우가 있으며 이것은 사건 명사의 의미 구조에 사건성과 실체성이 복합되어 문맥에서 각각 실현되는 것으로 보았다. 즉, 사건 명사의 의미 구조에 이미 사건성 및 실체성이 복합되어 있기 때문에 의미 전이가 발생하고 다의를 형성하게 된다.

사건성에서 실체성으로의 의미 전이는 개별 명사의 고유한 의미 특성이기 보다는 같은 의미 영역에 속하는 명사들이 공통적으로 갖는 특성으로 확대해 볼 수 있다. 이러한 특성은 개별 명사들을 일정한 의미 부류로 묶는 기준이 될 것이다.

이 장에서는 사건 명사가 사건 의미만으로 해석되는 것이 아니라 문맥에 따라 실체 의미로도 실현될 수 있다는 것을 밝혔다. 이것은 사건 구조에서 사건(행위)과 실체와의 의미 관계를 고려한 것이며 실체가 지시하는 대상은 사건 구조의 참여자중 하나가 문맥에서 부각된 것이다.

문맥에서 실현되는 명사의 의미 유형은 어형에 따라 고정된 것이 아니라 유동적이며, 문맥 의미는 어휘 의미 구조에 잠재되어 있다가 문맥적 요소에 의해서 실현될 것이다. 그러므로 일정한 명사의 의미

전이 양상을 밝혀내는 것이야말로 의미 중의성을 해소하는 방법이
될 것이다. 사건 명사의 의미 전이 유형을 다음과 같다.

(30) 사건 명사의 다의성

① 사건 → 행위자   감독, 경비, 교환, 담당, 담임, 대표, 보조, 사
                   회, 숙직, 심판, 안내, 연출, 일직, 주례, 주재
② 사건 → 대상   담보, 빨래, 선물, 설계, 소유, 은폐
                   저축, 부조, 지출, 대출, 보상, 사례
③ 사건 → 결과
  ⅰ) 결과물   가공, 모조, 모방, 복제, 수집, 수확, 조각, 조
                   립, 조형, 창작, 미식, 화식, 식사, 요리
  ⅱ) 언어 행위   건의, 계획, 기원, 다짐, 당부, 맹세, 명령, 부
                   탁, 선전, 약속, 예약, 전술, 조치, 지시, 홍
                   보, 보도
                   공고, 광고, 기고, 기록, 발췌, 발표, 보고, 작
                   문, 저술, 저작, 제안, 통지, 투서, 판서, 평론
                   공언, 꾸지람, 답변, 대답, 대화, 동의, 발언,
                   변명, 비난, 선언, 설명, 실언, 위로, 인사, 장
                   담, 진술, 축하, 칭찬, 통보, 호언, 훈계
④ 사건 → 도구   면도, 주사, 전화
⑤ 사건 → 시간   마감, 파장 cf) 시간/음식 - 아침, 점심, 저녁
⑥ 사건 → 방법   위장, 비전
⑦ 사건 → 장소   모임, 좌담, 회담, 회식

제6장

상태 명사의 다의성

국어 명사의 다의 현상 연구

제 6 장
상태 명사의 다의성

　명사는 실체와 더불어 비실체인 사건이나 상태를 지시할 수 있다. 실체 명사라도 문맥에서 실체 유형만으로 실현되는 것은 아니며 상태나 사건 의미 유형으로 실현될 수 있다. 이와 같이 하나의 어형에서 실현되는 다의미 중에는 서로 다른 의미 유형으로 실현되는 경우가 있으며, 이들은 의미적으로 밀접히 연관되어 있다. 이 장에서는 상태 명사를 대상으로 하여, 문맥에서 상태 의미 유형에서 실체나 사건 의미 유형으로 의미 유형의 전이가 일어나는 것을 다룬다.

　상태 명사는 속성, 관계 등을 나타내며 구체적인 실체물을 지시하지 않는다는 점에서 실체 명사와 구별되고, 시간상에 존재하지만 변화가 없다는 점에서 사건 명사와 구별된다. 또한, 상태 명사는 대상에 대한 주관적 판단 및 객관적인 상태나 속성을 나타내며 시간상에 존재하지만 변화 없이 지속된다는 상적 특성을 가진다. 이와 같은 의미 특성에도 불구하고 상태 명사는 특정 문맥에서 상태 의미만으로 실현되는 것이 아니라 실체나 사건을 지시하는 경우가 있다.

    (1) ㄱ. 어떤 악조건과 <u>불행</u> 속에서라도 살려는 의욕을 가지고 그
            역경을 극복하려는 투지와 기백을 발휘해야 합니다.
        ㄴ. <u>불행</u>은 한꺼번에 닥친다더니 그 당시에 아버지는 사업에
            실패하시게 되었다.
        ㄷ. 그는 여자 친구가 다른 남자와 얘기하는 것만 봐도 심한
            <u>질투</u>를 느꼈다.
        ㄹ. 김 과장은 동료의 승진에 대해 <u>질투</u>를 했다.

  (1ㄱ)의 '불행'은 행복하지 않은 상황이나 상태를 뜻하며 (1ㄴ)는 불행한 일 또는 사건을 뜻한다. (1ㄷ)는 질투심, 즉 감정 상태를 나타내며 (1ㄹ)는 '하다'와 결합하여 '동료의 승진'을 논항으로 취하는 서술적 용법으로 사용되었다. 즉, (1ㄱ)과 (1ㄷ)는 상태 의미로 실현되었으며 (1ㄴ)와 (1ㄹ)는 사건 의미로 실현되었다. 이와 같이 상태 명사는 어떠한 상태나 속성을 기술할 뿐만 아니라 의미가 전이되어 그러한 속성을 가진 사건이나 실체를 지시할 수 있다.

  이것은 하나의 어형이 문맥에서 서로 다른 의미 유형으로 실현되는 것을 말하며, 비록 의미 유형은 다르나 실현되는 의미 사이에는 논리적인 관계를 맺고 있다. 이 장에서는 상태에서 실체, 상태에서 사건 유형으로의 의미 전이를 고찰하면서 이들이 어떠한 논리적 관계를 이루고 있는지를 밝힐 것이다.

6.1. 상태 명사의 의미 특성

명사의 의미는 고정된 것이 아니라 문맥에 따라 쓰이는 위치에 따라 다양한 의미 유형으로 실현된다. 명사는 관형적 또는 부사적 용법으로 쓰이기도 하고, 서술적 용법으로 쓰이기도 한다. 이러한 논의는 원대성(1985), 최경봉(1997), 정희정(2000), 이병규(2001) 등에서 찾아볼 수 있다.

원대성(1985)에서 정도성 명사가 부사의 수식을 받기 때문에 다른 실체 명사와 구별되는 것으로 보았다.

    (2) ㄱ. 그는 {매우/약간/꽤/상당히} 富者다.
       ㄴ. 그는 {매우/꽤/상당히} 賢者다
       ㄷ. 그는 {매우/상당히/조금은/약간} 얼간이다.

    (3) ㄱ. *매우 돌팔이가 죽었다.
       ㄴ. *꽤 사기꾼이 크다.
       ㄷ. *상당히 현자가 물을 마신다. (원대성 1985: 43~44)

(2)의 '부자, 현자, 얼간이' 등 주관적인 판단이나 평가를 내포하는 표현이 서술어의 위치에 나타날 때, 구체적으로 관찰하고 지시할 수 있는 대상을 표시하는 것이 아니라 대상의 상태를 나타낸다. 그러나 이러한 정도성 명사라도 'N₁이 N₂이다'의 구문에서 N₁의 위치에 나타날 때는 정도성이 아닌 구체성을 띠며, '매우, 꽤, 상당히' 등 정도 부사의 수식도 받을 수 없다. 여기서 부사의 수식을 받을 때와 그렇지

못할 때의 의미가 구별됨을 알 수 있다. 즉, (3)은 상태 의미로 실현되었으며 (2)는 실체 의미로 실현된 것이다. 이와 같이 명사는 사용 맥락에 따라 출현 위치에 따라 서로 다른 의미 유형으로 실현된다.

이것은 정도성 명사에서 속성과 실체라는 의미가 어휘 의미 구조에 내재되어 있기 때문에 정도 부사가 속성 의미를 수식한 것으로 본다. 그러므로 부사의 수식을 받을 때는 의미상 실체성이 아니라 상태성을 띠는 것이며 일종의 의미 전이가 일어난 것이다. 이들은 실체 대상을 지시하지만 서술어의 위치에 출현하여 대상의 상태도 지시하기 때문이다. 그러므로 '부자, 바보' 등은 실체 대상과 대상이 갖는 속성이 그 의미로 부여되므로 문맥에서 특정한 속성을 가진 실체를 지시하거나 또는 속성 의미만을 지시할 수도 있다. 이것은 문맥에서 실현 가능한 의미가 이미 어휘 의미 구조에 내재해 있다는 것을 뜻한다.

실체와 상태, 사건 의미 유형을 넘나드는 상태 명사를 다루기 위해서는 먼저 명사가 문맥에서 어떤 의미 유형으로 쓰였는지를 판별해야 한다. 명사의 의미는 결합하는 용언이나 수식하는 관형어에 의해서 문맥 의미를 파악할 수 있으므로 이러한 결합 관계를 통해서 문맥 의미를 구분할 수 있다.

여기서 상태 명사와 결합하는 동사들은 대부분 관용적인 표현으로 다루어질 만큼 공기 관계가 제약되고 어휘 의미는 축소되어 문법적인 의미만 남아 있기 때문에 의미 구분이 그리 명확하지 않다는 문제가 있다. 즉, 상태 명사와 결합하는 동사들은 어휘 의미는 사라지고 추상화되어 태(態; voice), 상(相; aspect), 존칭 등의 문법적 개념을 나타내는 기능동사로 보기도 한다(남길임 1998).

과연 상태 명사와 결합하는 동사들은 기능 동사 '하다'와 같이 어휘 의미는 없고 시제 및 상적 특성만을 나타내는 것인가? 상태 명사와 결합하는 동사들이 제한된다는 것은 분명하다. 상태가 시간에 따라 전개된다는 특성을 갖고 있으므로 상적 표현을 나타내는 경우가 대부분이다. 그러나 상태 명사와 결합하는 동사들은 문법적 의미로 사용될 뿐만 아니라 결합하는 환경에 따라 어휘적 의미로도 사용된다. 즉, 상태 명사와 결합할 수 있는 동사의 제약성 때문에 관용적으로 사용되지만 그 어휘적 의미가 사라지는 것은 아닐 것이다.

(4) ㄱ. 학수는 분녀와의 미래를 생각할 때 더한층 괴로움이 컸다.
    ㄴ. 그는 오히려 스스로 땀 흘려 일하는 괴로움을 겪으면서 농민을 대변하는 시를 썼다.
    ㄷ. 자신의 허물에 부끄러움을 느끼면서 삶을 다시 조명하는 계기가 되었습니다.
    ㄹ. 그녀는 지극히 수줍음이 많았기 때문에 남 앞에서는 감히 말을 꺼내지도 못했다.
    ㅁ. 그는 자신에 대해 슬픔을 느끼는 것조차 사치라고 여겼다.
    ㅂ. 졸지에 큰 슬픔을 당하시고 두 분은 밤마다 잠을 못 이루셨다.

(4ㄱ)는 괴로움의 정도가 크다는 것을 의미하며 (4ㄴ)의 '괴로움'은 '겪다'와 결합하여 괴로운 일로 해석된다. 또, (4ㄷ)의 '부끄러움'은 부끄러운 상태나 마음을 느끼는 것이며 (4ㄹ)의 '수줍음이 많다'에서는 수줍은 태도의 정도를 나타낸다. 또, (4ㅁ)의 '슬픔'은 '느끼

다'와 결합하여 상태 의미로 해석되며, (4ㅂ)에서는 '당하다'와 결합
하여 슬픈 일로 해석된다. 이와 같이 '느끼다, 높다, 많다' 등 정도 형
용사와 결합하면 상태 의미로 해석되며 '당하다, 겪다' 등의 동사와
결합할 때에는 그러한 속성을 갖는 일이나 사건으로 해석됨을 알 수
있다. 이와 같이 결합 관계를 이용하여 상태 명사의 문맥 의미를 파
악할 수 있다.

  '괴로움'은 괴로운 마음, 괴로운 일, '슬픔'은 슬픈 마음이나 슬픈
일 등의 의미가 문맥에서 실현될 수 있다. 이것은 의미적으로 관련
되나 의미 유형이 상태와 사건으로 각각 실현되는 것을 나타낸다.

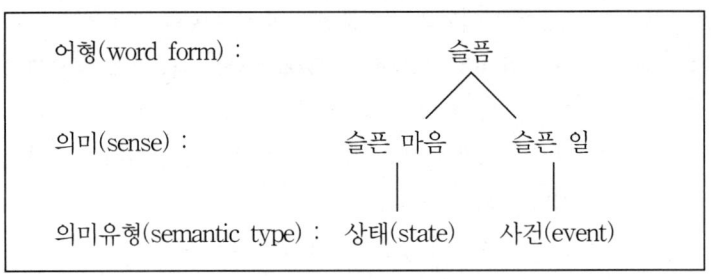

<그림5> '슬픔'의 의미

  이것은 '슬픔'이라는 동일한 어형에 상태와 사건이라는 서로 다른
의미 유형이 복합된 것이다. 의미 유형은 다르지만 서로 의미적으로
관련되어 있으므로 이러한 관계를 포착해야만 한다.
  여기서 '슬픔'의 의미 구조를 표상해 보기로 한다. 명사 '슬픔'은
형용사 '슬프다'에서 파생된 명사로써 형용사의 의미에서 파생 명사
의 의미를 파악할 수 있다. 형용사 '슬프다'는 '원통한 일을 겪거나
불쌍한 일을 보고 마음이 아프고 괴롭다'라는 의미로 사전에 풀이된

다. 이것은 원인 사건으로 어떠한 일을 겪은 뒤의 결과 상태를 나타낸 것으로 볼 수 있다. 그러므로 파생 명사 '슬픔'의 의미 구조에서도 원인 사건과 결과 상태라는 의미를 나타내야만 한다.

(5)

> 슬픔
> 논항구조 논항$_1$ = x: 인간
> 논항$_2$ = y: 슬픈_일
> 사건구조 사건$_1$ = e$_1$: 상태
> 사건$_2$ = e$_2$: 과정
> 특질구조 형상역 = 슬픔_상태(e$_1$, x)
> 작인역 = 슬픔_과정(e$_2$, x, y)

이 의미 구조는 논항 구조와 사건 구조, 특질 구조로 이루어지며 (5)의 '슬픔'은 원인 사선으로 슬픈 일이 일어나고 그 결과 경험주의 마음 상태를 나타내는 것으로 볼 수 있다. 특히 특질 구조에서 형상역에는 상태의 개념이 부과되며 작인역에는 경험주가 어떠한 속성을 갖는 일을 겪는다는 개념이 부과된다. 이와 같이 하나의 구조로 의미를 표상하면, 이들 의미가 논리적인 관계를 맺고 있다는 것을 나타낼 수 있다. 하나의 단어에서 문맥에서 실현되는 여러 의미들이 서로 논리적 관계를 맺고 있다면, 이러한 의미 관계를 분리하여 형식화하는 것보다는 하나의 표상 형식으로 설명하는 것이 바람직할 것이다.

이 장에서는 하나의 어형에서 실현되는 두 의미 사이의 논리적 관계를 찾아보고 이를 기술하고자 한다. 특히 상태와 실체, 상태와 사건 등 하나의 어형에 여러 의미 유형이 복합된 경우, 이들은 의미적으로 연관되어 있으나 서로 다른 의미 유형으로 실현된다.

6.2. 상태 명사의 의미 전이

의미 전이를 파악하기 위해서 먼저, 빈도수 목록[1])에서 상위에 올라 있는 어휘를 선택하고 그 용례를 살펴보았다. 그 결과 상태 명사가 지시하는 대상에 따라 부류를 나누어 기술한다. 상태 명사를 <속성>부류와 <관계>부류로 나누었으며 <속성>부류는 대상의 물리적 속성과 심리적 속성으로 나누었다. 물리적 속성에는 지시하는 대상에 따라 사람, 사물, 일(사건). 시간, 장소 등이 해당하며 심리적 속성에는 감정 명사가 해당한다. 또, 관계 명사는 시간적, 공간적 관계 부류로 나누어서 각각의 의미 전이를 다룬다.

6.2.1. 속성

〈1〉 사람의 속성

(6) ㄱ. 그들은 현재 요크 대학 사학 교수로 재직 중이며 유태인 유랑사의 <u>권위</u>인 마리 돕슨 교수를 찾아갔다.
　　ㄴ. 중세 유럽의 교회는 교황과 교회의 <u>권위</u>를 높이고 호화로운 성전을 세우는 일에 더 열중했다.
　　ㄷ. 곤란한 질문이라 그냥 <u>두루뭉수리</u>로 대답할 수밖에 없었다.
　　ㄹ. 너 같은 <u>두루뭉수리</u>가 어떻게 그 어려운 일을 해냈니?

속성 표현으로 바로 그 속성을 가진 사람을 지시할 수 있다. (6ㄱ)

---

1) 국립국어연구원(2003) 참조.

의 '권위2)'는 사람이나 집단이 가지고 있는 속성을 지시한다. 그러나 (6ㄴ)에서는 속성보다는 그러한 속성을 가진 사람을 지시한다. (6ㄴ)의 '권위'는 권위를 가진 사람(권위자)을 지시한다. 또한 (6ㄷ)의 '두루뭉수리'는 말이나 행동이 분명하지 않은 상태를 지시하며 (6ㄹ)는 그러한 상태에 있는 사람을 지시한다. 즉 '권위'나 '두루뭉수리, 고주망태' 등은 속성을 나타내는 명사이지만 문맥에 따라서는 그러한 속성을 가진 사람도 지시하는 것이다. 이것을 확대하면, 사람의 신체적, 정신적 특성 및 성격을 나타내는 명사로 그러한 속성을 가진 사람을 지시하는 것으로 일반화할 수 있다.

이 부류는 어떠한 속성을 가진 사람을 지시하는 실체 명사와 관련된다. 원대성(1985)에서 이것을 정도 명사로 간주하여 다룬 바 있다. 실제로 사람의 속성을 나타내는 어휘들은 상태성과 실체성의 사이에서 중의적인 양상을 띤다. 예를 들어 '부자, 빈자, 백치, 천재, 팔불출' 등은 정도 부사나 형용사의 수식을 받을 수 있기 때문에 상태성을 띠지만 또, 사람이라는 실체물을 지시하므로 실체 명사로 간주될 수 있다. 여기에서는 상태성에 속하는 속성 개념을 기본 의미로 하고 문맥에서 실체인 사람을 지시하는 부류를 대상으로 한다.

특히 사람을 지시하는 속성 명사는 지시대상의 속성과 밀접한 관계를 맺는다. 이것은 사람의 형상적(formal) 속성과 관련되며 다른 사람과 구별되는 특성을 부각시킨 것으로 볼 수 있다. 이를 다음과

---

2) 『표준국어대사전』에 '권위'는 다음과 같이 뜻풀이되어 있다.
  권위(權威) 명 ① 남을 지휘하거나 통솔하여 따르게 하는 힘.
              ② 일정한 분야에서 사회적으로 인정을 받고 영향력을 끼칠 수 있는 위신. 또는 그런 사람.
  두 번째 의미에 주목하면, 주로 'N₁의 권위인 N₂'라는 구조에서 '권위'는 권위자의 뜻으로 해석된다.

같이 형식화하면, 여기서 형상역이 부각되면 상태로 해석이 되며 기원역이 부각되면 실체인 사람을 지시하는 것으로 나타낼 수 있다.

(7)

$$
\begin{bmatrix}
\text{두루뭉수리} & & \\
\quad \text{논항구조} & \text{논항}_1 = x : \text{사람} \\
\quad \text{특질구조} & \text{형상역} = \text{두루뭉수리\_상태}(x) \\
& \text{기원역}^{3)} = \text{사람}(x)
\end{bmatrix}
$$

〈2〉 사물의 속성

(8) ㄱ. 우유에는 수분과 지방이 있어 수분이 구두의 <u>더러움</u>을 닦아
　　　 주고 지방이 가죽 표면을 코팅하여 윤기를 유지시켜 준다.

　　ㄴ. 그는 한 자리에 <u>붙박이</u>가 되어 떠날 줄 모르고 있다.

　　ㄷ. 책장을 벽에 <u>붙박이</u>로 짜놓기로 한다.

사물에 대한 속성 표현으로 바로 그 사물을 지시할 수 있다. (8)의 '더러움'은 사물의 형상적 속성이며 더러운 것(때)을 지시한다. (8ㄴ)의 '붙박이'는 속성 상태를 나타내며 (8ㄷ)는 그러한 속성을 가진 사물을 지시한다. '붙박이', '모래투성이, 먹통, 엉터리⁴⁾' 등은 그러한

---

3) 작인역(agentive)에는 사물의 근원이나 이를 발생하게 하는 요인이 해당한다. 그러나 인공물이나 사건 등을 제외하고는 발생 요인을 명시적으로 나타내기 어렵다. 그러므로 실체물을 발생 기원에 따라 분류하여, 사람, 인공물(사물), 동물, 식물 등을 작인역 대신에 기원역으로 표시하고자 한다.

4) 붙박이: 어느 한 자리에 정한 대로 박혀 있어서 움직임이 없는 상태. 또는 그런 사물이나 사람

속성을 가진 사물과 사람을 모두 지시할 수 있다. 여기서 사물을 지시하는 속성 명사들은 지시 대상이 고정되기보다는 어떠한 속성을 가지고 있는 대상이라면 사람이나 사물 모두를 지시할 수 있다. 이것은 어떠한 속성을 가진 사물로 사람을 비유하는 것과도 연관된다.[5]

'엉터리'는 국어사전에 "터무니없는 말이나 행동 또는 그런 말이나 행동을 하는 사람"으로 풀이되어 있다.

(9) ㄱ. 그의 말이 전혀 엉터리는 아니었다.
    ㄴ. 일을 이렇게 엉터리로 해 놓고 퇴근한단 말이오?
    ㄷ. 이 물건은 겉만 번드르르했지 사실은 엉터리이다.
    ㄹ. 우리 문장가들은 일본 사람의 엉터리를 그대로 본받아 잘난 듯이 사용하고 있는 경우가 많다.

즉, 명사 '엉터리'는 말, 일, 물건의 속성 상태를 나타내며 또한 그러한 속성을 가진 말이나 일, 물건 자체를 지시하기도 한다. 여기서 명사 '엉터리'는 고정된 특정 대상을 지시하는 것이 아니라 그러한 속성을 가진 어떠한 대상이라도 지시할 수 있다.

모래투성이: 모래가 많이 묻은 상태. 또는 그런 상태의 사물이나 사람.
엇박이: 한군데에 붙박이로 있지 못하고 갈아들거나 이리저리 움직이는 상태. 또는 그런 일이나 사물.
먹통 : '멍청이'를 놀림조로 이르는 말. 또는 그러한 특성을 가진 물건을 이르는 말.
5) 본고에서 다루는 의미 전이는 문맥에서 일시적, 임시적 의미로 쓰인 것이 아니라 관습적, 반복적으로 사용되어 어휘부에 획득된 의미를 대상으로 한다.

(10)

$$\begin{bmatrix} \text{붙박이} \\ \quad \text{논항구조} \quad \text{논항}_1 = \text{x: 사물} \\ \quad \text{특질구조} \quad \text{형상역} = \text{붙박이\_상태(x)} \\ \qquad\qquad\quad \text{기원역} = \text{사물(x)} \end{bmatrix}$$

위의 의미구조에서도 (7)와 같이 형상역에 부각되면 속성 의미로 실현되며 기원역이 부각되면 실체인 구체물 의미가 실현되는 것을 나타낼 수 있다.

〈3〉 사건(일)의 속성

(11) ㄱ. 그동안 마음고생이 심했던 차 감독이 모처럼 두 손을 불 끈 쥐었다.

   ㄴ. K군과 몇 친구들이 고생을 겪는 1년 간 나는 학교를 쉬 고 있었다.

(11ㄱ)의 '고생'은 정도 표현인 '심하다'와 결합하여 '고생스러운 상태'에 있다는 것을 나타내며, (11ㄴ)의 '고생'은 '당하다, 겪다'와 결합하여 고생스러운 일을 뜻한다. 여기서 '고통, 시련, 불편, 어려움' 등은 사건의 경험적 속성에 해당하며 이러한 속성 표현으로 사건을 지시한다.

(12) ㄱ. 영희가 고생하다 / 영희의 고생이 심하다/.

   ㄴ. 영희가 고생을 겪다 / *영희의 고생을 겪다.

위의 문장에서 (12ㄱ)와 같이 '영희의 고생'이라는 명사구는 '심하다' 등 정도 형용사와 결합할 수 있지만 (12ㄴ)의 '겪다'와는 결합하지 않는다. 여기서 상태의 '고생$_1$'과 사건의 '고생$_2$'가 의미적으로 구별되는 것으로 보인다6). 이것을 의미 구조로 표상하면 다음과 같다.

(13)

> 고생
>
> 논항구조   논항$_1$ = x: 사람
>
> 논항$_2$ = y: 고생_상태
>
> 사건 구조   사건$_1$ = e$_1$: 상태
>
> 사건$_2$ = e$_2$: 과정
>
> 특질구조   형상역 = 고생_상태(e$_1$, x, y)
>
> 작인역 = 겪다(e$_2$, x, y)

경험주가 '어떠한 상태에 있다'라는 것은 형상역으로 표상되며, 작인역에서는 '겪다'에 의해 속성을 가진 일 또는 사건이라는 의미가 실현된다. '고생'은 사건 명사의 의미 구조에서 보듯이 원인 사건과 결과 상태의 의미 구조를 갖는 것이 아니라 속성 사건 즉, 어떠한 속성을 갖는 사건이라는 의미에서 속성 상태가 부각되느냐 아니면 과정 사건이 부각되느냐로 의미를 구별할 수 있다.

(14) ㄱ. 영희는 수학이 <u>어렵다</u>.

---

6) 여기서 고생$_1$과 고생$_2$의 의미를 구분하지 않고 하나의 의미 구조에서 표상한 것은 고생$_1$과 고생$_2$가 문맥에서 서로 다른 의미 유형으로 실현되지만 의미적으로 관련되기 때문이다.

ㄴ. 영희의 <u>어려움</u>, 수학의 <u>어려움</u>

ㄷ. 영희의 <u>어려움</u>은 수학이 어렵다는 것이다.

ㄹ. 영희는 살아오면서 많은 <u>어려움</u>을 겪었다.

한편, (14ㄱ)은 수학 내용이 어렵기 때문에 영희는 수학이 어렵다고 느끼는 것으로 풀이된다. 여기서 '어렵다'라는 속성을 갖는 것은 '수학'이며, 이러한 원인 때문에 경험주인 영희는 수학이 어렵다고 느끼는 것이다. 여기서 '어렵다'의 명사형인 '어려움'은 어려운 느낌 또는 어려운 일 등을 지시할 수 있다. 이것은 원인 사건으로 어려운 속성을 가진 일이 일어나서 경험주가 어려운 느낌을 갖게 된 것으로 보인다. 이것은 형용사의 의미 특성을 파생 명사가 계승하는 것으로 볼 수 있다. 형용사에 접사 '-음'이 붙은 파생명사, '고마움, 더러움, 어려움' 등은 고마운 상태, 더러운 상태, 어려운 느낌을 서술하기도 하지만 각각 고마운 마음, 더러운 것, 어려운 일을 지시할 수 있기 때문이다.

〈4〉 행위의 속성(태도)

어떠한 태도를 나타내는 표현으로 그러한 행위를 지시하기도 한다. 이것은 직접적인 언어 행위와 관련된 것과 행위의 태도와 관련된 것으로 나누어 볼 수 있다.

(15) ㄱ. 나는 부인의 <u>수다</u>를 그만 듣기 위해서 무조건 그렇게 대답할 수밖에 없었다.

ㄴ. 철수는 부인의 지나친 <u>수다</u>에 귀가 얼얼했다.

ㄷ. 어째 <u>허풍</u>이 지나친 것 같아 나는 그냥 웃으면서 들었다.

ㄹ. 평산의 <u>허풍</u>을 믿어주는 사람도 그 혼자였다.

(15ㄱ)에서 '수다'는 수다스런 말로 해석되고 (15ㄷ)의 '허풍'은 허풍스런 말로 해석된다. '허풍을 떨다, 수다를 떨다, 호들갑을 떨다'는 그러한 행위를 나타내며 '허풍스럽다. 수다스럽다. 호들갑스럽다'에서는 그러한 상태를 기술한다. '허풍, 수다, 호들갑' 등이 말이나 행위 또는 태도의 의미로 문맥에서 실현되는 것은 어떤 사건의 속성을 지시하기 때문이다. 이것은 특정한 속성을 가진 행위로 기술되거나 특정한 속성을 가진 상태로 설명된다.

즉, '수다, 허풍' 등이 '심하다, 지나치다' 등의 정도 표현 술어와 결합할 때에는 상태로 해석되며 '떨다, 부리다' 등과 결합할 때는 행위로 해석되는 것으로 볼 수 있다. 이것은 명사 '수다'에는 어떠한 속성을 갖는 행위라는 의미가 포함되었기 때문에 문맥에서 '-스럽다'와 결합하여 상태로 실현되거나 또는 '떨다'와 결합하여 행위를 나타내는 것이다.

또한 '변덕, 능청, 위엄, 거만, 얌전, 게으름' 등은 어떠한 행위의 태도를 뜻하는 명사이다. 여기서 태도는 몸의 동작이나 모양새로서 물리적 속성이다. 이와 같이 태도나 버릇을 나타내는 명사들도 태도와 더불어 그러한 태도를 갖는 행위를 지시할 수 있을 것이다.

(16) ㄱ. 자유당 때는 그렇게 <u>변덕</u>을 떨지는 않았지.

ㄴ. 혜관 스님은 성미가 급하고 <u>변덕</u>이 심해서 곧잘 꾸짖기도

했다.

ㄷ. 불평/분노를 터뜨리다, <u>불평불만</u>이 가득하다.

‘변덕이 심하다/많다’는 ‘변덕부리는 일이 많다’로 풀이되어 상태
를 나타내며 ‘변덕을 부리다’는 그러한 속성을 가진 행위를 지시한
다. (16ㄷ)에서 ‘불평은 ‘터뜨리다’와 결합하여서 ‘불평의 말’로 해석
이 되며, ‘불평불만이 가득하다’에서는 불만족스런 상태에 있다는 것
을 뜻한다. ‘변덕’은 상태를 기술하기 위해서 문맥에서 ‘변덕스럽다’
의 형태로 사용되거나 행위를 강조하기 위해서 ‘변덕을 부리다’의
형태로 사용될 수 있다. 어느 쪽에 중점을 두느냐에 따라, 문맥에서
실현되는 의미가 달라질 것이다.

(17)

$$
\left[
\begin{array}{lll}
\text{변덕} & & \\
\quad \text{논항구조} & \text{논항}_1 = \text{x: 사람} & \\
& \text{논항}_2 = \text{y: 행위 태도} & \\
\quad \text{사건구조} & \text{사건}_1 = e_1\text{: 상태} & \\
& \text{사건}_2 = e_2\text{: 과정} & \\
\quad \text{특질구조} & \text{형상역} = \text{변덕\_상태}(e_1, x. y) & \\
& \text{작인역} = \text{부리다}(e_2, x. y) & \\
\end{array}
\right.
$$

여기서 ‘변덕스러운 상태에 있다’는 의미는 형상역에서 제시가 되
고 작인역이 부각되면 행위의 과정을 나타낼 수 있다. 이때 ‘떨다.
부리다’ 등의 동사가 결합할 수 있다. 이것은 하나의 어형에 여러 의

미가 잠재되어 있다가 문맥적 요소에 의해 구체 의미로 실현되는 것
으로 볼 수 있다.

〈5〉 장소적 속성

(18) ㄱ. 가다보니 비탈이 완만해지면서 솔숲 저쪽으로 사천왕문
이 바라보였다.
ㄴ. 일꾼들은 야산 비탈을 깎아 교회 지을 부지를 다듬었다.
ㄷ. 우리는 오르막과 내리막을 숱하게 지나며 봉우리를 하나
씩 넘어 갔다.

속성 표현으로 그러한 속성을 가진 장소를 지칭할 수 있다. '비탈,
내리막, 오르막'은 경사도를 나타내는 표현이지만 그러한 속성을 가
진 장소도 지칭한다. (18ㄱ)에서는 비탈진 경사도를 나타내며 (18ㄴ)
는 비탈진 장소로 해석된다.

(19) ㄱ. 나무가 자라고 있는 곳이라고는 남서쪽의 산록뿐이었고
나머지는 바위와 자갈밭으로 이루어진 불모지였다.
ㄴ. 거의 불모지나 다름없는 만화평론에 많은 사람들이 참여
해 만화의 질을 높일 수 있도록 해야 한다는 것이다.
ㄷ. 막 퇴근을 하고 돌아오신 아버지가 이 난장판을 보시고
기분이 언짢은 쉰 목소리로 말씀하셨다.
ㄹ. 서울에 도착한 외국 선수단과 관광객들의 입에서 '서울의
교통질서는 난장판'이라는 불평이 벌써부터 터져 나오고
있다.

한편 (19)은 속성을 가진 장소 표현에서 속성이 부각되어 유사한 속성을 지닌 상태를 지시하는 경우이다. (19ㄱ)의 '불모지'는 '식물이 자라지 않는 땅'이라는 문자적인 의미로 해석되지만 (19ㄴ)은 비유적으로 그러한 상태에 있는 분야를 뜻한다. 또, (19ㄷ)의 '난장판'은 '어지러이 뒤섞여 있는 장소'를 뜻하며 (19ㄹ)는 그러한 상태를 지시한다. 이것은 속성과 장소라는 의미가 각 어휘에 내포되어 있어서 문맥에서 따라 개별 의미가 부각되는 것으로 볼 수 있다.

(20)

```
┌                                         ┐
│  불모지                                  │
│      논항구조    논항1: x= 사물(장소)    │
│      특질구조    형상역: 불모지_상태(x)  │
│                 기원역: 장소(x)          │
└                                         ┘
```

위의 구조에서 형상역에는 속성의 개념이 부과되고 기원역에서는 논항에 장소라는 개념을 부과하였다. 문맥에서 각각의 특질이 부각됨에 따라 속성 또는 장소의 의미가 실현될 수 있을 것이다.

〈6〉 **시간적 속성**

(21) ㄱ. 나는 그런 아버지의 웃음과 저녁 <u>어스름</u>에 피어있는 부용꽃하고 똑같다고 생각했다.
     ㄴ. 대합실은 <u>어스름</u>에 묻힌 채 텅 비어 있었다.

'어둠, 어스름, 여명' 등은 속성 표현으로 시간을 지시한다. 즉, 특정 시간대의 상황 표현으로 바로 그 시간을 지칭하는 것이다. 자연적으로 어두운 때는 밤 시간이므로 '어둠'으로 밤을 지칭하거나 '어스름'이 해가 져서 어스름한 상태 즉, 밝지도 어둡지도 않은 상태이기 때문에 저녁나절의 시간을 지시한다. 이것은 어떠한 시간과 상황적 속성이 밀접한 관계를 맺고 있어서 언어 표현에서도 속성으로 시간을 지시하는 것으로 설명할 수 있다. 다른 시간 개념어와 비교해 보면 '어둠, 어스름' 등은 속성 표현으로 시간을 지시하는 것이고, '아침, 저녁, 과거, 현재' 등은 시간 표현으로 그 시간에 일어나는 일을 지시하는 것으로 볼 수 있다. 다른 속성 명사와 같이 형상역과 기원역 중 어떤 의미가 중점이 되어 문맥에서 실현되었느냐에 따라 구체 의미가 결정될 것이다.

(22)

$$
\begin{bmatrix}
\text{어스름} & & \\
\quad \text{논항구조} & \text{논항1} = x : \text{시간} \\
\quad \text{특질구조} & \text{형상역} = \text{어스름\_상태}(x) \\
& \text{기원역} = \text{시간}(x)
\end{bmatrix}
$$

6.2.2. 관계

관계 명사는 주로 시간과 공간 개념을 나타내며 지시 대상이 고정된 것이 아니라 다른 어휘와의 관계에서 그 의미가 실현된다. 속성은 단일한 구체물이나 추상물에 적용되는 반면, 관계는 여러 구체

물이나 추상물 사이에 상대적으로 존재하는 거리나 공간 등을 나타
낸다.[7].

  관계 명사에는 어떠한 속성을 가진 실체물을 전제하지 않고 시간
이나 공간 등 상대적인 의미 관계를 나타내는 어휘들이 포함된다.
여기에는 '앞, 뒤, 가운데, 옆, 위, 아래, 밑' 등의 공간 명사와 '오늘,
내일, 모레, 어제, 그제' 등의 시간 명사 등이 해당한다.

  관계 명사는 공간어에서 시간어로의 의미 확장이 일어나고 의미
의 추상화가 일어난다는 점에서, 공간어에서 시간어로의 의미 전이
는 관계 명사의 고유한 의미 특성이라고 볼 수 있다. 이 절에서는
시공간 개념어, 즉 관계 명사가 실체물을 지시하는 경우를 주로 살
펴볼 것이다.

〈1〉 공간적 관계

  공간 개념에서 실체로의 전이가 일어나는 예는 '안, 밖, 곁, 아래,
상부, 하부, 외부, 내부' 등이다.

  (23) ㄱ. 밖에서 하시는 일을 안에서 어찌 알겠습니까?
     ㄴ. 변변치 않지만 제 안이 차린 음식입니다.
     ㄷ. 월남한 그였으니 가까운 곁이 있을 리가 없었다.(표준국

---

7) 최경봉(2001)의 관계 명사는 외연은 없고 다른 명사와의 관계를 통해서만
  그 의미가 실현되는 명사류이다. 공간 내에서 물체들의 관계를 이어주는
  공간 명사는 관계 명사의 한 부류로 설정할 수 있다. 이 때의 공간 명사는
  실체가 아닌 관계의 공간 명사이며, 특정한 실체와 대응 관계를 이루지
  않아 부사류와도 공기할 수 있다고 보았다. 이 장에서 다루는 관계 명사
  는 최경봉(2001)과 유사하지만 수사나 분류사, 대명사는 제외한다.

어대사전)

(24) ㄱ. 헛간은 뒤꼍 앞의 한 칸을 쓰고 있는데 <u>상부</u>에는 다락을
만들었다.

ㄴ. 그는 툭하면 <u>상부</u>의 핑계를 대며 일을 질질 끌기 일쑤다.

ㄷ. 교무실은 <u>내부</u>가 훤히 보이도록 큰 유리창을 둬서 교사와
학생 간의 '거리'를 좁혔다.

ㄹ. 언론의 질은 <u>외부</u>로부터도 그리고 <u>내부</u>로부터도 독립된
편집활동에 달려 있기 때문이다.

(23)의 '밖, 안, 곁' 등은 일차적으로 공간을 뜻하지만 (23ㄱ)은 바
깥양반, (23ㄴ)은 아내, (23ㄷ)는 곁에서 돌보는 사람으로 각각 해석
된다. 이것은 공간 개념에서 실체인 사람을 지시하는 것이므로 의미
전이, 의미의 특수화가 일어난 것으로 볼 수 있다.

한편, (24ㄱ)의 '상부'는 위쪽 부분이라는 공간을 지시하지만 (24
ㄴ)은 발화자를 기준으로 직급이 높은 사람 또는 상급 기관이라는
사회적 관계를 나타낸다. (24ㄷ)의 '내부'는 안쪽 부분이라는 공간
개념을 나타내지만 (24ㄹ)에서는 조직이나 기관의 범위 안의 사람을
지시한다. 또, (24ㄹ)의 '외부'는 조직이나 단체를 기준 대상으로 하
면 외부 조직, 외부 기관이라는 실체를 지시하게 된다.

이와 같이 '상부, 하부, 외부, 내부' 등은 공간적 관계와 사회적 관
계를 나타낼 수 있으며 사회적 관계에 있는 사람도 지시할 수 있다.
즉, 사회적 관계부류에 속하는 어휘들은 관계 개념뿐만 아니라 그러
한 지위에 있는 사람도 지시할 수 있다. 이것은 공간적 관계에서 사
회적 관계로, 또한 사회적 관계에서 인간이라는 실체로의 의미전이

가 일어난 것으로 볼 수 있다.

(25)

$$
\begin{bmatrix}
내부 \\
\quad 논항구조 \quad 논항_1 = \text{x}: 사람 \\
\qquad\qquad\quad 논항_2 = \text{y}: 장소 \\
\quad 특질구조 \quad 형상역 = 내부\_관계(\text{y}) \\
\qquad\qquad\quad 작인역 = 에\_있다(\text{x}, \text{y})
\end{bmatrix}
$$

〈2〉 시간적 관계

시간적 관계를 나타내는 '과거, 현재, 미래' 등은 과거, 현재, 미래라는 시간의 한 점을 지시할 뿐만 아니라 그러한 시간에 일어나는 사건을 지시할 수 있다. '아침, 저녁' 등도 특정 시간과 그 시간에 일어나는 사건을 지시하며 또한 구체적으로 그 시간에 먹는 음식을 지시하기도 한다.

(26) ㄱ. 나는 혜린으로부터 장의 기구한 <u>과거</u>를 들으면서 그에 대한 깊은 연민의 감정에 빠져버리고 말았다.
　　ㄴ. 카네프스키는 불행한 <u>현재</u>를 살고 있는 아이들에게 미래의 삶조차도 허용하지 않는다.

(26ㄱ)은 시간의 한 점이 아니라 과거에 벌어졌던 일인 과거사(過去事)를 뜻한다. (26ㄴ)의 '현재'는 '불행하다'의 수식을 받고 동사

'살다'와 결합하여 현재의 삶을 뜻하게 되었다. 이와 같이 시간을 나타내는 명사들이 시간만을 지시하는 것이 아니라 문맥에서 그러한 시간에 벌어지는 일도 지시하는 것을 볼 수 있다.

(27)

$$
\begin{bmatrix}
\text{과거} \\
\quad \text{논항구조} \quad \text{논항}_1 \ = x: \text{시간} \\
\qquad\qquad\qquad \text{논항}_2 \ = y: \text{사건} \\
\quad \text{특질구조} \quad \text{형상역} \ = \text{시간\_관계}(x) \\
\qquad\qquad\qquad \text{기원역} \ = \text{에서\_일어나다}(y, x)
\end{bmatrix}
$$

이와 같이 상태 명사가 사람이나 사물, 사건, 시간, 장소를 지시하는 것은 형용사와 상태 명사의 의미 차이에서 기인한다. 즉, 형용사는 상태를 기술하는 기능을 갖고 있으며, 상태명사는 기술되는 감정, 기분, 마음, 모양 등을 명사로서 지시하는 기능을 한다. 상태를 지시하는 것과 더불어 그러한 상태 속성을 갖고 있는 대상도 지시하는 것이다.

상태 명사는 형용사의 상적 특성인 변화가 없는 지속상을 띠며, 의미적으로 상태, 속성, 성질 등을 나타낸다. 의미적으로 상태 명사는 형용사와 유사성을 띠고 있으나 형용사와 명사라는 품사상의 차이가 이들의 의미의 차이를 유발한다고 볼 수 있다. 형용사는 어떠한 대상의 상태, 속성, 성질, 태도 등을 기술하는 기능을 주로 하며, 상태 명사는 그러한 속성을 가진 대상을 직접 지시한다고 본다. 그러므로 상태 명사에는 형용사와 유사한 상태, 속성, 성질을 기술하는 기능과 더불어 그러한 속성을 가진 경험주나 대상을 실체화하여 지시하는 의미를 갖고 있다.

상태 명사가 지시하는 대상의 존재론적 범주는 사람, 사물 등의 경험주를 지시하는 것과 사건, 행위 등 경험 사건을 지시하는 것으로 나누어진다. 대상을 지시하는 상태 명사와 사건을 지시하는 상태 명사가 구별되는 경향이 있다. 예를 들어, 사람을 지시하는 '바보, 멍청이' 등은 지시 대상이 사람이라는 것이 고정되어 있어서 실체 명사로 간주되고 상태성을 띠는 것으로 본다. '권위'는 상태 명사로서 실체를 지시하는 것으로 해석될 수 있으며, '붙박이, 모래투성이, 먹통' 등은 사람과 사물을 모두 지시할 수 있다. '어려움, 곤경, 곤란' 등은 그러한 속성을 가진 사건(일)을 지시할 수 있으며, '변덕, 능청, 위엄' 등 태도 명사는 그러한 태도를 갖는 행위를 지시할 수 있다.

이와 같은 상태명사의 의미 특성은 지금까지는 형용사의 의미와 동일한 것으로 간주되어 왔으나 명사로서 실체나 사건을 지시할 수 있다는 지시성이 부각될 수 있을 것이다. 이와 같은 현상에 대해서 우리는 두 가지 가정을 할 수 있다.

첫째, 형용사가 명사형으로 사용되면서 그 의미가 수식하는 실체의 의미로 전이되었을 것이라는 가정과 둘째, 상태 명사의 의미에 이미 상태성과 실체성의 의미가 잠재해 있다가 문맥적인 요구에 의해서 구체 의미로 실현될 것이라는 가정이다. 형태론적으로 고유어는 형용사에서 파생되었으므로 상태의 의미에서 실체의 의미로 전이되었을 것이다[8]. 그러나 명사 파생이 일어난 이후에는 명사로서

---

8) 상태 명사는 형태론적으로 고유어 형용사에 접사 '-음'이 붙은 파생 명사 (고마움, 더러움, 어려움 등)와 한자어 명사(자유, 고통, 고난 등)로 나누어

의 의미를 더 많이 갖고 있으며 한자어 명사는 국어의 문장에서 명
사로 사용되면서 실체성의 의미를 얻은 것으로 보인다. 그러므로 한
자어 명사도 상태성에서 실체성으로의 전이가 일어난 것으로 볼 수
있다.

  상태 명사는 문맥에서 제한된 동사와 결합하고 이때의 상태 명사
는 동사의 의미에 의해서 상적 특성 및 의미적 특성을 부여받을 수
있다. 상태 명사와 결합하는 제한적 동사들은 각각 기동, 피동, 원인,
행위 등으로 해석된다. 기동, 피동, 원인에서는 상태 명사에 상적 특
성을 부여하는 것이며 행위 동사와의 결합은 상태 명사를 실체화하
는 것으로 보인다.9) 이와 같이 일단 생성된 상태 명사의 실체성 의
미는 상태 명사의 어휘 의미를 형성하고 있다가 문맥적 요구에 의해
실현되는 것으로 본다.

  볼 수 있다. 여기서 '고마움, 더러움, 어려움'은 '고마운 상태, 더러운 상태,
  어려운 상태'를 뜻하기도 하지만 각각, '고마운 마음, 더러운 것, 어려운
  일'을 지시할 수 있다. 이와 같이 형용사 파생 명사 중에는 상태와 실체의
  중의적인 의미로 쓰이는 예들이 있다.
 9) 김진해(2000)에서는 사태성 명사와 연어 관계를 보이는 동사를 다음과 같
  이 구분하였다.
   ·기동 : 특정한 동작이나 현상이 새로 발생하거나 시작되다.; 나다, 들다
   ·피동 : 어떤 작용을 입음 : 받다, 먹다. 맞다. 쓰다
   ·원인 : 어떤 동작이나 상태의 원인을 나타낸다. :사다
   ·행위 : 수여동사(주다, 보내다, 내리다, 입히다, 씌우다. 높다), 일반타
         동사(떨다. 부리다. 피우다)
  여기서 우리는 기동, 피동, 원인의 동사와 결합하는 상태 명사는 상태성
  을 띠는 것으로 간주하며, '행위' 동사(부리다, 떨다. 치다)와 결합하는 명
  사들은 행위(일)를 뜻하는 것으로 간주할 것이다. 즉, 상태에서 사건으로
  의 유형이 강제되었다고 볼 수도 있다.

6.3. 요약

지금까지 국어의 상태 명사를 대상으로 하여 의미 전이 양상을
고찰해 보았다. 속성 명사류들은 사람, 사물, 사건 등의 속성뿐만 아
니라 바로 그 대상을 지시하는 것으로 의미가 확장된다. 관계 명사
류에서 공간 개념어는 공간 개념뿐만 아니라 그 공간에 있는 사람이
나 조직을 지시할 수 있고 또한 시간 개념어도 시간 개념뿐만 아니
라 그 시간에 벌어지는 일을 지시할 수 있음을 살펴보았다. 이것은
상태 명사가 속성에서 실체, 속성에서 사건, 관계에서 실체로의 의
미가 전이되어 문맥에서 실현되기 때문이다.

이와 같이 다의어의 여러 의미들은 자의적인 것이 아니라 일정한
논리적인 관계를 맺고 있으며 이를 파악하는 것이 의미 확장의 원리
를 규명하는 방법이 될 것이다. 의미적으로 관련되나 서로 다른 의
미 유형으로 실현되는 경우는 하나의 표상 구조에 나타냄으로써 의
미적 관련성을 파악하고 또한 의미 전이로 나타냄으로써 이들의 의
미 유형의 차이를 파악하였다.

이와 같은 현상은 하나의 어형에 여러 의미 유형, 즉, 상태와 실체
또는 사건이 복합되어 있기 때문에 일어나며, 문맥적인 환경에서 결
합하는 수식언이나 용언에 의해 구체의미, 문맥의미를 파악할 수 있
다. 즉, 문맥에서 실현되는 명사의 의미 유형은 어형에 따라 고정된
것이 아니라 유동적이며, 문맥 의미는 어휘의미구조에 잠재되어 있
다가 문맥적 요소에 영향을 받아 실현되는 것으로 볼 수 있다. 이와
같은 의미 전이 양상은 개별 단어에만 적용되는 것이 아니라 같은

부류에 속하는 다른 어휘에도 적용될 수 있으므로 문맥의미를 파악
하는데 필수적이라 할 것이다.

(28) 상태 명사의 다의성

속성
　물리적 속성
　　　　속성 → 사람　　고주망태, 권위, 고단수, 고수, 모래투
　　　　　　　　　　　성이, 야만, 억척, 연골, 악질, 저질,
　　　　　　　　　　　코맹맹이
　　　　속성 → 사물　　곤죽, 먹투성이, 붙박이, 엇박이, 더러
　　　　　　　　　　　움, 고급, 열등, 상급, 극상, 일류, 이
　　　　　　　　　　　류, 하류
　　　　속성 → 사건　　고생, 곤란, 불행, 신비, 장애, 창피,
　　　　　　　　　　　최선, 행복, 어려움, 부정
　　　　속성 → 행위　　허풍, 호들갑, 익살, 불평, 수다, 변덕,
　　　　　　　　　　　능청, 위엄, 거만, 얌전, 게으름
　　　　속성 → 장소　　비탈, 내리막, 오르막, 난장판, 불모지,
　　　　　　　　　　　신천지, 아수라장, 지옥, 천국, 늪, 미궁
　　　　속성 → 시간　　어스름, 어둠, 여명
　관계
　　　　시간 → 일/사건　과거, 현재, 미래
　　　　공간 → 사람　　밖, 안, 곁
　　　　　　　　　　　상부, 하부, 외부, 내부, 아래

제7장

추상 명사의 다의성

국어 명사의 다의 현상 연구

제 7 장
추상 명사의 다의성

하나의 어휘 항목(lexical item)은 문맥에 따라 여러 의미로 실현되지만 이러한 의미들은 자의적인 것이 아니라 논리적인 관계를 맺고 있다. 어휘 의미 구조에 여러 의미 유형이 복합되어 있어서 문맥적 요구에 의해 구체 의미가 실현되기 때문이다.[1] 이 장에서는 추상 명사를 대상으로 하여 이러한 체계적인 다의성을 고찰하고자 한다.

먼저 추상 명사의 범위를 정해야 한다. 추상 명사는 구체명사와 대비되어 다루어 왔다. 외연적인 관점에서 명사가 지시하는 대상이 눈에 보이거나 만질 수 없다면 추상 명사로 간주되었다. 외연적 관점에서는 구체 명사를 제외한 모든 명사가 추상 명사로 분류된다.

---

1) 본고에서는 일차적으로 어휘 의미 구조(어휘부)에 문맥에서 실현 가능한 의미들이 내재되어 있다고 가정한다. 그러나 개별적인 어휘마다 실제 문맥에서의 실현 양상은 조금씩 차이를 보인다. 여기에는 각 어휘 항목의 의미와 더불어 언어 외적인 해석과 상황에 대한 정보가 더해지기 때문이다. 이러한 논의는 Pustejovsky(1995), Jackendoff(2002)뿐만 아니라 인지 언어학(Cruse 2000)에서도 활발히 이루어지고 있다.

이러한 이분적인 분류에서는 사건 명사나 상태 명사도 모두 추상 명사로 분류된다. 기존의 이분적인 분류보다는 더 구체적인 분류 방법이 필요하다.

Lyons(1977)의 개념 분류(Ontology)를 따라 삼차 실체를 추상 개념을 지시하는 명사로 다룬다. 즉 시공간에 독립적으로 존재하며 관찰이 불가능한 명제를 지시하는 명사로, 진위를 판별할 수 있는 '개념, 명제, 사실, 증거' 등 추상적인 개념을 나타내는 명사이다. 이러한 추상 개념 명사들은 문장에서 명사 단독으로도 추상 개념을 나타내지만 보문을 취하여 보문의 내용을 지시한다. 또한 보문을 논항으로 취하는 보문명사에 대해 명제 명사로 부르기도 한다.[2] 보문명사가 보문 내용, 즉, 명제를 지시하는 것을 반영한 것이다.

이 장에서는 의미적으로 추상 개념을 나타내는 명사들이 통사적으로 보문과 결합한다는 특성을 이용하여 추상 명사의 범위를 한정하고 이들의 의미 특성을 살펴보기로 한다. 특히 '다는' 보문과 결합하는 명사들을 주 논의 대상으로 삼는다. 기존의 연구에서 '다는' 보문(완형 보문)은 명제를 지시하고, '는' 보문(불구 보문)은 사건을 지시한다고 보았다(남기심 1973, 강범모 1983 등). 이러한 연구 결과에 따르면 '다는' 보문과 결합하는 명사들이 명제를 지시하는 추상 명사의 후보가 될 수 있을 것이다.

---

2) 정주리(2004)에서는 보문명사와 보문동사를 명제명사 및 명제동사로 불렀다. 보문명사와 보문동사라는 이름은 보문과 결합하는 통사적인 특성이 내포되었으며, 명제명사와 명제동사에서는 보문절인 명제를 지시하는 명사 및 동사라는 의미적인 특성이 내포된 것이다.

7.1. 추상 명사의 의미 특성

7.1.1. 사건 명사와 추상 명사

의미적으로는 Lyons(1977)의 개념 분류에 따라 삼차 실체를 추상 명사로 분류하고 통사적으로는 보문과 결합하는 명사들을 추상 명사로 분류한다. 실제 말뭉치를 이용하여 '다는' 보문과 결합하는 명사들의 의미 유형을 살펴보면, <추상>뿐만 아니라 <사건>, <상태>, <실체> 등 매우 다양한 유형으로 분류된다. 여기서 우리는 다음과 같은 문제에 직면한다.

과연 이러한 명사들이 모두 추상 명사로 분류될 수 있는가? 사건 명사나 상태 명사가 보문과 결합하였을 때 의미의 변화는 없는가? 통사적 분포의 차이는 의미의 차이와 어떤 관계를 맺는가? 등이다. 다음, 명사 '지적(指摘)'의 의미를 살펴보자.

(1) ㄱ. 그런 눈빛으로 [지적] 받은 훈병은 몹시 당황하는 표정을 지었다.
ㄴ. 요즘 선수들은 근성이 부족하다는 [지적이] 많습니다.
ㄷ. 그의 꾸부정한 패션 감각엔 촌스럽다는 [지적이] 따라 붙는다.

(1ㄱ)의 '지적'은 가리킴의 행위로 해석된다. 이러한 가리킴은 언어 행위나 손짓, 눈짓과 같은 몸동작으로 나타낼 수 있다. 한편 (1ㄴ, ㄷ)는 보문의 형식으로 '지적'의 내용을 전달한다. 이때는 구체적인

행위보다는 추상적인 명제 내용을 '지적'으로 명시하는 것이다. 명사 '지적'은 언어 행위라는 사건 명사이지만 행위의 결과로 나타난 발화 내용도 지시할 수 있다. 특히 보문절과 결합할 때에는 행위 자체보다는 발화 내용을 지시하는 것으로 보아야 한다.

즉, 명사 '지적'이 보문을 취하지 않을 때는 행위(사건)로 해석되지만 보문절과 결합하면 행위의 내용(명제)을 지시하는 것이다. 이러한 현상은 <사건>의 하위로 분류되는 언어 행위 명사 즉, '보도, 질문, 주장, 제안, 칭찬, 비난' 등의 명사가 행위와 행위의 결과인 발화의 내용을 보문의 형식으로 전달하는 것에서 볼 수 있다. 보문절과의 결합이라는 통사적인 분포의 차이가 의미 유형의 차이를 유발한 것이다.

이러한 현상은 하나의 어휘 항목에 사건과 명제라는 서로 다른 의미 유형이 복합되어 있어서 보문절과의 결합이라는 통사적 분포의 차이에 따라 달리 실현되는 것으로 보아야 한다. 사건 명사가 보문을 취하여 명제 내용을 지시할 때는 사건을 지시하는 것이 아니라 명제 내용, 즉, 추상 개념을 지시하는 것으로 보고자 한다. 이러한 현상은 언어 행위 명사뿐만 아니라 심리 상태 명사에도 적용이 된다.

이것은 이차 실체에 해당하는 <사건> 명사가 보문을 취하여 삼차 실체인 <추상>으로 해석되는 경우이다. 보문과의 결합이라는 통사 구조의 차이가 의미의 차이를 야기한 것이다. 서술성을 띠고 있어서 목적어 논항을 취하는 경우는 <사건> 유형으로 볼 수 있지만 보문을 취하여 명제를 지시하는 경우는 <사건>이 아닌 <추상>에 해당한다.

기존의 논의에서는 사건 명사나 상태 명사는 이차 실체로서의 의미만 부각이 되었을 뿐, 보문과의 관련성에는 별다른 관심을 두지 않았다. 본고에서는 동일한 어형의 명사이지만 통사적인 분포의 차이와 더불어 의미 유형의 차이가 있음을 포착하고 이를 의미 전이라는 체계적 다의성으로 다룬다.

7.1.2. 보문과 추상 명사

본고에서는 보문과 결합하는 명사들은 추상 명사이거나 사건·상태 명사에서 추상 명사로 의미 전이된 것으로 다룬다. 여기서 보문의 어떠한 특성이 명사의 추상성 획득에 기여하는지 살펴보기로 한다.

기존의 보문 연구에서는 보문절의 어미를 기준으로 완형 보문과 불구 보문으로 나누고 각 보문절의 사실성 여부에 대한 논의가 주를 이루었다(남기심 1973 등). 생성문법의 관점에서 통사적인 분포를 논하거나 의미론적인 관점에서 보문의 전제 내용의 사실성 여부 즉, 보문절의 어미와 보문의 전제 내용과의 관계를 연구하는 것 등이 주류를 이루었다[3].

이러한 연구에서 공통적으로, 보문절은 사건과 명제를 지시할 수 있으며 그중 '다는' 보문절(완형 보문)은 명제를 지시하고 '는' 보문절(불구 보문)은 사건을 지시한다고 보았다. 또한 보문명사는 보문절의 내용을 지시하기 때문에 '다는' 보문절과 결합하는 명사는 보문절의 내용인 명제를 지시하며, '는' 보문절과 결합하는 명사는 사건을 지시하는 것으로 다루었다(남기심(1973, 강범모 1983, 장경희 1987 등).

---

3) 국어의 보문 연구에 대해서는 안명철(1999), 이홍식(1999) 참조.

'다는' 보문과 결합하는 명사들은 '말, 이야기, 소문, 주장' 등 언어 행위를 나타내는 명사와 '생각, 의견, 판단' 등 심리 상태를 나타내는 명사들이 주를 이룬다.[4]

언어 행위나 심리 상태를 나타내는 명사들은 의미 구조상 언어 행위의 내용이나 구체적인 심리 상태를 나타내기 위한 기제로 보문절을 사용하는 것으로 보인다. 보문과 공기할 때는 사건이나 상태가 아닌 시공간에 독립된 언어로 표현된 명제를 지시한다. 보문절을 취하는 것은 명사의 의미 특성에 기인한 것이며 보문절을 사용하여 구체적인 내용을 표현하는 것이다.

'다는' 보문과 결합하는 명사에는 발화와 심리를 나타내는 명사이외에 보문의 내용에 대해서 화자가 판단을 내리는 명사가 있다. '사실' 등의 명사가 이에 속한다. 즉, '사실'은 보문절의 형식과 관련 없이 보문의 명제 내용이 참이라는 것을 명사를 통해서 명시적으로 밝혀준다.

이와 같이 보문절 선택의 문제는 화자의 관점에 대한 것으로 볼수 있다. 화자가 기술하고자 하는 사건에 대해 어떠한 태도를 견지하는가의 문제이다. 보문절에서 기술하는 명제 내용이 참임을 확신하지 못할 때는 '다는' 보문절을 사용한다. '뉴스, 소문, 소식' 등이 보문과 결합하여 명제 내용을 지시하는 경우, 화자가 직접적으로 보고 들은 내용이 아니라 간접적으로 전해들은 내용을 다른 사람에게 전달하려고 할 때, 보문절의 형식으로 그 내용을 전달한다.

또한, 보문절을 통해서 자신이나 다른 사람의 생각이나 말을 전달

---

4) 장경희(1987)에서는 보문명사가 완형보문과 결합할 때는 발화 또는 정보를 지시하며, 불구보문과 결합할 때는 사건을 지시한다고 보았다.

하기 때문에, 보문 구조는 간접화법이나 인용에 해당한다. 최초의 화자나 구상자의 생각이 그대로 전달되지 않을 수도 있으므로 전달자의 입장에서는 보문절의 내용에 대해 판단을 유보하기도 한다.

이와 같이 명제를 통해서 전달하는 것은 사건의 내용과 더불어 화자의 해석이다. '다는' 보문절의 전제는 참 거짓 여부가 정해지지 않은 상태이지만, '는' 보문절은 전제가 참이다. 보문절의 형태는 보문절의 전제에 영향을 주는 것으로 보인다.[5]

또한 보문절과 결합하는 명사도 보문절의 전제에 영향을 준다. <사실> 명사는 '다는' 보문이나 '는' 보문과 결합해도 그 의미의 차이는 없다. '다는' 보문은 전제의 참 거짓 여부가 정해지지 않았지만 보문절의 전제가 참임을 뜻하는 명사 '사실'과 결합함으로써 보문절은 참인 명제가 된다.[6] 또, '기억, 전력, 경험' 등의 명사들은 보문절의 내용이 주로 과거에 일어났던 사건에 해당하므로 '는' 보문과 결합한다(남기심 1973).

이와 같이 보문절은 보문명사의 의미 내용을 명시적으로 나타내는 기능을 하며 보문명사는 보문절의 내용을 사실, 발화, 생각 등으로 규정하는 기능을 한다. 즉, 보문절 자체는 그 지시물이 아직 정해

---

5) 남기심(1973)에서는 완형 보문에서 진술되는 행위나 상태 또는 사건은 반드시 참이어야 함을 전제하지 않고, 보문에서 진술된 바가 참일 수도 있고 거짓일 수도 있다고 보았다. 이러한 견해는 '소문, 소식, 풍문' 등의 명사가 완형 보문과의 결합 비율이 높은 이유가 될 것이다. '소문, 소식' 등의 명사는 보문의 명제가 참임을 확신하지 못할 때 사용하기 때문이다.

6) 강범모(2000: 208)에서는 명사 '사실'을 명제 유형과 사실 유형으로 나누었다. '사실'이 보문절 명제 내용을 참으로 전제하는 것은 사실 유형으로 쓰였을 때이다. '사실'이 보문의 형식과 관련 없이 즉, 완형 보문과 불구 보문에서 동일한 의미를 전달하는 것은 보문절이 참인 명제를 전제하기 때문이다.

지지 않은 상태이지만 보문명사와의 결합을 통해서 그 지시 대상이
결정된다. 예를 들어 '소문, 보고, 주장' 등이 어떤 내용을 지시하는
가는 보문과 결합하지 않으면 구체적으로 알 수 없다. 보문은 명제
내용만 있는 것이며 그 지시 대상이 결정된 것은 아니기 때문이다.
보문명사와 결합함으로써 비로소 보문의 지시 대상이 정해진다. 또
한 보문명사는 의미구조에서 구체적인 의미 내용이 비어 있는 상태
이기 때문에 보문절과의 결합을 통해 구체적인 의미 내용이 결정되
어야 한다.

　이와 같이 보문절과 결합하는 보문명사는 바로 보문절의 명제 내
용을 지시하기 때문에 <추상>에 해당한다. 보문절과 결합하는 명사
를 보면, 상당수 심리 인지 명사가 해당한다. 인지 명사가 심리 상
태, 인지 행위를 나타내는 등의 상적 특성이 있다면 <사건>, <상
태>에 해당하며, 보문절과 결합하여 명제 내용, 정보 등을 지시한다
면 <추상>에 해당할 것이다. 즉, 사건, 상태 명사는 '다는' 보문절과
결합하여 추상적인 용법으로 사용될 수 있다. 이때는 명제 내용을
전달하며, 화자의 태도 또한 전달한다. 이것이 바로 추상적 용법이
라 할 것이다.

7.2. 추상 명사의 의미 전이

7.2.1. 명사의 빈도

세종 1000만 어절 말뭉치에서 '다는' 보문과 결합하는 명사의 빈도 분포를 확인하고 이를 통해서 명사의 의미 전이를 살펴보았다.[7] 먼저 '다는' 보문과 결합하는 명사를 빈도순에 따라 추출하고, 견인도와 의존도를 구하였다.

(2) 견인도와 의존도(Schmid 2000)

$$attraction = \frac{frequency\ of\ a\ noun\ in\ a\ pattern}{total\ frequency\ of\ the\ pattern}$$

$$reliance = \frac{frequency\ of\ a\ noun\ in\ a\ pattern}{total\ frequency\ of\ the\ noun\ in\ the\ corpus}$$

견인도(attraction)는 문법 패턴에서 차지하는 단어의 출현 빈도이며, 의존도(reliance)는 단어의 전체 출현 빈도에서 해당 문법 형태의 출현 빈도이다.(Schmid 2000). 견인도는 특정 문법 패턴인 보문절 '다는'과 공기하는 모든 명사의 총 출현 빈도와 특정 단어의 출현 빈도를 비교한 것이다. 세종 1000만 어절 말뭉치에서 '다는' 구문의 출현 빈도는 48,294회이며, 그중 '다는 사실' 구문은 2,884회 출현하여 전체 5.97%를 차지했다. 이러한 견인도를 통해 특정 문법 패턴에서 출현 빈도가 높은 어휘를 파악할 수 있다.

---

7) 국립 국어원에서 배포한 21세기 세종계획 연구 교육용 현대 국어 균형 말뭉치(2000)와 글잡이Ⅱ(색인) 프로그램을 사용하였다.

한편, 의존도(reliance)는 특정 단어의 말뭉치 전체 출현 빈도와 해당 문법 형태의 출현 빈도를 비교한 것이다. 비록 말뭉치에서 저빈도 단어이지만 보문절과 공기하는 비율이 다른 보문명사보다 상대적으로 높은 경우 의존도가 높다. 예를 들어 '죄목'은 1000만 어절 말뭉치에서 41회 출현하였으나 그중 11회는 '다는' 구문과 공기해서 약 26.8%의 의존도를 보였다.

의존도는 단순 출현 빈도와는 달리 어떤 단어가 보문절과 공기하는 빈도가 전체 출현 빈도 중 어느 정도를 차지하는가를 보여준다. 즉, '소문'은 전체 1010회 출현하여 그중 25%(253회)가 보문과 결합하였으나, '입장'은 전체 3637회 출현하여 그중 7.73%(281회)이 '다는' 보문과 공기하였다. '입장'이 '소문'보다 단순 출현빈도는 더 높으나 보문 결합 의존도는 '소문'이 더 높음을 알 수 있다.

보문과 결합하는 명사들에 대해서 견인도와 의존도를 조사한 결과, 견인도가 높은 순서로는 '사실, 말, 생각, 뜻, 주장, 이유, 지적, 이야기, 의미, 입장, 느낌, 소문, 소식' 등이다. 의존도가 높은 순서로는 '후문, 증좌, 절박감, 공리심, 속설, 의미감, 강박감, 일념, 죄목, 풍문, 안도감, 소문, 헛소문, 사실, 복안, 강박관념, 통설'의 순이다[8]. 견인도는 공기 빈도가 높은 순서대로 값이 나왔으며 의존도는 말뭉치에서의 출현 빈도에 대한 공기 빈도의 비율이기 때문에 다소 저빈도 단어도 상위값을 갖는 것으로 나타났다.

---

8) '다는' 구문과 공기하는 명사는 세종 1000만 어절 말뭉치에서 총 630여 종이다(의존 명사 제외). 이 표의 견인도는 빈도수 40회 이상의 명사를 제시한 것이다. 의존도는 빈도수 2회 이상인 명사 430여 종을 대상으로 값을 구한 뒤 상위의 명사를 제시하였다.

<표3> '다는 + 명사'의 견인도와 의존도

명사	공기 빈도	견인도	명사	공기 빈도	출현 빈도	의존도	순위
사실	2884	5.97%	후문	48	71	67.61%	1
말	1748	3.62%	증좌	10	19	52.63%	2
생각	1649	3.41%	절박감	8	18	44.44%	3
뜻	962	1.99%	공리심	2	5	40.00%	4
주장	436	0.90%	속설	13	34	38.24%	5
이유	389	0.81%	의무감	11	33	33.33%	6
지적	358	0.74%	강박감	3	10	30.00%	7
이야기	344	0.71%	일념	16	56	28.57%	8
의미	282	0.58%	죄목	11	41	26.83%	9
입장	281	0.58%	풍문	16	61	26.23%	10
느낌	256	0.53%	안도감	15	58	25.86%	11
소문	253	0.52%	소문	253	1010	25.05%	12
소식	246	0.51%	헛소문	6	24	25.00%	13
내용	200	0.41%	사실	2884	11993	24.05%	14
표정	193	0.40%	복안	10	48	20.83%	15
방침	162	0.34%	강박관념	17	83	20.48%	16
증거	156	0.32%	저스러운	2	10	20.00%	17
판단	153	0.32%	통설	3	15	20.00%	18
결론	151	0.31%	풍설	3	15	20.00%	19
소리	148	0.31%	소식	246	1282	19.19%	20
인식	134	0.28%	기별	11	58	18.97%	21
비판	129	0.27%	취지	61	325	18.77%	22
보도	124	0.26%	뜻	962	5366	17.93%	23
계획	122	0.25%	증거	156	922	16.92%	24
평가	109	0.23%	위기감	14	83	16.87%	25
인상	101	0.21%	일설	3	18	16.67%	26
의견	94	0.19%	비난	89	564	15.78%	27
견해	92	0.19%	주장	436	2862	15.23%	28
비난	89	0.18%	평판	12	79	15.19%	29
말씀	89	0.18%	단점	29	192	15.10%	30
설명	83	0.17%	옛말	15	108	13.89%	31

논리	83	0.17%	첩보	5	36	13.89%	32
의지	82	0.17%	자부심	29	211	13.74%	33
기록	80	0.17%	언질	3	23	13.04%	34
원칙	79	0.16%	위기의식	5	39	12.82%	35
일	76	0.16%	확신	47	367	12.81%	36
측면	65	0.13%	결론	151	1215	12.43%	37
분석	65	0.13%	암시	15	123	12.20%	38
우려	64	0.13%	자신감	42	349	12.03%	39
취지	61	0.13%	증표	2	17	11.76%	40
전제	59	0.12%	방침	162	1386	11.69%	41
의사	58	0.12%	응답	25	223	11.21%	42
조건	56	0.12%	명목	22	197	11.17%	43
마음	56	0.12%	사명감	9	81	11.11%	44
보장	52	0.11%	혹평	4	36	11.11%	45
장점	51	0.11%	장점	51	462	11.04%	46
차원	49	0.10%	느낌	256	2322	11.02%	47
명분	48	0.10%	구상	26	236	11.02%	48
후문	48	0.10%	약조	5	46	10.87%	49
믿음	47	0.10%	판단	153	1410	10.85%	50
확신	47	0.10%	결심	34	319	10.66%	51
발상	47	0.10%	발상	47	446	10.54%	52
보고	47	0.10%	각오	33	315	10.48%	53
계산	46	0.10%	긍정론	2	20	10.00%	54
가능성	44	0.10%	엄명	2	20	10.00%	55
전략	44	0.09%	명분	48	489	9.82%	56
자신감	42	0.09%	자책감	3	31	9.68%	57
의식	41	0.09%	반론	17	181	9.39%	58
문제	40	0.08%	전언	4	43	9.30%	59
현실	40	0.08%	신념	40	433	9.24%	60

7.2.2. 의미 전이의 실제

말뭉치에서 '다는'과 공기하는 명사들을 살펴 본 결과, 추상 명사에서 사건, 상태 명사와 더불어 실체 명사에 이르기까지 매우 다양한 분포를 이룬다. 이 절에서는 전형적인 추상 명사와 더불어 사건, 상태 명사에서 추상 명사로 전이되는 사례를 살펴본다. 또한 <실체>유형에 속하지만 보문절과 결합하여 추상적인 용법으로 실현되는 부류와 상적인 속성은 없으나 사건의 하위로 분류되는 부류로 나누어 살펴본다.

〈1〉 사실

'사실', '장점', '이점', '단점', '증거' 등은 <사실> 명사로 분류할 수 있다. <사실> 명사는 보문의 전제가 참임을 가정하는 명사이다[9]. 명사 '사실'이 '다는' 보문절의 형태로 2884회 출현하여 의존 명사를 제외하고 빈도 순위 1위를 차지하였으며, 의존도는 24.5%나 된다. 명사 '장점'은 '다는' 보문와 공기하여 51회 출현하였으며, 의존도는 11.04%이다.

'사실'은 '다는' 보문뿐만 아니라 '는' 보문과도 결합하는 특성이 있다. '는' 보문절이 사건을 지시하기 때문에 '사실'도 사건을 지시하는 것으로 보기도 한다. 그러나 '다는' 보문절과 '는' 보문절이 각각

---

9) Kiparsky and Kiparsky(1971)에 의하면 사실성(factivity)은 동사의 보문에서 표현되는 정보가 화자에 의해 참임을 전제하는 것이다. 강범모(1983)에서 사실성에 의해 한국어 보문명사를 분류한 바 있다.

'사실'과 결합할 때 별다른 의미의 차이가 없는 것으로 보인다.

(3) ㄱ. 그가 내 석방을 위한 꾀를 썼다는 [사실을] 훨씬 뒤에야 알
았다.

ㄱ'. 그가 내 석방을 위한 꾀를 쓴 [사실을] 훨씬 뒤에야 알았다.

ㄴ. 인터넷 쇼핑은 유명상품을 앉아서 살 수 있다는 [장점 때
문에] 수요가 급격히 늘고 있다.

ㄴ'. 인터넷 쇼핑은 유명상품을 앉아서 살 수 있는 [장점 때문
에] 수요가 급격히 늘고 있다.

(3ㄱ, ㄴ)과 (3ㄱ', ㄴ')는 각각 '다는' 보문과 '는' 보문과 결합하였
으나 의미 차이는 거의 없다. 이것은 '사실'이 보문절의 명제가 참임
을 전제하기 때문이다. 즉, 결합하는 명사 '사실', '장점' 등은 보문절
의 명제 내용이 "실제로 있었던 일"이며, "좋거나 잘하고 긍정적인
점"이라는 것을 지시하기 때문이다.

이것은 '사실'이 보문절의 명제를 참으로 가정하는 기능이 있음을
보여준다. '다는' 보문절은 보문절 명제의 진위 여부가 정해지지 않
았으나 '사실' 명사와 결합하여 보문절의 명제가 참인 것으로 간주
하고 거기에 화자의 판단을 덧붙인 것이다. 즉, '사실', '장점', '이점',
'단점' 등의 명사는 보문절의 명제가 참이라는 것을 전제하고 보문
절에 대한 화자의 평가를 나타낸 것이라 할 수 있다.

의미 전이의 관점에서, '사실' 명사는 발화나 정보 명사와는 달리
<상태>나 <사건>에서 의미가 이동된 것으로 간주되지 않는다.
'사실'은 "실제로 있었던 일이나 현재에 있는 일"로 풀이되지만 서술

성 및 상적인 특성이 없기 때문이다. <사실> 명사는 삼차 실체인
<추상>에 속하고 보문을 취해서 보문절의 전제가 참임을 나타내는
의미 기능을 하는 것으로 다룬다.

〈2〉 발화

'다는' 보문과 결합하는 명사 중, 언어 관련 명사류를 살펴보자. 화
행(speech act) 명사가 보문절을 취하면서 발화 내용을 지시하는 경
우와 '소문, 소식, 풍문' 등 보문절을 통해서 명제 내용을 전달하는
경우로 나눌 수 있다.

언어 행위 명사는 <사건>의 하위에서는 상적 특성을 갖고 있으
며 화행 동사와도 관련을 맺는다. 이러한 언어 행위 명사들이 보문
절과 결합하면 발화의 내용을 지시한다. 이것은 언어 행위가 수행된
뒤의 결과 내용을 보문절로 지시하기 때문이다. 이러한 화행 명사로
는 '보도, 질문, 주장, 약속, 칭찬, 평가, 제안' 등이 해당한다.

한편, '소문, 소식, 속담, 이야기' 등은 보문절을 통해서 구체적인
소문이나 소식의 내용을 전달한다.

> (4) ㄱ. 그가 자금난에 허덕인다는 [소문을] 입수한 재일 실업가
>   허인석이 스스로 찾아와 동업을 제의했다.
>   ㄴ. 이장은 제일 먼저 자기에게 [소문을] 전해준 그의 아내에
>   게 그 출처를 물었다.

(4ㄱ)은 보문절을 통해서 소문의 구체적인 내용을 밝히고, 보문절

의 내용을 "진위를 알 수 없는 떠도는 이야기"로 규정하였다. 그러나 (4ㄴ)는 보문절과 결합하지 않았기 때문에 위의 문장만으로는 구체적인 소문의 내용을 알 수 없다. '소문'은 전형적인 보문명사로 다룰 만큼 보문과의 결합 빈도가 높다[10]. 문맥에서 '소문'의 구체적 내용을 보문절로 제시하고 명사의 의미에서 이러한 특성을 요구하기 때문이다.

또한, '소식, 소문, 속담' 등은 서술적인 용법으로 쓰이지 않는다. 보문절과 직접적으로 결합하지 않으면 문장 단위를 넘어서 텍스트 단위에서 이 명사의 의미를 보충하는 절을 찾을 수 있다. 이것이 바로 화행 명사와 구별되는 특징이다.

한편 '보도, 질문, 주장, 제안, 약속, 칭찬, 비난, 지적' 등 화행 (speech act)을 나타내는 명사는 보문절을 통해서 화행의 구체적인 내용을 지시한다[11]. <사건>의 하위분류된 화행 명사가 보문절을 취함으로써 보문 내용을 지시하는 명제 명사가 된 것이다. 이때 <사건>에서 <추상>으로의 의미 유형의 전이가 일어난다.

(5) ㄱ. 은철의 귀에는 정 사장의 말은 전혀 [변명처럼] 들리지 않았다.

ㄴ. 예산이 없어 배차 간격을 좁힐만한 충분한 전동차를 확보하지 못했다는 철도청의 [변명도] 무책임하기 짝이 없다.

---

10) 전체 말뭉치에서 '소문(所聞)'은 1010회 출현하여 이중 253회가 다는 보문절과 공기하였다. 의존도는 약 25%이다.

11) Austin(1962)의 화행 분류에서 발화 행위와 발화 효과행위를 나타내는 경우에는 보문명사를 별로 사용하지 않는 것으로 보고되었다(Schmid 2000).

(5ㄱ)의 '변명'은 '듣다'와 결합하여 변명의 말, 즉, 언어 행위로 해석되고, (5ㄴ)에서는 '변명'의 내용인 보문절을 지시한다. '변명(辨明)'의 사전적인 의미는 "어떤 잘못이나 실수에 대해서 구실을 대며 그 까닭을 말함"이다. 보문과 결합하지 않으면, '변명'이 어떠한 잘못인지, 잘못에 대해서 어떠한 이유를 대는 것인지에 대해서는 구체적으로 알 수 없다. 다만 "어떠한 잘못에 대해 그 이유를 말하는 것"이라는 화행을 지시할 뿐이다. 그러나 '변명'이 보문과 결합하면 발화 내용(명제)을 지시하므로 보문을 통해서 '변명'의 구체적인 내용을 알 수 있을 것이다. 이러한 보문명사의 의미 특성은 다른 언어 행위를 나타내는 명사에도 적용된다.

보문명사가 보문과 결합하지 않았을 때는 사건을 지시하지만, 보문과 결합하면 보문 내용인 명제를 지시한다는 점에 주목해야 한다. 즉 사건 의미 유형에서 명제 의미 유형으로의 의미 유형의 전이가 일어났으며 이러한 의미 유형은 '변명'의 어휘 의미 구조에서 다의를 구성한다.

언어 행위 명사는 문맥에서 언어 행위, 그 내용 및 결과물 등으로 해석될 수 있다. 보문절을 통해서 보문의 내용인 구체적인 발화 내용을 표상한다. 또한 보문명사는 보문절로 전달하는 발화에 대한 화자의 특성을 나타낸다. 화자가 이 보문 내용을 무엇으로 간주하고자 하는지를 명시적으로 나타내기 때문이다.

〈3〉 생각

심리 과정을 나타내는 명사는 '다는' 보문절과 결합하여 심리 내

용을 지시한다. 즉, '생각', '판단', '결심' 등 인지 행위 명사가 보문절
과 결합하여 행위의 결과로 나타난 내용을 지시한다.12) 이때는 인지
행위 및 과정을 지시하는 것이 아니라 명제 내용을 지시한다.

(6) ㄱ. 수많은 정보들 중에서 취사선택의 [판단을] 내리는 것은
매우 힘든 일이다.
ㄴ. 경기 과열이 국민 경제에 해를 끼친다는 [판단에] 따라 취
한 건축 허가 제한은 이미 목적을 달성했다.

(6ㄱ)는 서술성 명사로 인지 행위 즉, 사고 과정을 나타내며, (6
ㄴ)는 보문절을 통해서 인지 행위의 결과로 나타난 '판단'의 구체적
내용을 보여준다. (6ㄴ)에서도 상적 동사와 결합할 수 있지만 자연
스럽지 않다. 이와 같이 인지 명사가 행위의 결과를 보문으로 나타
내면, 보문명사는 생각이나 의견으로 해석되는 것을 볼 수 있다.

(7) ㄱ. 우리는 한반도 정세에 대해 깊은 [의견을] 교환했다.
ㄴ. 서로 손을 잡고 공동의 문제를 해결하자는 [의견을] 교환
했다.
ㄷ. 투기 근절책으로 '토지공개념'이 좋다는 [의견이] 많이 나
왔다.

---

12) 내면적인 심리 과정을 나타내는 명사를 인지성 명사라 한다. 서술어의 성
격을 가지고 있어서 그 행위는 인지 주체의 심리 활동을 나타낸다. 주어
진 상황이나 경험에 대해 자신의 해석을 더하여 자신의 감정이나 판단을
언어화하는 것이다. 추론, 예측, 판단, 확신의 심리적 과정을 언어화한 것
이 인지성 명사이다.(변정민 2004)

(7ㄱ)과 (7ㄴ)의 '의견'은 모두 동사 '교환하다'와 결합하였으나 보문절과의 결합 여부에 따라 '의견'의 지시 의미가 달라졌다. (6ㄱ)에서는 "의견 교환"이라는 사건을 진술하였지만 (7ㄴ)에서는 보문절을 통해 구체적인 의견의 내용을 전달한다. 보문명사 단독으로는 문맥에서 구체적인 내용을 알 수 없지만 보문절과의 결합으로 구체적인 의미가 명세화되는 것을 볼 수 있다. 또한 '의견'은 화자의 직접적인 생각이나 다른 사람의 생각을 전달하는 기제로 보문을 사용하였으며, 보문절과 결합하여 '의견'의 구체적인 내용을 전달한다.

한편, '느낌'은 물리적 감각과 추상적 감각이라는 의미로 해석이 되지만 보문절과 결합하여 구체적인 의견 및 내용을 전달하는 것으로 볼 수 있다. 여기서 '느낌'을 물리적인 감각으로 해석되는 경우와 추상적인 생각을 나타내는 경우로 나누어 보자. '는' 보문절과 결합할 때는 물리적인 감각으로 해석되며, '다는' 보문절로는 추상적인 생각이나 의견으로 해석된다.

    (8) ㄱ. 아이들이 책을 읽고 나면 생각이나 [느낌을] 우선 말로 정
            리하게 한다.
        ㄴ. 너무 익어도 씹히는 [느낌이] 없으므로 너무 삶지 않도록
            주의한다.
        ㄷ. 몸이 나른하고 막연히 피로하다는 [느낌으로] 혹시 몸에
            어떤 이상이 있는 것이 아닌가 하고 걱정을 한다.

(8ㄱ)은 마음속에 떠오르는 감정을 뜻하며, (8ㄴ)는 '는' 보문과 결합하여 감각 기관을 통한 자극을 뜻한다. (8ㄷ)는 '다는' 보문절과 결

합하여 '대상이나 상황이 어떠하다는 생각'으로 풀이될 수 있다. 이 것은 앞서 '생각, 의견'과 유사한 의미로 볼 수 있다. 이를 통해 '생 각, 판단' 등은 인지 행위와 그 결과의 의미가 복합되어 있고, '느낌' 은 물리적인 감각 및 추상적인 생각, 의견이라는 의미가 복합된 것 을 알 수 있다. 결국 보문을 통해서 생각이나 의견의 내용을 전달하 는 것이다.

한편, '입장'은 <상황>의 하위로 볼 수 있으나 보문절과 결합하여 의견 및 생각으로 해석된다.

(9) ㄱ. 공사 측은 매각 여부를 결정할 [입장이] 못 된다는 의사를
　　　밝히고 있다.
　　ㄴ. 개혁과 관련, 총론에는 찬성하지만 각론에는 반대한다는
　　　[입장을] 표시해왔다.

(9ㄱ)의 '는' 보문절과 결합한 경우 처지나 상황으로 풀이되지만 (9 ㄴ)은 '다는' 보문절과 결합하여 의견이나 생각으로 해석된다. 보문절 과 결합하여 그 내용을 전달하고 부각시키는 역할을 한다. 이와 같이 인지 명사나 감각 명사도 보문절을 통해서 생각이나 의견을 전달한 다. 이때의 의미 유형은 <상태>에서 <추상>으로 이동된 것이다.

〈4〉 상황

사건의 하위로 분류될 수 있는 '사건, 일, 상황' 등의 명사는 어떠 한 상황을 나타낸다. 명사 '상황'은 말뭉치 전체에 4441회 출현하였

으나 '다는' 보문절과 결합하는 빈도는 11회뿐이다. '일'도 '다는' 보문절과의 결합 빈도는 76회이나 의존도는 0.27%에 불과하다. 이와 같이 <상황> 명사들은 '다는' 보문과의 공기 빈도가 비교적 낮다. '다는' 보문과 결합하는 <상황> 명사들은 어떠한 의미를 띠고 있는지 살펴보자.

(10) ㄱ. 풀이 죽은 아내를 지켜본다는 [일은] 썩 유쾌한 일이 못됐다.
    ㄴ. 풍속을 그대로 오늘에 되살린다는 [일은] 불가능한 것이며 또 불필요한 일임도 알고 있다.
    ㄷ. 다시 살아나 빈 무덤을 남기고 사라졌다는 [사건은] 오늘의 과학적 지식으로는 도저히 이해할 수 없는 신비에 싸여 있습니다.

명사 '일'은 '다는' 보문과 결합해도 추상적 용법으로 쓰이지 않는 것으로 보인다. 이것은 명사 '일'이 보문 내용을 사건으로 규정하기 때문이다. (10ㄷ)에서도 보문으로 내용을 전달하지만 명제 내용의 진위 여부에 대해서는 화자도 확실하지 않다. (10ㄱ. ㄴ)에서 '일' 대신에 '것'으로 바꾸거나 '는' 보문으로 바꾸어 쓰면 더 자연스러운 문장이 될 것이다.

우리는 앞서 언어 행위 명사들은 보문절을 취해서 보문의 내용을 지시한다고 보았다. 또한 '다는' 보문절과 결합하는 경우는 추상적 용법에 해당한다고 보았다. 언어행위가 아닌 다른 사건 명사가 '다는' 보문과 결합할 때는 어떠한 의미로 실현되는가?

여기서 명사 '일'이 보문절과 결합하여 추상적인 내용을 지시한다고 보기는 어려울 것이다. 왜냐하면, '다는' 보문과 결합해서 76회 출현하였지만 문장이 그리 자연스럽지는 않기 때문이다. '일, 사건' 등은 사건 명사이면서 보문절과 결합하여 보문절이 사건임을 명시하는 역할을 한다. '다는' 보문과 결합하여 말뭉치에서 쓰이고는 있지만 전형적인 '다는' 보문의 용법과는 다소 차이가 있다.

〈5〉 실체

'다는' 보문절과 결합하는 명사들 중에는 실체 명사도 포함된다. '표정, 태도, 자세, 얼굴' 등은 물리적으로 관찰할 수 있는 대상을 지시하지만 '다는' 보문절을 통해 어떠한 심리적인 상태를 나타낸다.

  (11) ㄱ. 박진섭은 도저히 납득할 수 없다는 [태도로] 고개를 내저었다.
      ㄴ. 정부는 새로 개혁에 나선다는 [자세로] 제로 베이스에서 다시 접근해주기 바란다.
      ㄷ. 노마는 이가 갈린다는 [표정으로] 기오를 금방이라도 잡아 삼킬 기세다.
      ㄹ. 오반장이 궁금하다는 [얼굴을] 하고 그녀를 바라봤다.

'태도'는 몸의 동작을 뜻하지만 (11ㄱ)과 같이 보문절과 결합하면 구체적인 내용을 전달한다. '자세'도 "몸을 움직이거나 가누는 모양"이라는 구체 의미로 풀이되나 '다는' 보문절과 결합하면 "사물을 대하는 마음가짐이나 태도”의 의미가 실현된다.

또한, ‘표정’은 보문절을 통해서 구체적인 심리 상태를 표현한다. 즉, 겉으로 들어나는 모습을 통해서 심리 상태를 유추하는 것이다. (11ㄹ)의 ‘얼굴’도 ‘다는’ 보문절과 결합하여 ‘표정’과 유사한 의미로 쓰이는 것을 볼 수 있다.

이와 같이 ‘태도, 표정’ 등은 구체적인 모양을 뜻하지만 보문절과 결합하면서 심리적인 내용을 전달한다. 그러나 이들이 <실체>에서 <추상>으로 의미 유형이 전이된 것은 아니다. 보문절을 통해서 구체적인 내용을 전달할 뿐이지 추상적인 명제 내용을 전달하는 것은 아니기 때문이다.

한편, ‘쪽지, 편지, 증서, 논문, 낙서, 통지서’ 등도 보문과 결합한다. 이들은 추상적인 내용이 일정한 형상을 갖춘 구체물로 표상되는 의미 특성이 있기 때문이다.

(12) ㄱ. 지금은 농장일을 하고 있다는 [편지를] 받았다고 했다.
    ㄴ. 양 순경이 신문사에서 나를 찾는다는 [쪽지를] 건네줬다.
    ㄷ. 5천 4백여 마리의 물새가 납에 중독된다는 [논문이] 발표
      돼 관심을 끈 적이 있다.

(12ㄷ)에서는 보문과 결합하여 ‘논문’의 추상적인 내용을 나타낸다. (12ㄱ, ㄴ)에서도 ‘다는’ 보문에 의해 추상적인 내용이 전달되지만 결합하는 동사인 ‘받다’, ‘건네다’ 등에 의해서 ‘편지’, ‘쪽지’가 구체물로 해석된다. 여기서 ‘편지’와 ‘쪽지’는 과연 어떤 의미 유형에 속하는지 살펴보자. 결론적으로, <추상>으로의 의미 유형의 전이가

일어나지 않는 것으로 본다. 즉, 텍스트 명사들을 <실체>로 간주하고 '다는' 보문과 결합할 때, 추상적인 내용이 부각되는 것으로 다룬다. 텍스트 명사에는 추상적인 내용이 구체물로 표상되는 의미 특성이 있어서 두 의미가 문맥에서 배타적인 다의로 실현되는 것이 아니기 때문이다. (12ㄴ, ㄷ)과 같이 문맥에서 두 의미가 동시에 실현되면 <실체>에서 <추상>으로의 의미 유형의 전이가 일어난 것으로 보기 어려울 것이다. 텍스트 명사들은 보문과 결합하여 추상적인 내용을 부각할 뿐이며 의미 유형의 전이는 일어나지 않는다.

7.3. 요약

<추상>에는 추상적 개념 또는 명제를 지시하는 어휘가 속할 수
있으며, 통사적인 기제로 '다는' 보문과 결합하는 명사들이 <추상>
에 해당할 것이다. 실제 언어 자료를 이용하여 보문과 결합하는 명
사를 추출하고 그 의미 특성을 살펴보았다. '다는' 보문과 결합하는
명사들은 구체명사에서 사건, 상태 명사에 이르기까지 매우 다양하
다. 이들이 <추상>에 속하려면 의미 유형을 설정하고 보문과의 결
합을 통해 의미 유형이 전이되는 것으로 설명해야 한다.

이에 대해 보문과 결합하는 명사를 <사실>, <발화>, <생각>,
<상황> 등으로 분류하였다. 사실 명사는 <추상>에 속하며 다른 유
형으로의 의미 전이는 일어나지 않는다. 언어 행위나 심리 상태를
나타내는 명사는 보문을 취하면서 발화 내용과 생각 및 의견 등을
지시한다. 이때, <사건>, <상태> 유형에서 <추상>으로의 의미 전
이가 일어나는 것으로 보았다. 한편, 상황 명사나 기타 실체 명사는
보문절과 결합하여 추상적인 용법으로 쓰이나 의미 유형의 전이는
일어나지 않는다. 이와 같이 보문과의 결합은 명사의 추상성이 실현
되는 통사적 기제로 볼 수 있을 것이다.

결론

국어 명사의 다의 현상 연구

제8장
결론

    지금까지 국어의 명사 범주에서 나타나는 체계적 다의성(systematic polysemy)의 현상 및 원리를 기술하였다. 문맥에서 실현되는 다의(多義)에서 논리적인 관계를 찾아보고 이를 유형화하여 기술하였다. 하나의 단어에 대하여 문맥에 따라 여러 의미가 실현되며 이러한 의미들은 서로 자의적인 것이 아니라 논리적인 관계를 이룬다.

    체계적 다의성과 관련된 연구는 환유 및 생략에 의한 의미 확장 연구에서 찾아 볼 수 있다. 기존의 연구에서는 개별 단어를 대상으로 하여 통시적인 의미 변화의 기제로 환유를 다루었으나 본고에서는 개별 단어가 아닌 의미 범주로 다루었으며, 연구 대상의 범위를 넓혀 국어 명사 전반에 나타나는 다의성을 포착하려고 하였다. 연구 대상을 구체 명사만으로 한정하지 않고 사건, 상태, 추상 명사도 다루었다.

    먼저 다의성의 여러 개념들을 살펴보고 체계적 다의성의 범위를

정하였다. 국어사전에서 단의어로 기술되었지만 문맥에서는 다의적
으로 해석될 수 있으므로, 문맥에서 결합하는 관형어 및 서술어에
의해 구별되는 의미에 의해 체계적 다의성을 다루었다.

　체계적 다의성을 넓은 의미와 좁은 의미로 구분하면, 좁은 의미의
체계적 다의성은 단어 의미의 구성 요소(특질 구조) 중 한 부분이
부각되어 의미가 실현되는 구성적 다의이며, 넓은 의미의 체계적 다
의성은 관습적 은유를 포함한 것이다. 관습적 은유를 제외한 일반적
인 은유는 다소 불규칙적이고 예측이 불가능하기 때문에 비체계적
다의로 구분하였다.

　Apresjan(1974)의 정의에 따르면, 동의어가 아닌 두 다의어의 의
미 관계가 일정한 유사성을 띤다는 측면에서는 관습적 은유, 비유적
인 표현(동물 → 사람)이나 화용적인 의미 전이(사물 → 사람)도 넓
은 의미의 체계적 다의성에 포함될 수 있다. 그러나 본고에서는 의
미론적으로 어휘 의미에서 예측될 수 있는 의미만을 주로 다루었다.
다면어는 확립된 다의어의 지위를 갖는 것은 아니지만 논리적인 다
의 관계를 띤다는 점에서는 체계적 다의성으로 다루었다.

　　* 다의 현상
　　┌─ 비체계적 다의 – 은유
　　│
　　│　　　　　　┌─ 의미 확장 – 관습적 은유(예: 동물 → 사람)
　　└─ 체계적 다의│
　　　　　　　　　└─ 구성적 다의 → 협의(狹義)의 체계적 다의성

체계적 다의성은 규칙성, 예측가능성을 그 특징으로 한다. 공통의 체계적 다의성을 띠는 명사들을 하나의 부류로 묶을 수 있으며, 같은 의미 부류나 의미 영역에 속한 단어들은 공통의 체계적 다의성을 갖고 있는 것으로 본다. 새로운 명사가 문맥에 출현하였을 때에도 체계적 다의성에 의하여 그 의미를 예측할 수 있을 것이다.

이것은 문맥에서 실현 가능한 의미가 이미 어휘 의미로 잠재되어 있다가 문맥의 영향을 받아서 실현된 것이다. 의미 전이가 일어난 이후에는 어휘 의미 구조에 문맥에서 실현 가능한 여러 의미가 잠재되어 있으며, 관형어 및 서술어와의 결합에 의해 그 의미가 구체적으로 실현되는 것이다.

본고에서는 특히 체계적 다의성을 반영하는 의미 부류인 유로 워드넷의 분류 체계를 살펴보았다. 어떠한 개념을 4관점으로 이해한다는 것은 그 개념이 다의적으로 사용될 수 있는 근원이 되며, 이분지 구조가 아닌 다면적 격자 구조는 개념의 다의성을 표상할 수 있는 구조이다. 본고에서는 유로 워드넷의 개념 분류 체계를 원용하여 의미 분류 체계를 수립하였다. 유로 워드넷과 같은 개념 분류 체계는 개념을 분류의 단위로 삼기 때문에 동일한 어형에서 범주를 달리하여 실현되는 의미의 관련성은 포착하기 어렵다. 하나의 단어에서 나타나는 다양한 의미를 표상하기 위해 푸스테욥스키의 생성 어휘부 이론을 도입하여 체계적 다의성을 표상하였다.

이 연구에서는 실제 국어 자료를 바탕으로 체계적 다의성을 띠는 명사들을 추출하고 기술하기 위해 빈도 조사에서 상위에 있는 어휘를 대상으로 하였다. 국어사전(「연세 한국어 사전」과 「표준국어 대사전」)에서 그 의미가 둘 이상으로 풀이되는 것과 하나의 의미 내항에서 상위 술어 '또는'으로 풀이되는 것을 중심으로 살펴보았다. 그 다음, 대상 단어를 코퍼스의 어휘 분포를 관찰하여 유사한 의미 전이 양상으로 분류하였다.

그 결과, 명사를 실체 명사, 사건 명사, 상태 명사, 추상 명사로 나누었다. 먼저, 실체 명사는 기원적 관점에서 <사람>, <동물>, <식물>, <사물> 영역으로 나눌 수 있다. <사람>은 사람과 관련된 속성으로 지시되며, 구성적, 형상적, 기능적인 측면에서 지칭된다. 구성적 측면에서는 신체기관으로 그 사람을 지시할 수 있으며 형상적 측면에서는 신체적, 정신적 특성으로 그 사람을 지시할 수 있고, 기능적 측면에서는 직업이나 직위 등으로 그 사람을 지시할 수 있다.

<동물>에서는 동물명으로 동물의 부분을 지시하거나 음식물을 지시한다. 특히 해상 동물은 동물에서 음식물로의 의미 전이가 생산적이다. 육상 동물에서는 합성어를 형성하여 그 의미를 명시적으로 나타낸다. 또, 동물로 사람을 지시하는 것은 그 풀이가 국어사전에 등재될 정도로 관습화되어 있기 때문에 넓은 범위의 체계적 다의성에 포함될 수 있다.

<식물>에서는 꽃, 열매 등 부분으로 전체인 식물을 지시한다. 이러한 방향성은 뚜렷하지 않으나 '사과, 대추' 등에서는 열매로 나무를 지시하므로, '장미, 진달래, 국화' 등에서도 꽃으로 나무를 지시하는 것으로 볼 수 있다. 이와 같이 <동물>에서는 전체에서 부분으로의 의미 전이가 일어났으며 <식물>에서는 부분에서 전체로의 의미 전이가 일어난다.

<사물>에서는 부분 전체의 관계에 의해서 문맥 의미가 조정된다. 이것은 사물 부류의 대표적인 특징이라 할 것이다. <사물>은 기능

적인 측면에서 용기, 표상, 장소, 교통 기관 부류를 살펴보았다.

먼저, <용기>에는 그릇과 내용물로의 의미 전이가 있으며, 그릇으로 내용물을 지시할 수 있다. 내용물이 특정 음식인 경우는 용기명이 음식명으로 굳어지기도 하였다(도시락, 신선로 등). 용기는 어떠한 내용물을 담는 기능을 하며, 용기에 내용물이 담겨있는 모습을 전체라고 보고, 그 부분인 용기에 의해서 내용물을 지시한다. 이와 같은 의미 전이는 <용기> 부류에만 해당하는 것이 아니라 어떤 사물을 담을 수 있다면 이와 같은 <용기>부류의 의미 전이가 일어날 것이다.

<표상>에는 '책, 그림, 돈'과 같이 추상적인 내용을 구체물의 형태로 나타낼 수 있는 대상이 속한다. [내용]과 [형태]의 국면은 문맥에서 그 의미가 구별되지만 동시에 같은 문맥에서 그 의미가 실현될 수 있다. 이들은 다의어로 확립되기 보다는 다면적인 특성을 갖고 있지만 논리적인 의미 관계를 보이기 때문에 체계적 다의성으로 다루었다.

<교통 기관>은 공간과 행위자의 의미로 실현된다. 이것은 교통기관에는 사람이 타고 내릴 수 있는 공간이 있으며 사람이 타고 이동한다는 교통 수단의 개념에 기인한다. 이런 특성은 교통기관이 기원적으로 인공물이고 형상적으로 공간이 있는 구조물이기 때문에 공간의 의미가 문맥에서 실현될 수 있으며, 동력을 가진 인공물이기 때문에 인공물 자체로 행위주의 의미를 내포할 수 있다.

<장소>는 자연 및 행정 장소, 조직 및 단체, 시설 및 구조물로 나눌 수 있다. 자연 및 행정 장소는 장소, 사람, 조직의 의미로 사용되고, 조직이나 기관은 사람, 조직, 건물의 의미로 사용될 수 있다. 장

소 표현이 문맥에서 실현될 수 있는 사람, 조직, 건물, 장소의 의미는 문맥에서 분리되어 활성화되며, 전체 개념을 이루는 부분으로 볼 수 있다. 이와 같이 실체 명사의 다의성은 명사의 특질 구조의 한 면이 부각되어 의미 전이되는 것으로 보았다.

한편, 본고에서는 실체 명사에 한정하여, 문맥 의미를 예측할 수 있는 방법을 모색해 보았다. 즉, 기저어는 동일한 형태에서 기본 의미와 파생 의미로 쓰일 수 있으며, 파생 의미는 합성어나 파생어를 통해 문맥에서 실현될 수 있다. 그러므로 기저어와 동일한 구조에 있는 파생어와 합성어를 비교하여 기저어의 다의성을 유추해 볼 수 있다.

이외에 합성어가 전체와 부분의 관계를 이루는 경우 부분어가 생략되고 전체어만으로 부분의 의미를 갖는 예들이 있다(예: 아침/아침밥, 현관/현관문). 통시적으로는 생략에 의해서 의미가 형성되었지만 공시적으로는 '아침'이라는 단어의 의미구조에는 문맥에서 실현 가능한 두 의미가 잠재되어 있으며 문맥에서 결합하는 서술어에 의해 구체 의미가 선택된다. 이와 같이 문맥에서 실현되는 합성어와 파생어에 의해서 기저어의 의미를 유추 해석할 수 있다.

5장과 6장에서는 사건 명사와 상태 명사의 다의성을 고찰하였다. 구체적으로 <사건>, <상태>의 의미 유형에서 <실체> 의미 유형으로 전이되는 것을 고찰하였다. 사건 명사의 다의성은 사건 명사의 의미에 의해서 형성되는 사건 구조의 한 부분(참여자)이 부각되는 것으로 간주된다. 이것을 각각 행위자 사건, 결과 사건, 대상 사건, 언어 행위, 도구 사건, 시간 사건, 방법 사건으로 유형화하였다.

사건성과 실체성이 교체되는 것은 사건 명사의 의미 특성에 기인한다. 사건 명사와 동의관계에 있는 동사의 사건 구조에서 논항 관계를 이용하여 설명하였으며 생성 어휘부 이론의 어휘 의미 구조로 표상하였다.

먼저, 사건의 행위자가 부각되는 경우, 이때는 타동 구문의 주어를 서술 명사로 지시한다. 사건의 결과물이 부각되는 경우는 행위의 결과물은 동사의 의미 구조에는 출현하지 않으나 결과물을 산출한다는 것은 명사의 어휘 의미로 알 수 있다. 일련의 존재 변화와 관련된 제조 명사류는 과정 사건과 결과 사건의 복합 사건 구조로 설명된다. 과정 사건이 부각되었을 때는 사건의 의미가 실현되며, 결과 사건이 부각되었을 때는 결과물의 의미가 실현된다. 여기서 결과물이 어떤 대상인가에 따라서 그 존재론적 범주로 부류가 나누어질 수 있다. 언어 행위도 명제 내용과 결과물인 텍스트 및 언어를 지시할 수 있으며 복합사건을 설정하여 설명할 수 있다. 사건의 도구가 부각되는 경우는 동사 구문에서는 도구의 의미가 명시적으로 실현되지 않으나 사건명사의 어휘 의미에 도구를 사용한다는 개념이 포함되어 있기 때문에 실체성의 의미로 '도구'의 의미가 실현된다고 보았다.

사건 명사의 의미 전이 양상은 파생 명사의 의미 전이와 유사하며, 한자어 사건 명사에도 사건의 의미와 실체성의 의미가 복합된 것으로 간주된다. 파생 명사는 동사에서 명사로의 파생 과정에서 실체성을 획득한다. 한자어 사건 명사는 국어에 명사로 차용되어 사건(동사)의 의미로 사용되었으나 명사로 쓰이기 때문에 실체성의 의미를 획득한 것으로 보았다. 즉, 파생 명사는 형태의 변화를 통해서 의미의 전이를 나타내며 한자어 사건 명사는 형태의 변화 없이 의미의 전이를 나타낸 것이다. 이러한 특성은 사건 명사뿐만 아니라 상태 명사에도 적용된다.

상태 명사는 형용사와 같이 어떤 대상의 속성을 나타낼 수 있으며, 또한 상태 명사로 그러한 속성을 갖는 대상(실체)을 지시할 수 있다. 이것은 속성과 대상과의 관계가 밀접한 것을 나타내며 속성만으로도 대상을 지시할 수 있다. 6장에서는 각각 사람의 속성, 사물의 속성, 사건(일)의 속성, 행위의 속성(태도), 장소의 속성, 시간의 속성의 유형으로 나누어 살펴보았다.

특히 사람의 속성 명사들은 상태 명사와 실체 명사와의 중간 단계에 있다. 이것은 사람이나 사물의 속성으로 그러한 속성을 갖는 대상을 지시하기 때문이다. 또, 상태 명사로 사건을 지시하는 경우는 일차적으로 그 명사의 의미에서 어떠한 속성을 갖는 사건이라는 의미가 있으며 상태와 사건의 의미가 복합되어 있는 것으로 볼 수 있다.

상태 명사의 의미구조에서는 사람이나 사물을 지시하는 경우는 사건 구조를 설정하지 않았으며 사건의 의미로 실현되는 경우에만 사건 구조를 설정하였다. 이것은 심리 형용사가 원인 사건과 결과 상태의 의미로 교차되는 것을 반영하였다. 상태 명사로 수식될 수 있는 대상을 지시하는 것을 상태 명사의 다의성에 해당한다. 그러나 상태명사와 결합하는 동사들도 의미가 전이되기 때문에 상태성과 실체성의 구별이 모호한 경우가 있다.

7장에서는 보문 구조에서 명제성을 지시하는 명사를 추상 명사로 정의하고 이러한 추상 개념을 나타내는 명사가 다른 통사구조에서 사건성이나 상태성을 띠는 경우를 살펴보았다. 그 결과 추상 명사를 <사실>, <생각>, <발화>, <상황>으로 나누었다. 보문과 결합하지 않을 때는 서술성을 띠는 <사건> 명사들이 보문과 결합하여 생각이나 발화의 내용을 지시하는 추상 명사로 전이되는 유형을 살펴보았다. 말뭉치 자료에서 '다는' 보문과 공기하는 명사를 추출하고 이들의 의미 부류를 나눈 뒤, 어떠한 의미 유형의 전이가 일어나는 가를 고찰하였다.

지금까지 국어 명사 범주에서 체계적 다의성을 띠는 명사들을 의미 부류별 의미 영역별로 나누어 고찰하였다. 다의어의 여러 의미들이 서로 연관되면서 논리적 관계를 맺고 있다면 이를 체계적 다의성이라 할 것이다. 명사의 의미 구조 안에서 여러 실현 가능한 의미로 잠재되어 있으며 문맥의 영향으로 구체 의미가 실현되는 것으로 볼수 있다. 이것은 의미 생성의 관점뿐만 아니라 이미 획득된 의미들가운데에서 어떤 의미가 실현되는가의 의미 해석의 문제이다. 또, 어휘 의미에 근거하여 체계적 다의성이 일어나므로 동일한 다의성을 띠는 어휘들을 하나의 부류로 묶을 수 있으며 같은 부류에 속하는단어의 문맥 의미를 체계적 다의성에 의거하여 예측할 수 있다.

본고의 논의는 국어의 의미 현상, 즉 다의어의 본질 및 특성에 대한 해명과 더불어 실용적인 연구에 활용될 수 있을 것이다. 다의어연구는 직접적으로는 단어 의미의 중의성 해소와 관련되며, 기계번역, 문서 정보 추출 등 정교한 의미 해석을 필요로 하는 분야에 널리 이용될 수 있다. 이러한 응용 연구의 기반이 되기 위해서는 통계를 도입하여 대량의 자료를 통해서 본고의 이론을 검증하고, 또, 의미 부류 체계를 상세화하는 등의 작업을 수행해야 할 것이다. 본고의 논의는 이러한 앞으로의 연구에 기반이 되는 이론 연구 및 자료연구를 시도한 것으로, 이를 바탕으로 다양하고 정교한 연구가 수행될 수 있을 것이다.

참고문헌

강범모. 1983. "국어 보문명사 구문의 의미특성"『어학연구』 19-1, 53-73.

강범모. 1999ㄱ. "어휘 의미 정보의 구조와 표상."『한국어 의미학』 5. 83-118.

강범모 외. 1999ㄴ.『형식 의미론과 한국어 기술』서울: 한신문화사.

강범모. 2000. "논항의 의미 유형과 다의성 기술." 이정민 외 저.『의미구조의 표상과 실현』185-228, 서울: 도서출판 소화.

강범모. 2001. "술어 명사의 의미 구조."『언어학』 31, 3 - 29.

강범모. 2002. "생성 어휘부 이론의 다의어 기술 방법과 그 적용: 동사 '사다'와 '팔다'."『어학연구』 38-1, 275-293.

강범모, 이유선, 차재은. 2002.『다국어 어휘 데이터 베이스 구축 방법론 연구 및 모형 개발(1)』고려대 민족문화연구원.

고영근. 1989.『국어 형태론 연구』서울대 출판부.

곽은주. 1999. "사건 의미론." 강범모 외.『형식 의미론과 한국어 기술』서울: 한신문화사.

국립국어연구원 편. 2003.『현대 국어 사용 빈도 조사 보고서』서울: 국립국어연구원.

권영을. 1997. "관형관계 합성 명사와 병렬관계 합성명사의 의미해석."『언어』 22-4, 605-625.

김광해. 1982. "복합명사의 신생과 어휘화 과정에 대하여."『국어국문학』 88. 5-29.

김광해. 1992.『고유어와 한자어의 대응현상』서울: 탑출판사.

김광해. 1993.『국어 어휘론 개설』서울: 집문당.

김광해. 1995.『어휘 연구의 실제와 응용』서울: 집문당.

김광희. 2000. "비실체성 명사의 술어화와 논항구조."『언어학』 8-3, 155-181.

김기수. 1993.「은유의 인지적 연구」경북대 박사학위 논문.

김민수 편. 1993.『현대의 국어 연구사』서울: 서광학술자료사.

김민수 편. 1999.『현대의 국어 연구사』(수정증보판) 서울: 박이정.

김민수. 1963.『신국어학』서울: 일조각.

김민수. 1981.『국어 의미론』서울: 일조각.

김보경. 2001.「한국어 신체어의 은유와 환유」상명대 석사학위 논문.

김봉주. 1988.『개념학: 의미론의 기초』서울: 한신문화사.

김영희. 1981. "간접명사보문법과 '하'의 의미기능",『한글』173174, 153-192

김은영. 1998. "국어 어휘의 부분-전체 관계에 대한 고찰."『한국어 의미학』
　　2, 155-174.

김인균. 2005.『국어 명사의 문법 I』도서출판 역락.

김종도. 1995. "인지문법의 개관."『담화와 인지』1.

김종도. 1997. "인지문법의 국어에의 적용."『한국어학』6.

김종도. 2005.『인지문법적 관점에서 본 환유의 세계』경진문화사.

김종택. 1993.『국어어휘론』서울: 탑출판사.

김지홍. 1999. "어휘 의미 표상에 대한 연구."『배달말』25, 39-77.

김진웅. 2003.「국어 보문명사 구문 연구」연세대 석사학위 논문.

김진해. 2000.「국어 연어 연구」경희대 박사학위 논문.

김창섭. 1990. "영파생과 의미전이",『주시경학보』5, 주시경연구소.

김창섭. 1996.『국어 단어형성과 단어구조 연구』서울: 탑출판사.

김창섭. 2001. "'X하다'와 'X를 하다'의 관계에 대하여."『어학연구』37-1,
　　63-85.

김태자. 1984. "다의어고."『한국언어문학』23.

김현권. 2000. "EuroWordNet의 구성 원리와 설계."『언어학』27, 145-177.

김흥규, 강범모. 1996. "고려대학교 한국어 말모둠 1(KOREA-1 CORPUS)."
　　『한국어학』3.

김흥규, 강범모. 2000.『한국어 형태소 및 어휘 사용 빈도의 분석』고려대
　　민족문화연구원.

남경완. 1999. "어휘의미론 연구사", 김민수 편. 1999.『현대의 국어 연구사』

(수정증보판) 서울: 박이정.

남경완. 2000. 「다의 분석을 통한 국어 어휘의 의미 관계 연구」 고려대 석
  사 학위 논문.

남기심, 고영근. 1985. 『표준국어문법론』 서울: 탑출판사.

남기심. 1973. 『국어 완형 보문 연구』 서울: 탑출판사.

남기심. 1995. "어휘 의미와 문법." 『동방학지』 87, 157-179.

남길임. 1998. "'감정명사의 설정과 그 사전적 처리에 대하여." 『사전편찬학
  연구』 8집, 249-269.

남성우. 1969. 「국어다의어고」 서울대 석사학위논문.

남성우. 1973. "후기 중세국어의 다의어에 대하여." 『국어연구』 22.

남성우. 1980. "근대 국어의 다의." 『논문집』(한국외대) 13.

남영신. 1994. 『우리말 분류 사전』 성안당.

노마 히데키. 2002. 『한국어 어휘와 문법』 서울: 태학사.

도원영. 2002. 「국어 형용성 동사 연구」 고려대 박사학위논문.

문유진. 1996. 「의미론적 어휘개념에 기반한 한국어 명사 WordNet의 설계
  와 구축」 서울대 박사논문.

민현식. 1999. 『국어 문법 연구』 서울: 도서출판 역락.

박만규. 2002. "다의어의 의미 분할과 의미부류." 『한글』 257, 201-235.

박동호. 2003. 의미부류 체계의 구축과 적용. 어학연구 39-1,

박영순. 1994. 『한국어 의미론』 고려대 출판부.

박영순. 2000. 『한국어 은유 연구』 서울: 고려대학교 출판부.

박용수. 1989. 『우리말 갈래 사전』 서울: 한길사.

박우석. 2000. "전문용어 연구에서의 존재론의 역할." 『21세기 디지털 시대
  의 전문용어 연구의 현황과 과제』 전문용어 언어공학 연구센터.

배도용. 2001. 『우리말의 의미 확장 연구』 서울: 한국문화사.

배도용. 2003. "우리말 얼굴의 의미 확장과 개념망." 『현대문법연구』 31,
  137-156.

배해수. 1989. "낱말밭 분석 연구의 의의." 『한글』 203, 213-231.

변정민. 2003. "국어 인지성 명사의 의미 연구", 『어문논집』 50, 457-486.

변정민. 2004. 『우리말의 인지표현』 서울: 도서출판 월인.

서정수. 1996. 『국어 문법』(수정증보판) 서울: 한양대 출판부.

성광수. 1993. "어휘부의 형태/통사론적 접근." 『어문논집』 32.

손남익. 1993. "어휘의미론 연구사", 김민수 편. 1993. 『현대의 국어 연구사』
　　　서울: 서광학술자료사.

송철의. 1992. 『국어의 파생어 연구』 서울: 태학사.

시정곤. 1993. 「국어의 단어 형성원리」 고려대 박사학위 논문.

신현숙. 1986. 『의미 분석의 방법과 실제』 서울: 한신문화사.

신현숙. 1991. 『한국어 현상-의미 분석』 서울: 상명여대 출판부.

신효필. 2004. 온톨로지(Ontology)를 기반으로 하는 개념구조와 어휘기술.
　　　어학연구 40-3, 513-542.

신희삼. 2002. "합성법에 의한 다의어 형성 원리." 『한국언어문학』 48, 187-
　　　205.

심영숙. 1997. 「원형 의미 확장에 따른 어휘의 다의성 분석」 고려대 석사학
　　　위 논문.

심재기, 이기용, 이정민. 1984. 『의미론 서설』 서울: 집문당.

심재기. 1982. 『국어 어휘론』 서울: 집문당.

심재기. 2000. 『국어 어휘론 신강』 서울: 태학사.

안명철. 1999. "보문의 개념과 체계", 『국어학』 33.

오예옥. 2002. "사건의 은유적 개념구조에 의거한 사건명사화의 다의어 분
　　　석." 『독일언어문학』 17, 61-80.

오예옥. 2004. 『형식의미론과 인지의미론에서 본 어휘의미론』 서울: 역락.

왕문용, 민현식. 1993. 『국어 문법론의 이해』 서울: 개문사.

우형식. 2001. 『한국어 분류의 범주화 기능 연구』 서울: 한국문화사.

원대성. 1985. 「명사의 상적 특성에 대한 연구」 서울대 석사학위 논문.

유현경. 1998. 『국어 형용사 연구』 한국문화사.

윤평현. 1997. "국어 명사의 의미관계에 대한 연구." 『한국언어문학』 35,

91-115.

의미론연구회. 1997. "인지 의미론의 현황과 전망."『한국어학』5.

이건환 2002.「현대 국어의 의미 확장 연구」전남대 박사학위 논문.

이경호 1998.「국어 고유명의 의미기능 연구」고려대 석사학위 논문.

이기동 편. 2000.『인지 언어학』서울: 한국문화사.

이기동, 김종도 역. 1991.『인지문법』서울: 한신문화사.

이기동. 1986. "낱말의 의미와 범주화."『동방학지』50, 연세대 국학연구소, 289-332.

이기동. 1992. "다의 구분과 순서의 문제."『새국어생활』2-1, 55-71.

이기동. 1995. "낱말 풀이와 관련된 몇 가지 문제."『사전편찬학 연구』5·6.

이기동. 1997. "관용어, 은유 그리고 환유."『담화와 인지』4-1, 61-87.

이기용. 1998.『언어와 세계 -형식 의미론-』태학사.

이기용. 1998.『시제와 양상 -가능세계 의미론-』태학사.

이기용. 1998.『상황과 정보 -상황 의미론-』태학사.

이동혁. 1999. "수사법 연구사", 김민수 편. 1999.『현대의 국어 연구사』(수정증보판) 서울: 박이정.

이병규. 2001.「국어 술어 명사문 연구」연세대 박사학위 논문.

이병모. 2001. "명사의 하위 분류에 대하여."『한글』251, 167-201.

이석주. 1996.『국어 형태론』서울: 한샘출판사.

이성헌. 2002. "전자사전 구축을 위한 언어기술의 한 방법: 대상부류-한국어 명사 기술에의 활용을 위하여."『언어학』30, 185-206.

이수련. 2001.『한국어와 인지』서울: 박이정.

이숭녕. 1962. "국어의 polysemy에 대하여."『문리대학보』9-1.

이예식. 1999. "어휘 의미론과 다의어의 의미 분석." 강범모외. 1999.『형식 의미론과 한국어 기술』서울: 한신문화사.

이운영. 2004.「한국어 명사의 다의적 해석」서울대 박사학위 논문.

이유선. 2002. "존재론적 개념분류의 인식론적 문제."『철학논총』(새한철학회) 28-2, 446-467.

이을환, 이용주. 1964 『국어의미론』 수도출판사.

이익섭, 임홍빈. 1983. 『국어 문법론』 서울: 학연사.

이인섭. 1992. "어휘의미론." 『국어학 연구 백년사(Ⅱ)』 서울: 일조각.

이정민 외. 2000. 『의미구조의 표상과 실현』 서울: 도서출판 소화.

이정민, 강범모, 남승호. 1997. "한국어 술어 중심의 의미구조 -생성 어휘부 이론과 관련하여." 한국인지과학회 97 춘계학술대회 발표논문집, 32-40.

이정식. 2002. 「국어 다의 발생의 양상과 원인」 고려대 박사학위 논문.

이종열. 2002. "국어 환유 표현의 사상적 특징과 의미 작용." 『어문학』 76, 65-93.

이종열. 2003. 『비유와 인지』 서울: 한국문화사.

이필영. 1998. "명사절과 관형사절", 서태룡 외. 『문법연구와 자료』태학사.

이현근. 1990. "개념의 원형 이론에 의한 연구." 『언어 연구』 7,

이현근. 1992. "개념 구조에 의한 단어의 다의성 연구." 『언어 연구』 8, 101-123.

이현근. 1996. 「영어 어의의 개념론적 연구」 충남대학교 박사학위 논문.

이홍식. 1999. "현대 국어의 보문 구조 명사구 보문", 『국어학』 33.

임소영. 1999. "꽃이름의 생성 과정과 인지 과정", 『한국어 의미학』 4, 65-97.

임지룡. 1989. "국어 분류어휘집의 체제와 상관성." 『국어학』19, 395-425.

임지룡. 1992. 『국어의미론』 서울: 탑출판사.

임지룡. 1995. "환유의 인지적 의미특성." 『국어교육연구』28, 국어교육연구회.

임지룡. 1996. "다의어의 인지적 의미 특성." 『언어학』 18, 229-261.

임지룡. 1997. 『인지의미론』 서울: 탑출판사.

임지룡, 2006. "환유 표현의 의미특성" 『인문논총』 55.

임지룡. 2007. "인지의미론 연구의 현황과 전망", 『우리말 연구』 21, 51-104.

임홍빈, 한재영. 1993. 『국어 어휘의 분류 목록에 대한 연구』 국립국어연구원.

장경희 1987. "국어의 완형보절의 해석", 『국어학』 16, 487-519.

전영철. 2003. "한국어 총칭 표현들의 의미론적 분석."『언어학』37, 267-295.

정시호. 1994.『어휘장 이론 연구』대구: 경북대 출판부.

정원용. 1987.「은유의 생성과 해석에 대한 연구」동아대 박사학위논문.

정원용. 1996.『은유와 환유』부산: 신지서원.

정주리. 1994.「국어 보문 동사의 통사 의미론적 연구」, 고려대학교 박사학
      위 논문.

정주리. 2004.『동사, 구문, 그리고 의미』, 국학자료원.

정희자. 1999. "삶과 환유."『외대 논총』(부산외대) 19-4.

정희정. 2000.『한국어 명사 연구』서울: 한국문화사.

조남신. 1993. "다의어의 어휘의미 계층과 의미배열."『인문과학』69-70,

조남신. 2001. "사전에서 다의어의 의미 기술과 결합성."『슬라브학보』16-
      1, 107-126.

차재은, 강범모. 2002. "다의 설정의 방법에 대하여."『한국어학』15, 259-2
      84

차준경. 1999. "단어의 구조 연구사." 김민수 편.『현대의 국어 연구사』도서
      출판 박이정.

차준경. 2000. "현대 국어 접미 파생법의 변천." 홍종선 외.『현대 국어의
      형성과 변천 I』도서출판 박이정.

차준경. 2002. "국어의 규칙적 다의성에 대하여."『어문논집』46. 121-140.

차준경. 2003. "고유명사의 의미와 중의성 해소."『한국어학』20, 265-286.

차준경. 2004ㄱ.「국어 명사 다의 현상의 체계성 연구」, 고려대학교 박사학
      위 논문.

차준경. 2004ㄴ. "사건명사의 의미 전이",『한국어 의미학』15. 249-272

차준경. 2005. "상태명사의 의미 전이",『한국어 의미학』18. 1-22.

차준경. 2006. "다의의 규칙성과 문맥 의미 전이": 제40차 한국어학회 전국
      학술대회 발표 논문집.

차준경. 2007. "추상 명사와 의미 전이" 제44차 한국어학회 전국학술대회
      발표 논문집,

차준경. 2008. "추상 명사의 의미 유형 전이"『한국어학』38, 401-426.

채현식. 2000.「유추에 의한 복합명사 형성 연구」서울대 박사학위논문.

채희락. 1996. "'하-'의 특성과 경술어 구문."『어학연구』32-3, 409-476.

천시권, 김종택. 1971.『국어 의미론』서울: 형설출판사.

최경봉. 1997.「국어 명사의 의미 구조 연구」고려대 박사학위논문.

최경봉. 1999. "단어 의미의 구성과 의미 확장 원리-다의어 문제를 중심으로-."『한국어학』9, 307-331.

최경봉. 2000. "단어 의미 확장과 어휘체계."『언어학』(대한언어학회), 8-2, 177-196.

최경봉. 2001. "지식기반 구축을 위한 어휘의 의미 분류."『담화와 인지』8-2, 275-303.

최창렬, 심재기, 성광수. 1986.『국어의미론』서울: 범문사.

최창렬. 1983.『한국어의 의미구조』서울: 한신문화사.

최현배. 1937/1982.『우리말본』서울: 정음문화사.

최호철. 1993.「현대 국어 서술어의 의미연구」고려대 박사학위 논문.

최호철. 1995. "의소(義素)와 이의(異義)에 대하여."『국어학』25, 77-98.

최호철. 1996. "어휘의미론과 서술소의 의미 분석"『한국어학』4,

최호철. 1998. 구조 의미론의 수용 양상과 국어 어휘 의미론의 과제. 한국어학

한정한. 1990.「국어 비유어 연구」고려대 석사학위 논문.

홍사만. 1992.『국어 어휘의미 연구』서울: 학문사.

홍승욱. 1984. "다의어 원인과 생성에 관하여."『언어 연구』1, 203-221.

홍윤표 외 2002.『한국어와 정보화』(우산 홍윤표 교수 회갑 논문집), 서울: 태학사.

홍재성 외. 1997.『현대 한국어 동사 구문 사전』서울: 두산동아.

홍재성 외. 2001.『21세기 세종 계획 보고서-전자사전 개발 분과』국립국어연구원.

홍재성 외. 2002.『21세기 세종 계획 보고서-전자사전 개발 분과』국립국어

연구원.

홍재성. 1995. "어휘 함수에 의한 한국어 어휘 기술과 사전 편찬." 『해방 10 주년, 세계 속의 한국학』 인하대 40주년 기념 제2회 한국학 국제 학술 회의, 인하대 한국학 연구소.

홍재성. 1999. "기능 동사 구문 연구의 한 시각: 어휘적 접근." 『인문논집』 41, 서울대학교 인문학 연구소, 135-173.

홍종선 외. 2000. 『현대 국어의 형성과 변천 I』 서울: 도서출판 박이정,

홍종선. 1986. 『국어 체언화 구문의 연구』 고려대 민족문화연구소.

홍종선. 1998. "명사의 사전적 처리." 『새국어생활』 8-1.

홍종선. 2001. "단어 형태의 정보화." 『배달말』 28. 29-50.

Allan, Keith. 1981. "Interpreting from Context", *Lingua* 53, 151-173.

Apresjan, J. D. 1974. "Regular Polysemy", *Linguistics* 142, 5-32

Apresjan, J. D. 2000. *Systematic Lexicography*, Oxford: Oxford University Press.

Aronoff, Mark. 1976. *Word Formation in Generative Grammar,* Cambridge, MA: The MIT Press.

Austin, John L. 1962. How to do things with words, Oxford: Clarendon.

Bierwisch, M. 1989. "Event Nominalization : Proposals and Problems", W. Motsch(ed.) *Linguistiche Studien Reiche*. Berlin: Akademie Verlag.

Boguraev, Branimir and James Pustejovsky. 1996. *Corpus Processing for Lexical Acquisition*, Cambridge, Mass. : The MIT Press.

Bouillon. Pierrette and Federica Busa. (eds.) 2001. *The Language of Word Meaning,* Cambridge: Cambridge University Press.

Buitelaar, Paul. 1998. *CoreLex: Systematic Polysemy and Underspecification*, PhD Thesis, Brandeis University.

Chierchia, Gennaro and Sally McConnell-Ginet. 2000. *Meaning and*

Grammar: An Introduction to Semantics(2nd Edition), Cambridge, Mass.: The MIT Press.

Church, Kenneth, William Gale, Patrick Hanks and Donald Hindle. 1991. "Using Statistics in Lexical Analysis" *Lexical Acquisition: Exploiting On-Line Resources to Build a Lexicon*. Uri Zernik. Hillsdale, NJ.: Lawrence Erlbaum. 115-64.

Clark, Eve V. and Herbert H. Clark. 1979. "When nouns surface as verbs" *Language* 55-4, 767-811.

Copestake, Ann and Ted Briscoe. 1995. "Semi-productive polysemy and sense extension", Pustejovsky, J. and B. Bougraev(eds.), *Lexical Semantics: The Problem of Polysemy,* Oxford: Clarendon Press.

Copestake, Ann. 1992. *The Representation of Lexical Semantic Information,* PhD Thesis University of Sussex.

Cruse, D. Allen. 1986. *Lexical Semantics,* Cambridge: Cambridge University Press. ; 임지룡 윤희수 역(1986). 『어휘의미론』 대구: 경북대학교 출판부.

Cruse, D. Allen. 2000. *Meaning in Language*: An Introduction to Semantics and Pragmatics, Oxford: Oxford University Press. ; 임지룡 김동완 옮김(2002). 『언어의 의미』 서울: 태학사.

Cuyckens, H. and B. Zawada(eds.). 2001. *Polysemy in Cognitive Linguistics: Selected Papers from the Fifth International Cognitive Linguistics Conference Amsterdam 1997*, Amsterdam & Philadelphia: John Benjamins Publishing Company.

Davidson, Donald. 1980. "The logical form of action sentences", In Donald Davidson, *Essays on actions and events,* 105-122. Oxford: Clarendon Press.

Downing, P. 1977, "On the creation and use of English compound nouns", *Language,* 53-4, 810-842.

Dowty, D. 1979. *Word Meaning and Montague Grammar*, Dordrecht, Holland: D. Reidel.

Faconnier, Gilles 1985. *Mental Spaces*, Cambridge, MA: The MIT Press.

Fellbaum, Christiane. 1998. *WordNet: An Electronic Lexical Database.* Cambridge, MA: The MIT Press.

Goddard, C. 2000. "Polysemy: A Problem of Definition", Ravin, Y and C. Leacock(eds.) *Polysemy: theoretical and computational approaches,* Oxford: Oxford University Press.

Gross, Gaston. 1994. "Classes d'objets et Description des verbes", *Languages* 115, Paris: Larousse.

Jackendoff, Ray. 2002. *Foundation of Language,* Oxford: Oxford University Press.

Jespersen, Otto. 1924. *The Philosophy of Grammar*, London: George Allen & Unwin LTD.

Jun, Youngchul. 1997. *The Syntax-Semantics Interface of Genericity,* Ph.D. thesis, Indiana University, Bloomington.

Kilgariff, Adam. 1992. *Polysemy,* PhD Thesis, University of Sussex, Brighton.

Kiparsky, P. and C. Kiparsky. 1971. "Fact", in M. Bierwish and K. Heidolph, des., Progress in Linguistics, Mouton, The Hague.

Kövecses, Zoltán 2002. *Metaphor: A Practical Introduction,* Oxford: Oxford University Press; 이정화 외 역 2003. 『은유: 실용입문서』 서울: 한국문화사.

Kövecses, Zoltán and G. Radden. 1998. "Metonymy: Developing a Cognitive Linguistics view", *Cognitive Linguistics* 9: 37-77.

Lakoff, George and Mark Johnson. 1980. *Metaphor, We live by,* Chicago/London: The University of Chicago Press; 노양진 나익주 옮김. 1987. 『삶으로서의 은유』 서울: 서광사.

Lakoff, George. 1987. *Women, Fire and Dangerous Things: What Categories Reveal about the Mind*, Chicago/London: The University of Chicago Press ; 이기우 역(1994) 『인지 의미론』 서울: 한국문화사.

Langacker, Ronald. 1987. *Foundation of Cognitive Grammar*, vol. 1. Stanford, CA: Stanford University.

Langacker, Ronald. 1993. "Grammatical Traces of Some 'Invisible' Semantic Constructs", *Language Sciences* 15, 323-355.

Lapata Maria. 2000. The *Acquisition and Modeling of Lexical Knowledge -A Corpus based Investigation of Systematic Polysemy-*, PhD Thesis, University of Edinburgh.

Leech, Geoffrey. 1974. *Semantics*. Harmondsworth: Penguin Books.

Lehmann, C. 1994. "Predicates: Aspectual Types", R.E. Asher.(ed.) The Encyclopedia of Language and Linguistics, Pegamon Press.

Lehrer, Adrienne. 1990. "Polysemy, Conventionality and the Structure of the Lexicon", *Cognitive Linguistics* 1-2, 207-246.

Levin, Beth. 1993. *English Verb Alternation*, Chicago/London: The University of Chicago Press.

Lyons, John. 1977. *Semantics I II*, London: Cambridge University Press.

Miller, George A. 1991. *The Science of Words,* Scientific American Library; 강범모 김성도 옮김. 1998. 『언어의 과학』 서울: 민음사.

Miller, George A. 1998. "Noun in WordNet", C. Fellabaum (ed.) 1998. *WordNet: An Electronic Lexical Database*, Cambridge: MA, The MIT Press.

Mitkov, Ruslan(ed.). 2003. *The Oxford Handbook of Computational Linguistics*, Oxford: Oxford University Press.

Nida, Eugene A. 1975. *Componential Analysis of Meaning.* The Hague: Mouton; 조항범 역 1990. 『의미분석론: 성분분석의 이론과 실제』

서울: 탑출판사.

Nikiforidou, Kiki. 1999. "Nominalization, Metonymy and Lexicographic Practice", De Stadler, L. and C. Eyrich(eds.) *Issues in Cognitive Linguistics,* Berlin/New York: Mouton de Gruyter.

Nirenberg, Sergei and Victor Raskin. 1999. "Supply-side and Demand-side Lexical Semantics", Viegas, E.(ed.) 1999. *Breadth and Depth of Semantic Lexicons,* Dordrecht: Kluwer.

Nunberg, Geoffrey and Annie Zaenen. 1992. "Systematic polysemy in lexicology and lexicography *"Proceedings of Euralex II.* Tampere, Finland.

Nunberg, Geoffrey. 1978. *The Pragmatics of Reference,* Bloomington, IN. : Indiana University Linguistics Club.

Nunberg, Geoffrey. 1979. "The Non-uniqueness of Semantic Solutions: Polysemy", *Linguistics and Philosophy* 3, 143-184.

Nunberg, Geoffrey. 1995. "Transfers of Meaning", *Journal of Semantics* 12, 143-184.

Ogden, C. K. and I. A. Richards. 1923. *The Meaning of Meaning: A Study of the Influence of Language upon Thought and the Science of Symbolism,* London: Kegan Paul.; 김봉주역. 1986. 『의미의 의미』 서울: 한신문화사.

Ostler, N. and B. Atkins. 1991. "Predictable Meaning Shift: Some Linguistics properties of Lexical Implication Rules." Pustejovsky, J. and S. Bergler, (eds.) *Lexical Semantics and Knowledge Representation,* ACL SIGLEX Workshop.

Paradis, Carita. 2005. "Ontologies and Construals in Lexical Semantics", *Axiomathes* 15, 541-573.

Peters, Wim. 2004. *Detection and Characterization of Figurative Language Use in WordNet,* PhD Thesis, University of Sheffield.

Pustejovsky, James and Branimir Boguraev.(eds.) 1996. *Lexical Semantics: The Problem of Polysemy*, Oxford: Clarendon Press.

Pustejovsky, James. 1995. *Generative Lexicon*, Cambridge, MA: The MIT Press. ; 김종복 이예식 역. 2002. 『생성어휘론』서울: 도서출판 박이정.

Ravin, Yale and Claudia Leacock(eds.). 2000. *Polysemy: theoretical and computational approaches*, Oxford: Oxford University Press.

Rosch, Eleanor and Barbara B. Lloyd. 1978. *Cognition and Categorization*, Hillsdale, NJ: Lawrence.

Saint-Disier, P 1995. *Computational Lexical Semantics*, Cambridge: Cambridge University Press.

Sanfilippo, A.(eds.) 1999. *Preliminary Recommendations on Lexical Semantic Encoding Final Report*, The EAGLES Lexicon Interest Group.

Schmid, Hans-Jörg. 2000. *English Abstract Nouns as Conceptual Shells*, Berlin, New York: Mouton de Gruter.

Stern, Gustaff. 1931. *Meaning and Change of Meaning*. Bloomington: Indiana University Press.

Taylor, John R. 1995. *Linguistic Categorization*, Oxford: Oxford University Press.; 조명원 나익주 옮김. 1997. 『인지 언어학이란 무엇인가? - 언어학과 원형이론』 서울: 한국문화사.

Ullmann, Stephen. 1962. *Semantics: An Introduction to the Science of Meaning*. Oxford : Basil Blackwell.; 남성우역. 1987. 『의미론: 의미과학 입문』서울: 탑출판사.

Vendler, Zeno. 1967. "Facts and Events" In Zeno Vendler, *Linguistics in Philosophy*, 122-146. Ithaca, NY: Cornell University Press.

Verspoor, C. M. 1996. *Contextually-Dependent Lexical Semantics*, PhD Thesis, University of Edinburgh.

Viegas, E. (ed.) 1999. *Breadth and Depth of Semantic Lexicons,* Dordrecht: Kluwer.

Vossen, Piek. 1999. *EuroWordNet General Document Vol 3.* <http://ww w.hum.uva.nl/~ewn>

Vossen, Piek. 2003. "Ontology", Ruslan Mitkov(ed.). 2003. *The Oxford Handbook of Computational Linguistics,* Oxford: Oxford University Press.

Vossen, Piek.(ed) 1998. "EuroWordNet: A Multilingual database with lexical semantic networks", *Computers and the Humanities,* Vol. 32

Weinreich, Uriel. 1964. "Webster's Third: A Critique of its Semantics" *International Journal of American Linguistics* 30, 405-409.

Wilensky, Robert. 1991. "Extending the Lexicon by Exploiting Subregularities.": EECS, Computer Science Division, Universit y of California at Berkeley.

Winston, M., Chaffin, R. and D. Herrmann. 1987. "A Taxonomy of Part-whole Relations." *Cognitive Science,* 11, 417-444.

Wittgenstein, Ludwig. 1953. *Philosophical Investigations,* Oxford: Blackwell.

| 찾아보기 |

저자소개 ●●●

차 준 경

서울 세화여자고등학교 졸업
고려대학교 문과대학 언어학과 졸업(1993)
고려대학교 대학원 철학과 언어학전공 졸업(문학 석사 1995)
고려대학교 대학원 국어국문학과 국어학전공 졸업(문학 박사 2004)
고려대학교 민족문화연구원 전자텍스트 연구소 연구원 역임
고려대, 서울산업대, 원광대, 경기대 강사
현재 고려대학교 민족문화연구원 사전편찬부 선임연구원

주요 논저
「추상 명사의 의미 유형 전이」
「상태 명사의 의미 전이」
「사건 명사의 의미 전이」
「고유 명사의 의미와 중의성 해소」
『현대 국어의 형성과 변천 1』(공저)
『현대의 국어 연구사』(공저) 외 다수

국어 명사의 다의 현상 연구

1판 1쇄 발행 2009년 9월 30일
1판 2쇄 발행 2010년 6월 24일

저자 차준경

발행한곳 제이앤씨
책임편집 김진화
등록번호 제7-220호

우편주소 ㉾132-702 서울시 도봉구 창동 624-1 현대홈시티 102-1206
대표전화 (02) 992 / 3253
전   송 (02) 991 / 1285
홈페이지 http://www.jncbms.co.kr
전자우편 jncbook@hanmail.net

ISBN 978-89-5668-742-1　93810　　　　정가 19,000원